Manuel Puig

Pubis angelical

BIBLIOTECA DE BOLSILLO

Primera edición en
Biblioteca de Bolsillo:
abril 1990

© Manuel Puig, 1979 y 1990

Derechos exclusivos de edición en castellano
reservados para todo el mundo:
© 1979 y 1990: Editorial Seix Barral, S. A.
Córcega, 270 - 08008 Barcelona

ISBN: 84-322-3071-7

Depósito legal: B. 12.357-1990

Impreso en España

Pubis angelical

MANUEL PUIG nació en 1932 en General Villegas, provincia de Buenos Aires. En 1951 inició estudios en la Universidad de la capital argentina. Pasó luego a Roma, donde una beca le permitió seguir cursos de dirección en el Centro Sperimentale di Cinematografía. Trabajó posteriormente como ayudante de dirección en diversos filmes. En la actualidad reside en México. Ha publicado hasta el presente ocho novelas, traducidas ya a varios idiomas: *La traición de Rita Hayworth* (1968; Seix Barral, 1971; 1976, edición definitiva), *Boquitas pintadas* (1969; Seix Barral, 1972), *The Buenos Aires Affair* (1973; Seix Barral, 1977), *El beso de la mujer araña* (Seix Barral, 1976), *Pubis angelical* (Seix Barral, 1979), *Maldición eterna a quien lea estas páginas* (Seix Barral, 1980), *Sangre de amor correspondido* (Seix Barral, 1982) y *Cae la noche tropical* (Seix Barral, 1988). Ha reunido en un volumen sus dos piezas teatrales: *Bajo un manto de estrellas* y la adaptación escénica de *El beso de la mujer araña* (Seix Barral, 1983) y en otro dos de sus guiones cinematográficos: *La cara del villano* y *Recuerdo de Tijuana* (Seix Barral, 1985).

PRIMERA PARTE

CAPÍTULO I

Por entre el encaje del cortinado se infiltraban rayos de luna, de ellos se embebía el satén de la almohada. La mano de la nueva esposa, junto a los cabellos negros, ofrecía la palma indefensa. Su sueño parecía sereno.

La palma de pronto se crispó, no así el rostro perfecto, que permanecía laxo, maquillado con afeites del rosa al azul. Poco después la mujer más hermosa del mundo se incorporó, temblando de miedo. El rostro cobró expresión. Las pestañas naturales, que parecían postizas por lo largas y arqueadas, sombreaban ojos desmesuradamente abiertos. Acababa de conocer en sueños a un médico obeso vestido de etiqueta que colgaba su sombrero de copa, procedía a calzar guantes blancos de goma, se acercaba adonde estaba ella tendida sobre algodones gigantes, y con un bisturí le abría el pecho: a la vista aparecía —en lugar de corazón— un complicado mecanismo de relojería. Era una muñeca mecánica, y rota, no una mujer enferma, la que yacía tal vez moribunda.

Un profundo suspiro de alivio dio por terminada la pesadilla. No había nada que temer, todos los peligros habían resultado imaginarios. Miró a su alrededor, todo le era nuevo en la alcoba penumbrosa, la noche de bodas aún no daba paso al día, pero a su lado no había nadie. Cerca de una mano yacía el espejo de mango labrado en plata, sus labios se reflejaron pintados, parecían retocados pocos momentos antes. No se acordaba de casi nada, un brindis con su esposo, las sienes canosas de él, o blancas, el monóculo escrutándola en todo momento, una copa cuadrada que ella no sabía cómo asir, el fresco néctar, nada más. Si el maquillaje estaba intacto era porque el rostro había sido respetado. Decidió pasarse la mano derecha por el resto del cuerpo, la estiró, la replegó casi de inmediato. Su mano izquierda, menos sensitiva, le pareció la indicada para tal inspección. Muy pronto notó un trecho de piel ardida, algo más arriba de la clavícula. Sobre un seno, tres o cuatro huellas de dientes en arco que no dolían ya casi. Su vientre en cambio no delataba asalto alguno, el bajo vientre sí, húmedo, inflamado, con un íntimo desgarramiento.

Trató de recordar, lo único que volvió a su mente fue la frescura de aquellos sorbos, una bebida nueva para ella. Buscó con la vista la copa cuadrada pero no la pudo encontrar. Intentó caminar, al hacerlo se acentuó el ardor de entrepiernas. La alfombra de visón prestaba tibieza a la planta de sus pies, tras la cortina de flores simuladas en encaje se perfilaba el armazón de hierro aprisionando los cristales venecianos. Descorrió el cortinado, maniobró con dificultad el pesado picaporte del ventanal, su forma cilindroide y plena de nervaduras la sobresaltó. Se asomó al balcón. Un larguísimo rectángulo formado por el estanque del parque, perpendicular al balcón, se perdía en la oscuridad y la neblina; a ambos lados se continuaban arboledas, las ramas indefensas no podían evitar que el viento las manipulase, si bien suavemente. Ninguno de los tantos guardianes aparecía a la vista, tampoco los contornos de la isla, camuflados por el aliento brumoso de las aguas. De repente se oyó un motor de lancha, el arranque fue seco y decidido, el ruido se alejó en pocos minutos.

Volvió la mirada hacia el cuarto. El respaldo de la cama, de madera tallada policroma, terminaba en nubes y ángeles flotantes. Uno de ellos, de mirada extraña, como de pez, parecía observar al Ama. Ésta a su vez lo miró fijo. El ángel parecía pestañear, sus párpados bajaron y volvieron a subir, según impresión del Ama. ¿Alguien la espiaba? Por entonces bajó la vista y descubrió un mensaje sobre el taburete de armiño, "Querida: mis negocios me reclaman, no te lo advertí porque entonces me habrías convencido de quedarme. Te narcoticé porque no me habría atrevido a hacerte lo que más tarde te hice, si tus ojos me hubiesen estado observando. ¡Tu belleza me intimida tanto! temía que me paralizase, por eso no podía aceptar al mismo tiempo el reto de tu inteligencia, tan sobrenatural como tu cuerpo. A tus pies, tu esposo". El amo.

Pocas horas después, el sol que pasaba por entre esos cortinados imprudentemente descorridos, la volvió a despertar. Nada le había sido explicado, ¿cómo llamar a la servidumbre?, no veía botones que apretar, pero sí un teléfono de porcelana reposando sobre patas de oro, sin dial, con auricular y bocina también de oro. En seguida contestó una voz de mujer mayor. La nueva Ama preguntó la hora, apenas las ocho de una mañana de primavera de 1936. Ordenó el desayuno, té con limón, tostadas sin untar pero crocantes. Se le contestó que era imposible subirle una bandeja a su cuarto, el Amo había ordenado servirla en el justamente llamado Pabellón del Desayuno. El Ama replicó que no tenía deseos de bajar. La servidora se limitó a agregar que el Amo había dejado precisas y definitivas instrucciones sobre el modo de darle la bienvenida, fatigada como habría de estar, apenas llegada la noche anterior, después de la ceremonia de bodas en Viena. Todo había sido cuidadosamente ideado por el Amo para dar el máximo placer a su esposa y, la servidora insinuó, cualquier interferencia implicaría un grave desprecio.

Una minibalaustrada caprichosa remataba la cúpula del Pabellón, fue lo que menos la impresionó, a primera vista. Por encima del portal de mármol ceniciento surgían otra vez nubes con ángeles rodeando a una santa, todo en estuco blanco. Los ángeles admiraban a la santa, la protegían, tocaban instrumentos, le cantaban. Ninguno de ellos tenía ojos de pez, y ninguno miraba al Ama. A continuación se le dio a elegir, o el rincón de los rosales, si es que prefería estar al sol, o... Ella asintió en seguida, los rosales. El Ama notó que todos los lacayos eran de avanzada edad. Y al sentir el té que le mojaba los labios, en ese preciso instante, un sonar de flautas y arpas comenzó a elevarse de entre las hierbas. Los músicos pastores, invisibles u ocultos, calmaron levemente la angustia de la bella, le dieron fuerzas para levantarse e iniciar su primer recorrido de la isla. Era plana, un contorno de pocos kilómetros, la podría abarcar de una sola caminata, sería fácil descubrir el modo más fácil de escapar de allí. El té no le había calmado la sed.

La melodía se alejaba a medida que el Ama se acercaba a la reja, deslinde del parque y la orilla del lago. Pero pronto se distinguieron pasos veloces de una servidora al parecer joven. "¿Es usted la única menor de setenta años en esta casa?", se le respondió que sí. "¿Y por qué han hecho tal excepción?", se le respondió que había necesidad de alguien capaz de seguirla sin fatiga, en caso de que quisiera dar rápidas caminatas. El Ama insinuó gesto de acercarse a la reja, fue detenida bruscamente, "¡Alto ahí!... perdone mis modales, pero el hierro está electrizado". La reja repetía el mismo tema decorativo —brazos titánicos y serpientes— a lo largo de su entero recorrido, el perímetro ovalado de la isla. Era de construcción reciente mientras que el resto databa del siglo dieciocho. El Ama odió esa reja, como siempre había odiado —sin saber por qué— las obras de los artistas vieneses de principios de siglo, con su obsesión por las rectas paralelas, por las jaulas. Los hierros verticales figuraban serpientes paralelas, una con la cabeza hacia arriba, la siguiente hacia abajo, todas con la boca furiosamente abierta y la lengüeta rígida; las líneas horizontales eran en cambio una cadena de nudosos brazos que se iban tomando el uno del otro, describiendo un esfuerzo crispado y aparentemente sin esperanzas: en ellos se clavaban las serpientes. El Ama llevó los ojos al cielo, no podía soportar la visión de esa reja. Cerca del sol, nubes extrañas cambiaban de forma con rapidez inusitada. Parecían insinuar letras, un mensaje.

El Ama desistió de continuar el paseo, corrió hacia la casona, jadeante, aterrada. La servidora la siguió sin esfuerzo, dando grandes trancos, y se le colocó delante, casi cerrándole el paso. El Ama desesperada volvió a mirar aquellas nubes extrañas, el mensaje podía ser para ella. La servidora se corrió medio paso y cubrió con su cabeza las nubes. El Ama por primera vez le miró la cara, las cejas eran espesas y negras, ¿y los ojos?, las aletas de la nariz extremadamente fuertes para una mujer, bajo la capa de polvo la piel no era más lisa que la de un hombre recién afeitado, "por allí no, respetable señora y admirada actriz. Esta otra es la entrada principal". El Ama contestó que ya no era más estrella de cine, "Perdón, pero es que la admiré mucho en la pantalla. Vi los tres filmes que brillantemente protagonizó la señora". El Ama respondió que esos filmes ya no existían, su marido había ordenado quemar negativos y copias, mencionarlos entonces equivalía a mentir, puesto que nadie en el mundo podría ya probar que habían existido. La servidora insistió, "uno para siempre quedó grabado en mi memoria, aquel en que usted personificaba a una mujer reencarnada en otra, ambas con corazón de relojería". "Tal filme no existe", respondió sinceramente el Ama, "nunca fue rodado, usted se confunde, es la primera vez que oigo esa historia". Cuando el Ama dejó de observarla, la servidora por primera vez levantó la mirada del suelo y mostró los ojos.

La luz matinal tornaba sonriente la fachada del edificio principal, un telón de fondo apropiado para comedia de enredos. El Ama lloriqueó nerviosamente, pero sin lágrimas y sin pudor. En efecto, el típico frente rococó estaba resuelto jovialmente, muro plano amarillo del que sobresalían marcos de puertas y ventanas blancos, y en torno al balcón del tercer y último piso un relieve también blanco representando una nube en la que flotaban más criaturas celestiales. El Ama observó a los ángeles, uno por uno, buscando una señal de compasión, de amparo. Los ángeles no miraban las nubes extrañas pero verdaderas que en ese momento surcaban el cielo, sólo se miraban entre ellos, con expresión invariablemente beatífica. "A veces hay ángeles que no tienen cara de buenos, ¿verdad? Además... no sé el nombre de usted", dijo el Ama tratando de ocultar sus temores. Thea contestó que todos los ángeles eran buenos, y defendían las buenas causas, pero resultaban implacables en su lucha contra el mal, "quien se sienta seguro de estar de parte del bien, no habrá de temerles". El Ama subió los cinco escalones que daban acceso al pórtico central, desde allí observó el embarcadero, tras la reja electrizada. Thea con su índice extendido le señaló otro punto cardinal, el norte, desde donde una rara estructura de hierro y cristal amenazó al Ama, "es el Jardín de Invierno, señora. Adentro podrá usted admirar las más fabulosas palmeras aclimatadas".

Ganó por fin su cuarto, estaba agotada por la corta salida. Ya no recordaba el curioso episodio de las nubes, sólo sentía sed. En seguida divisó, sobre una mesa de malaquita, la copa cuadrada. Piedras preciosas incrustadas —dos o tres turquesas, una amatista, topacios—, aprisionadas en el engarce de plata labrada, y dentro del cristal grueso, tomando la forma de su recipiente, un

14

aromático líquido ambarino. Un líquido delicioso y refrescante, pero sin forma, la copa cuadrada estaba allí para prestársela, y mientras tanto lo aprisionaba. El Ama se apiadó del líquido y de un solo trago le permitió incorporársele a ella misma. Un sueño delicioso y refrescante le descendió sobre los párpados.

Cuando pudo reabrirlos, las sombras del atardecer empezaban a extenderse sobre la isla. Estiró el brazo blanquísimo, de venas azules levemente trasparentadas, y tomó el auricular del teléfono. Pidió hablar con Thea, "Lo siento señora, pero al atardecer se cierran las puertas de esta casa, tendrá que esperar hasta mañana para visitar el Jardín de Invierno. Dada la dificultad de establecer una vigilancia total en el parque por las noches, el Amo ordenó que su señora esposa no se arriesgue con inútiles paseos en la oscuridad".

Toda insistencia fue vana. Al incorporarse vio que sobre la mesa de malaquita alguien había desplegado platillos con exquisitos manjares fríos, reservando el centro para un botellón de materiales idénticos a los de la copa cuadrada. El hambre le hizo picotear rápidamente caviar, salmón ahumado, galletas de Provenza, seguidos por tragos largos de la única bebida capaz de calmar la sed en esa isla. Pronto volvió a caer en su grata embriaguez. Miró en derredor, sabía que pronto había de caer dormida, inexorablemente, y se preguntó qué le depararía la vida durante las misteriosas horas de la noche. Concentró toda su voluntad en el esfuerzo de no mirar el respaldo de su cama, temía toparse con la mirada hostil de uno de los ángeles, y que fuera esa la última visión de su primer día de casada. Se recostó y pegó los párpados, pero un instante antes de caer dormida, en su memoria se dibujaron nítidamente ojos de pez que bajaron los párpados y volvieron a subirlos.

—Yo nunca me había sentido sola en la vida.

—Es muy natural, estás lejos de tu país, México es muy diferente, y eso tiene que afectarte.

—No, antes no me importaba estar sola, al contrario, en los últimos años de Buenos Aires lo que yo quería era estar sola.

—Llegando a la casa me dieron tu mensaje. Y vine en seguida.

—No te asustes, Beatriz, no es nada terrible.

—No me asusto. ¿Pero cuál era la urgencia?

—Nada. Mejor dicho sí, me sentí muy deprimida, porque le perdí confianza a este médico, ojalá pudiera irme a otro sanatorio.

—Ana, eso hay que pensarlo mucho, si aquí te operaron ya estás en manos de ellos.

—Ya lo creo que estoy en manos de ellos.

—Quiero decir que son ellos los que mejor conocen tu caso.

—De veras te pido perdón por haberte llamado de apuro, pero en ese momento me dio un arrebato de desesperación.

—¿Por qué te dio el arrebato?

—Beatriz, es que no me hacen caso, este lugar es carísimo y me tratan como si estuviera de favor.

—Antes no estabas tan nerviosa, y eso es malo para una convaleciente.

—Es que estas enfermeras siempre andan ocupadas, nunca tienen un minuto libre cuando las llamo.

—...

—No me tienen ninguna paciencia.

—Toda la gente está nerviosa en estos días, con tanta lluvia... Ya debió haberse acabado la temporada.

—¿Sí?...

—A ti tal vez te deprima también, este tiempo.

—Ya el año pasado me tocó algo de las lluvias. Eso no me deprime, al contrario, me conformo con estar adentro, si llueve. Por mí que llueva hasta que se termine este maldito 75.

—...

—¿Te podés quedar un rato, o estás muy apurada?

—No, Anita, ya te dije que me puedo quedar. Pero tú tienes algo que me quieres contar, y estás sacándole la vuelta.

—Beatriz, me da vergüenza hacerte perder tiempo, una persona ocupada como vos. Te aseguro que yo nunca daba lata, antes.

—Cuéntame de una vez.

—No es fácil, no creas... Vos adivinaste, tuve malas noticias de Argentina. Pero también tengo que hablar con el médico, me parece que no sabe qué hacer conmigo y por eso no da la cara.

—...

—Viene todos los días, pero se va en seguida, y no me contesta a todo lo que le pregunto. Lo del calmante por ejemplo. Me lo dan todas las noches y me produce un efecto raro, creo que no me hace buen efecto.

—¿Y él qué dijo?

—Le propuse suspender el calmante, y esperar que venga el dolor antes de inyectarme, ¿para qué tanto calmante?... Y me contestó que es el único de acción lenta, porque si esperamos el dolor tendríamos que aplicar un calmante de acción rápida, que tiene otros efectos laterales malos.

—¿Y no tendrá razón?

—A mí no me convence. Porque a cada aplicación me siento peor, siento que mi cabeza no es más la mía. Y después le pregunté para cuándo los rayos, y me miró raro.

—¿No serás tú la que desconfía demasiado?

—Beatriz, todos los operados de tumor después se aplican rayos, como precaución.

—No todos, yo no creo eso.

—Eso es lo que me dijo él, pero no demasiado seguro. Y me hizo el chiste de que mejor contara los pesos argentinos que me quedaban, porque no me iban a alcanzar para más. Y siempre así, como si no supieran bien qué hacer.

—Pero está bien que te dejen un poco en observación.

—Otro médico me podría dar de alta. ¿Qué harías, en mi lugar?

—Ana, yo no quiero ser indiscreta, pero si tú no me cuentas lo que pasó con ese amigo tuyo que llegó de Argentina... me quedo en ayunas con lo que ocurre. Antes de aparecer él, tú estabas más calmada.

—Ya antes de venir él, me empecé a sentir rara.

—Pero con esa llegada te sentiste peor todavía.

—Es Pozzi, Juan José, aquel de que te había hablado.

—Tú me hablaste de uno muy rico, y que en Buenos Aires te hacía tantos regalos. Pero que después te trajo problemas.

—No, no es ése.

—No me digas que el que llegó es tu marido.

—No, que Dios no lo permita. Ahí sí me moriría de horror. Además mi marido tiene mi mismo nombre.

—Querrás decir que tú tienes el nombre de él.

—Por supuesto. Pero Pozzi es del único que te hablé bien, el abogado. Por lo que más quieras te lo ruego que no se lo digas a nadie. Que está aquí.

—Quédate tranquila.

—Lo que no te puedo contar es lo que me vino a decir.

—¿Y a ti, no te alegró verlo?

—No. Porque no hizo el viaje para verme a mí. Me vino a pedir una cosa, que no te puedo decir. De todos modos no me gustó que se presentara sin avisar. Yo estaba sin pintar.

—Ana, qué misterios te traes hoy.

—Nada de eso... Dame la mano... De veras, no sabés cómo necesitaba que vinieras.

—...

—Beatriz... ¿será posible que yo no haya conocido más que fantoches en mi vida? Todos los hombres que se me han acercado han sido así.

—Pero si me dices que este Pozzi es un buen hombre.

—Sí, tiene muy buenas cualidades... pero ese hombre que una necesita... es otra cosa.

—¿Cuál hombre, Ana?

—Un hombre, no un chico.

—Entonces lo estoy confundiendo con otro. ¿No era Pozzi el que defendía presos políticos?

—Sí.

—¿No me decías que era muy valiente, que se arriesgaba siempre?

—Conmigo no era valiente, nunca me decía la verdad.

—...

—Y yo no le importaba demasiado, mucho más le importaba la mujer que tiene, y los hijos.

—¿Qué clase de hombre esperabas?

—Beatriz, las feministas son todas iguales, no se puede hablar con ustedes.

—...

—¿Acaso no se puede fantasear un poco... con un hombre superior?

—¿Superior a quién?

—Superior a los otros. Superior a mí.

—...

—Yo no soy gran cosa...

—Si no te consideras gran cosa, ¿cómo puedes pretender a alguien que sea gran cosa? ¿para que te lo eche en cara?

—¿Para que me eche en cara qué?

—Eso, que eres un ser inferior, a él.

—No, nada de eso, y me parece que ahora veo más claro lo que te quiero decir. Escuchame Beatriz... ¿no puede haber algo positivo en admirar al hombre que está al lado tuyo?

—No sé adónde quieres llegar.

—Sí, mirá... Si yo tengo al lado a alguien superior, eso me puede dar un incentivo ¿o no?

—Sí, eso puede ser... Pero tú sabes como se da la pareja en general. Si un hombre se acerca a una mujer de algún modo inferior, es porque le gusta así como es... ¿me explico? Quiero decir que le gusta porque es inferior, y no porque le vea otras posibilidades, de superación.

—Sos muy pesimista.

—Ana, tú me vas a perdonar, pero cuando menos necesito saber si te vino a pedir, ¿como te diré? algo referente a la relación de ustedes. Si quiere divorciarse y casarse contigo, por ejemplo.

—No, vino por cosas de él. Beatriz... te pido que me tengas un poquito de paciencia, hoy.

—Como quieras... ¿Por lo menos te trajo alguna noticia de tu mamá?

—No, no la conoce.

—Nunca me contaste por qué no vino ella, para tu operación.

—No quise yo.

—¿No convendría que estuviese acá?

—Beatriz... no salgamos del tema. Te quiero decir algo, fuera de toda broma. Pero por favor te lo pido, no lo uses después como argumento contra mí.

—¿Qué es?

—Beatriz, lo único que me da ganas de seguir viviendo... es pensar que algún día voy a encontrar a un hombre que valga la pena.

—...

—¿Te quedás callada?

—Para qué voy a hablar, si sabes lo que pienso.

—Claro, vos tenés todo en la vida. Un marido bueno, hijos regios, un trabajo que te gusta, ¿qué necesidad tenés de fantasear?

—Al contrario, me gustaría fantasear un poco ¡pero no tengo tiempo! Mira, hoy toda la mañana con los abogados de ese caso de la criada que violaron. Que el movimiento nuestro está defendiendo, para sentar el precedente. Y así cada día.

—Pero eso te hace sentir bien.

—Ana, la próxima vez que tengas ganas de platicar, yo vengo. Pero no me llames de urgencia como hoy, porque me asustas sin necesidad.

—Te pido disculpas, pero cuando te llamé me sentía mal. De verdad. Mal.

—Y ahora que estoy aquí, no quieres hablar.

—Sí que quiero hablar.

—Pero me pides consejos y yo no puedo opinar. Me ocultas todo, ni siquiera he logrado que me cuentes por qué te saliste de Argentina.

—Por favor, hoy no, me siento mucho mejor y si empiezo a hablar de esas cosas me voy a sentir mal de nuevo. Otro día te cuento... Hay algo... muy serio, eso sí. Eso es lo que te puedo anticipar. Pero Pozzi a veces exagera, yo no sé si hacerle caso o no.

—...

—Según él de mí depende algo muy importante.

—...

—Lo que le pueda pasar a alguien muy importante, quiero decir.

—...

—La vida de alguien. Pero son cuentos de Pozzi.

—¿Cómo es eso?

—Otra vez te lo explico bien. Hoy me siento un poco débil, pero sin dolor de cabeza. Así que no me eches a perder la tarde.

CAPÍTULO II

México, octubre 1975

Nunca se me había ocurrido escribir un diario íntimo. Quién sabe por qué. Debe ser porque no tenía tiempo, aunque pensar sí, estoy pensando todo el día. La verdad es que soy una de esas personas, o mujeres, lo cual no sé si encaja en eso de persona, que están todo el día piensa y piensa. No hago más que reflexionar todo el día, pero eso sí, al mismo tiempo que hago otra cosa. No creo que todo el mundo sea así, no, imposible. Por ejemplo, si estoy eligiendo una manzana en el supermercado, no sé, le estoy dando una importancia bárbara, como si esa manzana, al servirla en una frutera de plata, o al morderla un huésped especial, o al ser digerida por mí misma, pudiese cambiar el rumbo de una vida, o de dos vidas. Y para qué hablar del momento de decidir entre un pañuelo azul y otro celeste, bueno, allí ya se está jugando el destino de la humanidad entera. ¿Manía por la metafísica? ¿o aburrida, pavota superstición?

Antes un poco me divertía estar a merced de esas emboscadas del destino, pero en estas últimas semanas ya me han hartado. O yo me harté a mí misma con tanto peligro. Ya casi cinco semanas en cama. ¿Por qué me darán miedo los números impares? Debo estar empezando este diario por alguna razón en especial, pero no se me ocurre cuál.

Tuve que interrumpir un momento, el viento de golpe sopló muy fuerte por la ventana y se me volaron estas hojas sueltas. Me conviene un cuaderno, va a ser más práctico. Y llamé a la enfermera para que me alcanzara las hojas y entró cuando estaba contando hasta veinticuatro, que es múltiplo de dos, de cuatro, y de seis, así que seguramente este diario empieza bien. A todo esto, ¿por qué esa sensación de que los números pares traen mejor suerte?

Pero volvamos a las razones de ser de este diario. Un momento, ¿por qué digo volvamos? ¿no estoy sola acaso? ¿o este diario es una excusa para contarle cosas a alguien? ¿a quién puede ser? ¿o es conmigo misma que hablo? ¿me estoy desdoblando? ¿qué parte de mí le habla a qué otra parte? La verdad es que me cae gordo, como dicen acá los mexicanos, ese plural. En la Argentina diríamos me cae pesado. Diríamos, otro plural. Me parece que estoy encubriendo algo, mis ganas de hablar con alguien que de veras, lo pienso y lo pienso, no sé quién es. Tal vez papá, si viviera. Mamá no, porque sé perfectamente lo que contestaría a todo. Según ella una mujer tiene problemas porque quiere, porque pretende ser hombre y no mujer. Estar cuidando a mi hija, esperar todas las noches la vuelta a casa de mi marido, hoy en día, allá en Buenos Aires.

Y qué razón tiene, eso es lo errado, no aceptar nuestra condición de mujer, de muñeca sentimental, ¡qué se le va a hacer! ¿Pero por qué tanto temblor del corazón? Ay, qué tedio, ser tan sensible, o tan sensiblera. Por qué no ser de piedra, como los hombres. Pero es inútil querer imitarlos. Nos tenemos que conformar con envidiarlos. Yo y las otras, nos tenemos, y otra vez el plural. Pero no es con otra mujer que quiero hablar, porque de ellas sé todas las respuestas. Tiene que ser con un hombre. Si de veras necesitase hablar con alguien, sería porque ignoro la reacción de la otra persona, porque me intriga su respuesta ¿no?

Pozzi no puede ser. Lo conozco tanto que me animaría a prever todas sus reacciones. Debe ser con papá que quiero hablar. Cuando murió el mundo era tan distinto, yo creo que le hubiese encantado todo el circo de mi divorcio. El circo, otro modo de decir mexicano, se me han pegado tantos, en un año de estadía. En la Argentina habría dicho otra cosa. El despiole, o la milonga, o el despiporre. Me gusta decir el circo. Es una palabra positiva, un circo tiene color, alegría, emociones. Tantas cosas me caen bien de México. El acento. El tequila. Lástima que nunca se sepa lo que piensan estos tipos. Misterio. O "mosterio", como decía en broma aquella viejita, imitando a un cómico de la radio. Yo era tan chica y cuando ella decía "mosterio", me moría de risa. Cuánto la quería yo, pero venía poco a casa, era tía de aquella mucama tan buena. Qué lindo era querer tanto a alguien, lo sentía en el pecho a ese cariño, estaba llena de ese calorcito en el pecho cuando la veía, yo llevaba en el pecho no sé, un calor, ¿el pecho lleno de castañas calientes? o rosquitas recién fritas, no sé, algo con que la convidaba, y que sabía que le iba a gustar tanto. ¿Será a ella que le estoy escribiendo todo esto? No, qué ilusión, pobre vieja, no me entendería ni una palabra.

A lo mejor lo que quiero es ser chica otra vez, y hablar con ella como entonces. ¿Será eso? No creo, no, con toda seguridad. No me divertiría ser chica otra vez. Si hay algo que me divierte es tener estos problemas de mujer ya con alguna experiencia, por malas que sean, no, qué aburrido ser chica otra vez, y estar todavía sin conocer nada. Pero qué ganas de querer intensamente, así como entonces.

Ni siquiera a mí misma me puedo querer de esa forma. A mí misma menos que a nadie, porque ante todo es de mí que estoy harta, de mis reacciones ya archiconocidas, ¿pero entonces por qué las estoy anotando? Sí, lo tengo que admitir, una razón posible es el

25

miedo, escribo para no pensar que me puedo morir. Y qué curioso, ahora no dije que nos podemos morir.

Lo indiscutible es que de a ratos siento que debo usar ese plural, así que con alguien estoy tratando de establecer un contacto. ¿Con mi anterior encarnación? una mujer que tuvo su apogeo en los años 20, digamos. Pero estamos en lo mismo, sería inútil contarle todo a una mujer de otra época, tan diferente. ¿Y por qué no? Ésa debe haber sido buena época para ser mujer, entre las dos guerras. Qué lindo ser misteriosa, lánguida, estilizada.

Ya sé lo que diría Beatriz: objetos estilizados, misteriosos, lánguidos ¡a punto de bostezar! Pero Beatriz, qué misterio de todos modos esa existencia, viviendo para sí mismas, perdidas en su propia belleza. Objetos, pero objetos preciosos. Un bibelot, un potiche. Aunque de veras suenan cómicos esos nombres ahora. Antes cómo me impresionaban. Ahora por el hecho de ser objetos, como las pobres mujeres, ya me hartan. ¿O me dan lástima? Pero somos así, inútil tratar de cambiarnos. Pero también hay que ver que es lindo estar siempre cuidándonos, y poniéndonos monas, porque es tan divertido ver que alguien se alborota por una. Claro, las feas están liquidadas, por eso joroban con el feminismo. Ahora que lo pienso cómo me gustaría hablar con una mujer de aquella época.

Pero no, me parece que no, que es con papá que quiero hablar. Pero qué empresa tan estéril. ¿O no? Veamos, ¿por qué esa necesidad? Tendrá que ver seguramente con lo que representaba papá para mí. Sí, porque en realidad yo no puedo saber cómo era. A mí me parecía tan sabio, tan justo, tan sereno, pero por otro lado que lo hiciera feliz alguien como mamá, debería hacerme sospechar. ¿Cómo le podía gustar que su mujer le dijera a todo que sí, tuviera o no razón? Para eso mejor tener un perrito, o una gata de angora, mansa y falsa hasta la médula. Ese 7 de noviembre del 59 en que falleció yo todavía no había cumplido los quince, cada vez que le decía que a mis compañeras, en ese baile de cumpleaños, el padre las hacía bailar el primer vals, sacaba la pipa de la boca y mirando para otro lado la movía en señal de que no. Le parecía ridículo, teatral, ese vals. Tal vez era porque no sabía bailar. Le voy a preguntar a mamá en la próxima carta.

Y pensar que en unos años más mi hija va a tener su baile de quince, el padre va a estar encantado de sacarla a bailar. Qué hombre convencional. Cómo me saturó. Qué mal lo recuerdo. Cómo me harta todo lo que tenga que ver con él. Y qué alivio saberlo a millares de kilómetros. Si a lo irritante de esta enfermedad tuviera que sumar el asco de verlo a él entrando al sanatorio y representando su papel de ex-marido preocupado... ay, qué horror de tipo, siempre tan en papel, ¿por qué da esa impresión de que está actuando en un escenario? es como un actor que trabaja bien pero que no es natural, algo raro tiene Fito, él tiene siempre que demostrar a la gente todo lo que está sintiendo. Y yo creo que no siente nada. ¡Nada, eso es lo que está sintiendo!

Si papá hubiese estado vivo no me habría dejado equivocarme así. Quién sabe. Fito tenía sus ventajas. Tan seguro, tan protector, tan voluntarioso, tan pero tan sexy. Y tan organizado, qué horror los capricornianos. Tan fuerte, tan aguantador, claro, porque vive desde que nació —yo creo— metido adentro de esa caparazón, adonde no llegan ni las balas. ¿Y de qué será esa caparazón? Vaya a saber, pero ¡ah, ahora sé! es como un cajón de muerto. Y por eso no siente nada, porque está muerto. Y en su cajón está solo y comodísimo. Y tanto que se jacta de que él es todo sentimientos. No siente nada, excepto por la hija. Sí, a Clarita la quiere, debo admitirlo. Eso sí es cierto en él. Si le pasa algo a Clarita él se desespera, vive pendiente de la hija. ¿Cómo puedo decir entonces que es un tipo sin sentimientos? Eso lo podría entonces decir él de mí, porque yo en Clarita nunca pienso. Ni me acuerdo de ella. Y eso que soy la madre. ¿Cómo puedo entonces hablar yo de sentimientos?

Jueves. Sigo hoy. Me decía aquella rubia tan alta del liceo que el padre se le había desmoronado cuando ella le llevó a la casa el primer pretendiente. El padre se puso como un energúmeno. Lo basureó al pobre muchacho, lo trató como a un ladrón que se hubiese metido en la casa, y después a la chica durante días no le habló. En casa mamá no pudo dormir durante semanas, cuando supo que un muchacho me esperaba a la salida del liceo y me acompañaba toda la hora de espera hasta la clase en el conservatorio. Ella tenía terror de que me hiciera algo, de que me pusiera una pastillita secreta en la coca-cola, para "excitarme", como decía ella. En esa época se hablaba mucho de esas pastillitas. Afrodisíacas. Hace años que nadie las nombra más ¿habrán existido alguna vez? Es otra de las cosas que quiero preguntarle al médico.

Papá no alcanzó a conocer ningún pretendiente mío. ¿Cómo habría reaccionado? Allí está, como dice Beatriz, el adornito de la casa, con su almita de gata de angora, entre almohadones de seda, hasta que un día viene alguien y expresa la intención de llevársela a otra casa. Pero no, qué injusta soy, qué exagerada, me estoy dejando influir por Beatriz aunque no quiera. La verdad es que los padres estaban encantados de que las hijas se casaran. Lo que no querían es que los amoríos les impidiesen terminar una carrera, para que pudieran después defenderse mejor en la vida, no depender tanto del marido. Éste es un buen argumento para esgrimirle a Beatriz.

Hoy sábado 9. Retomo estas hojas, sin animarme a leer lo ya escrito. Me da miedo. ¿De qué? De parecer más tonta todavía de lo que soy. Me olvidé de encargar el cuaderno. Fito. Qué ganas de echarle en cara unas cuantas. Pero cuando lo tenía frente a mí nunca me animé a decirle lo que pensaba de él. No era por miedo ¿por qué era que me callaba? Yo creo que ese tumor me vino de acumular rabia. Lo que no sé es si me lo trajesen delante ahora ¿me animaría o no a decirle lo que pienso? Según él divorciarme para mí fue un paso atrás. Me gustaría aclararlo bien, acá en este papel, el hecho de que fue una evolución. Porque hubo cuestiones, pasos adelante muy claros en todo esto. Y los quiero enumerar. No quiero dudas inútiles. Esas dudas hacen perder tiempo, me enredan, no me dejan seguir pensando. Pero por dónde empiezo, ésa es la cosa. Punto principal ¿cuándo me convenció de que él iba a mandar en la casa? No, me convenció de otra cosa, de que convenía que él mandase.

Me da rabia de sólo acordarme. ¡Qué tipo repelente! Claro que en un hogar conviene que el hombre lleve la batuta, porque es más estable, más racional que la mujer. Pero claro, no tiene que tratarse de un badulaque como Fito. Un hombre, de veras. ¿Tendré en mi vida un hombre de veras alguna vez? Antes de Fito no había habido nadie, noviecitos del secundario. Él ya terminaba ingeniería, "qué importa que Letras no dé plata, el puchero lo voy a parar yo en casa, y si querés terminar la carrera la terminás, pero no quiero esperar más para casarnos". Entonces el primer mal paso está ahí: elegí una carrera que no daba dinero, no ¡dos por falta de una! Letras y el piano, pero eso fue para darle el

29

gusto a papá. Una carrera como Letras no daba dinero, claro, no para mantener el tren de vida a que estaba acostumbrada: dos personas de servicio, abonos de ópera, veraneo de tres meses en el mar. Primer mal paso, carrera equivocada. ¿O me equivoco al creer que ese nivel de vida era tan fundamental? Sí, era fundamental, estaba acostumbrada a eso. Y él me lo podía proporcionar. Y además él me gustaba tanto. Tanto. El toqueteo. Que me besara. Que me raspase con los bigotes. Pero alto, porque de ahí no se pasaba.

Pensándolo bien, aunque yo no hubiese estado acostumbrada a tanta comodidad en casa, lo mismo habría caído en la trampa de Fito. Habría aceptado cualquier condición —matrimonial, claro está— que él hubiese impuesto. Porque me moría de ganas de él. Entonces... el primer mal paso fue no haberme sacado las ganas de él, libremente, sacarme de encima esa fiebre, bajarla hasta un grado razonable. Y recién entonces tratar de verlo como era realmente, ¡conocerlo! no imaginármelo, que tenía todas las virtudes de este mundo.

Pero no es cierto. Toda influencia de Beatriz. Es inútil querer pasar por algo que no soy. ¿Para qué escribo este diario entonces? Para decir la verdad, creo. Si empiezo por mentirme a mí misma no voy a llegar a ninguna parte. Lo que más me gustó en mi vida fue el toqueteo con Fito. Fue lo más excitante y divertido. Y los primeros meses de casada. Entonces no es cierto que tendría que haberme sacado las ganas antes. La primera noche de casados, y todo lo anterior, el casamiento de blanco, fue de sueño. Que después todo se haya echado a perder no me tiene que hacer olvidar lo divino que fue el principio, sería injusto de mi parte. De soltera era divino excitarse con Fito en casa de mamá, hasta más no poder, y después quedarme sola pensando en lo que me esperaba de casada. Sola en mi camita imaginándome

las delicias del amor. Y después la realidad superó todo.
Lástima que por poco tiempo. Tendría que confor-
marme con ese recuerdo ¡quién me quita lo bailado!
Pero es que duró tan poco...

Qué pinche destino. Pinche, como dicen acá.
¿Cómo se diría en la Argentina? ¿boludo? pero boludo
es lo opuesto de vivo, lo que todos los argentinos quieren ser. En cambio pinche es ser miserable. Ahora que
pienso, miserable es lo que ningún mexicano quiere ser.
Y resultará una pavada pero me gustaría creer en algo
como antes creía en el amor, en lo bien que me iba a ir
en el amor. Qué imaginación tenía entonces, cuando
soltera. Bueno, ahora también, pero para cosas feas,
para asustarme. Para imaginar cosas muy lindas ya no.
Sí, ahí di en el clavo, lo que se me apagó es esa lampa-
rita, porque para desear algo con muchas ganas, para
ambicionar algo, luchar, hay que creer ciegamente en
eso. Bueno, es lo que se dice, creer, pero creer en algo
que todavía no es una realidad, bueno, eso no es creer,
eso es soñar. Bueno, tampoco es soñar, eso, eso es otra
cosa. ¿Qué es? Bueno, debe ser... ser capaz de imaginarse algo. Antes yo era capaz de imaginarme cosas sen-
sacionales. Ahora ya no. No es que no quiera. Sencilla-
mente la imaginación no me da.

Pero me estoy yendo por las ramas, de lo que quiero
hablar es de los malos pasos. Quedamos en que al fin de
cuentas el primero no había sido no tener relaciones
antes de casarme. ¿Cuál habrá sido entonces el primero? Ay, estoy un poco cansada. Mejor sigo mañana.
Me gusta estar cansada, de tanto haber escrito. Me da la
impresión de que me gané el sueño, como cuando trabajaba. Qué lindo era eso. Me gustaría acordarme de
esa época, pero falta un poco, eso viene después. Me voy
a dormir.

Domingo. Cuestión malos pasos, yo creo que no es cierto lo que puse ayer, que necesitaba tantas cosas para vivir, tanta plata. Necesitaba menos, con dictar algún curso de escuela secundaria me hubiese bastado. A ver... sin hija, sin tener que mantener a padres, ¿con qué me habría alcanzado? Tener un departamento chico donde estar tranquila, eso era todo, como lo tuve después de separarme. Ni coche, ni vacaciones especiales. Ni líos de ropa cara. Yo tenía tan buena facha. Seguro que igual no voy a quedar, después de esta peste. Justo a esta edad tan delicada, al borde de los terribles treinta. Pero tal vez no sean tan terribles. Al contrario, es cuando una empieza a saber lo que quiere.

Ah, lo anoto antes de olvidarme. Anoche antes de dormirme, me di cuenta de cuál fue el momento exacto en que a Fito lo deshaucié. Porque a pocos meses de casada yo amanecía a veces con dolor de cabeza, y no sabía qué me podía haber hecho mal, alguna comida, me devanaba los sesos pensando qué podría ser. Y un día me di cuenta que el dolor me venía desde la mañana si esa misma noche me tocaba dar una comida en casa, porque Fito me había pedido que invitásemos a algún ejecutivo con la mujer. Fito estaba empecinado en que convenía invitar al presidente de tal compañía, al gerente de tal otra, etc. etc. Un día, inolvidable, me mostró una lista que había hecho, con nombres de ejecutivos importantes de toda la República. Ya no se conformaba con los de Buenos Aires. Su plan era abarcar todo, estar en buena relación con todo el país. Casi me desmayo al leer la lista, estaba escrita a máquina, por la secretaria, colocada en una carpeta con título, Sr. y Sra. Lucarelli. Y salió con la suya, todos lo estiman, y está al tope en su ramo.

Y ese día tuvimos la primera pelea, la primera discusión seria. Me prohibió que volviera a quejarme de la estupidez de nuestros invitados, ejecutivos y consortes. Yo no podía dar crédito a mis oídos ¿por qué lo ofendía tanto que yo criticara a esa gente? ¿acaso no era todo un jueguito comercial y nada más? Qué feo es eso, la primera vez que pasa, ahí encerrada en el dormitorio, como en un ring de box, o peor, la arena de los romanos, con la fiera ahí delante, que por fin muestra los dientes. Durante años me pregunté por qué se había enojado tanto ese día.

Mamá me dio una explicación, en épocas de los trámites de separación. Según ella, si él se había identificado con esos invitados imbéciles, era con toda razón, porque él era igual a ellos. A mí me dio mucha rabia porque mamá me lo dijo en defensa de él, echándome la culpa de deshacer un hogar sin razón alguna. Según mamá él era igual a los demás, y yo era la distinta, o la que pretendía ser distinta, que en el fondo no lo era porque me gustaba vivir bien. Y según ella él no me había engañado nunca, él había sido siempre así, y ahora me tenía que conformar, porque maridos perfectos no existen. Lástima, porque yo me lo había imaginado tan distinto. Y con lo mal que iban las cosas lo mismo permití que naciera Clarita. Me imaginé que de esa manera todo se iba a arreglar. Me lo imaginé tan lindo, como iba a ser la casa con un bebé.

Interrumpí porque vino Beatriz. La ocurrencia que tuvo, al verme peinada con raya al medio, y el pelo suelto sobre los hombros, me dijo algo que hacía años no me lo decían más. Que estaba igual a Hedy Lamarr. Hace tanto que no veo fotos de ella, de chica siempre siempre me lo decían, claro, ahora ella no trabaja más y la gente no se acuerda. Con toda aquella historia del marido que la tenía encerrada. Beatriz dice que se tendría que estudiar el caso de ella, porque estando casada con uno de los hombres más ricos del mundo, prefirió escaparse de la casa para hacer su carrera de cine. Una de las actrices más monas que hubo, si no la más de todas. ¿Estará mona todavía? Me gustaría ver una foto de ahora, puede darme una idea de cómo voy a ser yo a su edad. Antes me daba horror pensar en mí misma de vieja. Ahora no. Vaya a saber por qué una cambia. Que vengan cumpleaños, que se amontonen. No quiero morir joven. ¿Cuándo me darán de alta? ¿por qué tardo tanto en mejorarme? ¿llegaré algún día a mejorarme?

Lunes. Me armé de coraje. Leí lo que llevo escrito. Ante todo prometo nunca más ponerme dramática porque voy a terminar mal así, si hago este diario es para no deprimirme. Después me tuve que reír sin ganas: resulta que me había propuesto dejar bien aclarados los pasos de mi evolución. ¿De qué evolución me están hablando? Si di algún paso fue para atrás, como el cangrejo. Fito se alegraría. Pero atención, apenas si estoy empezando a aclararme todo este rompecabezas.

Bueno, hoy no me voy a ir por las ramas. Clarita. Si a mí me llega a pasar algo queda a merced del padre. No hice bien en dejársela, no hice bien en dejar que él le inculcase todas sus pavadas. Clarita lo adora, pero cuando sea grande quién sabe, si se da cuenta de lo hueco que es el pobre. Tal vez salga igual a él. De todos modos es a él a quien quiere, no a mí, la chica no me quiere, no supe conquistármela. Ni quise. Seamos sinceros. Y otra vez con el plural ¿a quién será que le estoy queriendo hablar? ¡Tengo que saberlo!

Martes. Tengo un ratito antes de que venga Pozzi. Con él habrá que hablar claro. Lástima, hoy tenía ganas de pensar en cosas agradables nada más. Y va a ser todo lo contrario. Pero cuando él se vaya voy a hacer una lista de cosas lindas, si me quedan fuerzas. En primer término el año 71, lo bien que me fue después del divorcio cuando por fin empecé a trabajar. Y después, de Pozzi, pero lo bueno nomás. ¿Y qué otra cosa me pasó, buena cien por cien? ¿nada más? No me puedo acordar quién me dijo que hay que hacer listas de las cosas lindas que a uno le han ocurrido para no olvidarlas, porque el ser humano tiene tendencia a acordarse de lo malo nomás. Quiero poner todo del año 71, del nombramiento en el Teatro Colón de mi profesor del Conservatorio de Música. La invitación a trabajar con él. El trabajo, el entusiasmo, la cosa más linda del mundo. El día entero en el teatro. Organizar más y más cosas, ¡los ciclos populares! Si yo me las arreglaba podían ver una ópera divinamente cantada dos mil personas en vez de trescientas. Lo cual era más gratificante (este término se me pegó de Pozzi) que sentarme a tiempo a la mesa de Fito. La separación. Pozzi. Juan José Pozzi una vez por semana. Mi hija dos veces por semana. Ay, si pudiera hacer un trabajo igual en México. Quiero hacer cosas lindas, quiero sanarme, quiero trabajar. Una vez en pie a mí no me para nadie esta vez. No puede ser que tenga la mala suerte de que se me cruce, no sé, otra piedra en el camino. Da miedo pensar en ciertas cosas, el diablo por ejemplo, aunque una no crea. Tener que dejar todo, país, amigos, porque se cruza el diablo.

—La verdad es que desde el día que te presentaste acá, yo no me estoy sintiendo bien.

—Porque te asustaste con lo que te dije... pero hacés mal, Ana, muy mal, en asustarte.

—¿Cómo no me voy a asustar? Empezando porque a ese hombre yo le tengo terror ¿me entendés? terror.

—Alejandro no te...

—¡No me lo nombres!

—Él no te puede hacer nada, ya. Vos lo llamás, le decís la verdad, que estás internada, que te han sacado un tumor, que tenés miedo de no curarte.

—Que no es cierto, los médicos todos dicen que no hay el menor peligro.

—Pero qué importa eso, vos podrías tener miedo lo mismo. La cuestión es que él vendría a verte inmediatamente, si sabe que vos lo querés ver otra vez.

—¿Vos Pozzi qué sabés? Puede estar con otra mujer ahora.

—Todo eso lo tenemos bien investigado. Él sigue con tus fotos en la casa, en la oficina, y no se le conoce ninguna otra mujer. Está completamente entregado a su trabajo y nada más.

—No creo que se vendría desde Buenos Aires, porque yo lo llamase.

—Todos estamos seguros de que sí, vos bien sabés que está como loco por vos.

—¿Y en qué momento lo secuestrarían?

—Algunos días después de llegar.

—¿No enseguida?

—No, porque entonces se podría sospechar de vos.

—Entonces yo lo tendría que ver.

—Una vez... o dos.

—Imposible.

—No le tocaríamos un pelo. Lo que queremos es el canje por nuestro compañero.

—De mí irían a sospechar, a la fuerza.

—No. No necesariamente.

—Pero me interrogarían, eso seguro.

—Y vos decís la verdad. Que era un amigo tuyo, un pretendiente, y que le telefoneaste para decirle de tu enfermedad. La verdad. Porque ahí está el detalle, vos tenés que decirle que te sentís mal, no que venga. Vos hacés así: lo llamás y le decís que te sentís mal... y sin ningún amparo de amigos, de familia. Poco a poco se lo vas diciendo. Que tenías necesidad de hablar con un amigo. Él entonces te va a decir que se viene a verte.

—¿Y si no me lo dice?

—Seguro que te lo dice. Vos, eso sí, no tenés que pedirle que venga. Que lo diga él. Entonces le contestás que no, que no venga. Y él se va a venir.

—¿Y si las cosas se complican? Yo lo detesto con todas las fuerzas que tengo, o que me quedan, pero tampoco quiero que le pase algo. Algo serio, que lo maten.

—No le va a pasar nada. Te prometemos una cosa, y esto va en serio: si el canje no se hace, si algo no funciona, lo dejamos libre.

—Eso lo decís vos, ¿pero y tus otros... compañeros? o no sé cómo se dice, como se llaman entre ustedes.

—Compañeros está bien.

—¿Y a vos Pozzi no se te ocurrió nada mejor que meterme en este lío?

—Si querés saber una cosa, a mí no se me ocurrió.

—Pero le diste vía libre al asunto.

—No tenés que pensar mal.

—...

—Anita. De ese modo podríamos recuperar a alguien muy valioso.

—No digas podríamos, yo ni sé quién es ni vos me lo querés decir. Vos sabés que de política yo no entiendo demasiado. Si me fui de la Argentina es por otra cosa. Pero era un asunto personal, yo en política no me metí ni me meteré jamás. Porque no la entiendo.

—Al resistirle a ese tipo ya te metiste en política.

—Qué tiene que ver...

—...

—¿Llamaste a Beatriz?

—No.

—Es muy buena persona, te caería bien.

—No tengo la cabeza para ver gente.

—¿Y fuiste a las Pirámides?

—No, es que ando nervioso, Ana. Estoy pendiente de que me llames, todo el día.

—¿Pendiente de mí?

—Bueno, de que tomes una decisión.

—...

—Él actuó mal con respecto a vos, ¿sí o no?

—Sí, eso sí.

—Y vos tomaste una posición frente a él, que es la del exilio.

—Yo no soy una exiliada política.

—Vos dirás lo que quieras, pero eso es lo que sos.

—Yo no te entiendo, Pozzi. Si yo no le tengo simpatía a tus peronistas de izquierda ¿cómo te podrías esperar que colaborase?

—Ya te lo dije el primer día, que antes de tomar ninguna decisión me dejes que te explique lo que es nuestro movimiento.

—No, ni loca, si te dejo hablar ya sé que voy a terminar dándote la razón.

—Por algo será...

—Pero es que vos sos buen abogado, y me podés hacer ver lo blanco negro, yo te conozco.

—...

—A vos lo que te importa es tener razón, no, qué estoy diciendo, ganar la discusión, eso es lo que querés. No sos sincero cuando te ponés a discutir.

—Tendrías que escucharme, no está bien que te cierres así.

—No me interesa ese tema, nada más que eso.

—Yo lo veo de otro modo. Querés estar aparte, como estaba aparte de la política la mujer de antes.

—Yo no soy una mujer de antes.

—En cierto modo sí, tu pasividad en cuestiones de

política... ¿eso qué es?

—Por algo estoy acá, y no en Buenos Aires. Si hubiese sido tan pasiva me quedaba allá.

—Te podrías haber quedado, le podrías haber hecho frente allá, a Alejandro.

—Por favor ni me lo nombres.

—...

—Veo que no te importa en lo más mínimo que yo esté convaleciente.

—Vos sabías que contabas conmigo incondicionalmente allá, no te debías haber ido.

—¿Incondicionalmente para qué? ¿para una o dos citas por semana?

—Hiciste mal en venir acá, el exilio se justifica nada más que cuando en tu país has agotado toda posibilidad de acción.

—Pero hay que tener de aquello para dejar todo y empezar de nuevo.

—¿Qué? ¿cojones?

—Sí.

—Decilo entonces. Algunas mujeres ni se animan a decir las cosas por su nombre y se creen liberadas.

—Qué agresivo...

—Con vos quiero ser lo más directo posible, sabés como te quiero, con vos no puede haber malentendidos.

—Yo lo que sé es que si te ponés grosero es que vas perdiendo, mirá si te conozco.

—...

—Pero tendrías que aprovechar ya que estás acá en México, para conocer un poco. Las Pirámides y el Museo de Antropología por lo menos, tendrías que ver.

—...

—Después cuando estés de vuelta en Buenos Aires te vas a arrepentir de no haber visto nada.

—Sí, hago mal, tenés razón.

—Un poco de distracción te va a venir bien.

—Es que yo estoy seguro de que si me escuchases... Ya te lo dije el otro día, lo que te pido es que me escuches. Con calma. Yo te quiero explicar qué es lo que se propone este movimiento. Y yo sé que políticamente te va a parecer bien.

—Pozzi... me has hecho venir dolor de cabeza.

—Yo no te puedo insistir más, si querés en cualquier momento... yo vengo y te expongo todo el asunto. Y vos después decidís.

—Pero ahora no.

—Pensalo, pero mañana a más tardar me tendrías que contestar.

—Perdoname, pero si seguimos hablando un segundo más me empieza el dolor, yo sé como es.

—¿Te dan calmante?

—Sí, pero no puedo pedir a cada rato. Es droga fuerte, no es pavada. Por favor, no me hagas rabiar otra vez así.

—Perdoname.

—Eso es lo único que vas a conseguir conmigo, que me empeore.

CAPÍTULO III

Los parques de Viena amanecieron mojados de rocío. Pese a los recelos que su esposo le inspiraba, ella decidió contarle todo: "Usted me ve así, pálida y ojerosa, porque duermo pero no descanso, las pesadillas me lo impiden. Esta última ha sido la peor, ¿puede escucharme un momento? ¿sus innumerables preocupaciones se lo permitirán? ¿estoy de este modo deteniendo la marcha de la nueva Europa? ¿Chamberlain está al teléfono? ¿el Fuehrer? ¿Mussolini? ¿sí? acerté ¿verdad? ¡por lo menos no me niegue que acerté! ¿o es de la Casa Blanca que claman por su asesoría?".

El esposo detuvo el desborde histérico con una sabia caricia. "Gracias, no sé qué habría hecho si tal sensación duraba un momento más, de todos modos el hierro del Ruhr sigue alimentando sus fundiciones de usted, y un personaje de semejante magnitud tiene derecho a una vida privada. No me refiero a mí, claro está... Trataré de ser breve, lo que soñé hace pocas horas..." El esposo la interrumpió esta vez con un tierno beso en los labios, "Usted es la única persona que me puede salvar, porque esas pesadillas no me abandonan al abrir los ojos. En este momento no tengo delante al monstruoso personaje con que soñé porque su imagen de usted la cubre. En el sueño yo cumplía años, era todavía una niña, y me atacaban unos espantosos dolores en el pecho. La casa estaba preparada para una recepción en las primeras horas de la tarde, una fiesta de niños...".

Siguió con su relato, al acabarlo no oyó el esperado comentario de su esposo sino a su vez otro relato. "La niña, tú, no sintió espantosos dolores en el pecho, ni fue

41

llevada en un carruaje rumbo al único médico de Viena que ese domingo estaba en su casa. Ese día en que cumplías doce años el tal médico no estaba vestido de frac, no era obeso, y al revisarte no le dijo a tu padre que se negaba a tener trato con quienes a su vez habían tenido trato con los muertos. Lo que le dijo fue otra cosa. Y tampoco eso debe preocuparte, porque tu padre no sé si pudo haberte acompañado ese día a casa del médico obeso, él había fallecido... digamos que poco antes de finalizar la Gran Guerra. ¿Ves finalmente que tu pesadilla no encierra amenaza alguna? De todos modos te ruego, te suplico, que no la comentes con nadie, jamás, ¿entendido?"

La muchacha rogó por un comentario aclaratorio: "Sí, hay un significado, pero no un funesto anuncio, nada de presentimientos, en tu pesadilla. Ahora te explicaré lo que sucede. Tú de muy niña habrás oído hablar de... pues... de tratos con los muertos. No, no te apresures a negármelo, es que seguramente tu memoria lo ha arrumbado en el último sótano del inconsciente. Tu padre, el Profesor, cobijó en su laboratorio a una especie de loco, o iluminado, un cierto... no recuerdo su nombre. Y no me escrutes con tanta fijeza e incredulidad, puesto que gracias al tal lunático estamos hoy juntos. Te explico. Durante la Gran Guerra se corrió un rumor, entre los altos comandos de espionaje de ambos bandos, según el cual un investigador había logrado progresos en el más ambicioso de los experimentos: la lectura de lo que no se dice, de lo que no se escribe, de lo que tan sólo se piensa. Y aquí entra en escena el loco, ¡era él quien había logrado el cometido! y se cuchicheaba que en base a pactos con los muertos. Pero desgraciada o afortunadamente para la humanidad, el pobre reventó al explotar una de sus probetas, sin haber revelado el secreto. Ello precipitó el fin de la guerra, el ansiada arma había devenido tan intangible como un sueño, como tu sueño, mi querida. Y la sola idea de un ser humano capaz de leer el pensamiento había producido tanto temor, que la gente prefirió olvidar todo lo que le era inherente. Pero el mundo no está solamente poblado de cobardes, y hace algunos años... yo... me empeñé en descifrar el misterio del loco. Después de mucho andar di con tu familia, para enterarme de la triste muerte de tu padre, causada por la misma explosión, mientras leía enfrascado viejos tratados de alquimia, en otro aposento del mismo caserón. Toda mi búsqueda cesó allí, porque el único que había tenido trato íntimo con el loco había sido él. Y bien, yo había esperado la realización de un milagro, y se produjo otro, el de tu aparición en mi vida".

Ella sentía sus párpados más y más pesados, preguntó a qué hora tenía lugar el baile en Palacio. Su esposo le respondió que no había nada que temer, llegarían a tiempo; peinador, modista, maquillador y nuevo perfumista se presentarían cuando era debido, habían sido convocados a una hora precisa, que no debía preocuparse en conocer. Ella miró su alcoba de la mansión vienesa, pisada por primera vez esa mañana. Antes de caer dormida alcanzó a ver varios detalles sorprendentes, como el portal alto que constituía la única salida, de simple madera oscura, enmarcado por dos titanes esculpidos en mármol gris, uno de mueca sufriente y el otro no. Ambos tenían la vista baja, no miraban al Ama; brotaban, a la altura de sus ingles, de columnas delgadas que se ensanchaban gradualmente hacia lo alto, y con enormes brazos alzados sostenían un frontispicio, dentro del cual dos damas sentadas sonreían serenamente mirando a un potrillito. Parecían figuras de carne y hueso, aunque pálidas, o muertas, debido al mármol gris.

Había pasado una hora de la llegada de la muchacha al Gran Salón cuando las miradas de cortesanos extasiados empezaron a amainar. A ella no le habían molestado, por el contrario la hacían sentir protegida. Después del turno de los tangos a la Valentino habían seguido los fox-trots, ahora tocaba otra vez a los ampulosos y gratos valses nacionales. Éstos sirvieron de fondo musical a la aparición de cuatro jóvenes apuestos que saludaron con profundo respeto a su esposo, eran los ingenieros becados, elegidos personalmente por el industrial, para realizar experimentos en su planta principal de armamentos. La muchacha se vio obligada a concentrar la atención en uno de ellos porque le recordaba a alguien y no sabía a quién.

Era moreno, delgado, de facciones casi femeninas por lo delicadas, pero la voz ronca y la casi rudeza de los gestos terminaban definiéndolo como viril. No sacaba los ojos de encima al Ama. El industrial fue reclamado oportunamente por el embajador soviético y ella se vio libre de actuar a su antojo por primera vez en muchos días. El joven inquietante la invitó a danzar, aceptó sin consultar a su esposo, puesto que ya había bailado una rumba con el canciller alemán y un beguín con el ministro austríaco del tesoro.

Por causas desconocidas para ella misma el Ama le pidió que bajara los párpados y volviera a subirlos. El muchacho no le obedeció, le dijo que era hermosa como un ángel, "Joven, no siempre los ángeles son hermosos, a veces asustan, vislumbro sombras perversas detrás de esa mirada ausente que les adjudican pintores y escultores", "Mi señora, los ángeles son niños que han muerto antes de perder la inocencia", "Es siempre tan triste que muera un ser sin culpa, y más aún a tan tierna edad. Y me pregunto yo ¿no habrá ángeles niñas?", "Debe haberlos, aquellos que fueron sacrificados por los conocedores del futuro eran de ambos sexos", "¿Sacrificados?", "Sí, mi señora, en épocas lejanas era considerado un acto de misericordia. Quienes conocían el futuro y sabían de los intensos sufrimientos que esperaban a esos niños en este mundo, sugerían a los padres acongojados que los eliminaran", "Qué horrible historia...", "Depende del punto de vista que se adopte. Aquellos padres habrían querido ahogarlos en su llanto desesperado, pero las lágrimas no bastaban, y debían sofocarles la tierna, tibia respiración durante el sueño, con una almohada", "Usted es cruel, parecería estar de acuerdo con tales asesinos...", "¿Asesinos esos padres desconsolados? No ellos, aunque sí tal vez los conocedores del futuro. Ellos decían casi siempre la verdad, pero a veces podían usar su poder para venganzas mezquinas".

Ella no atinaba a frenar la aceleración de sus temores, el Gran Salón ofrecía puertas que daban al balcón, todas enmarcadas por columnas de pie fino que se ensanchaban poco a poco hasta de pronto fingir pliegues de telas doradas alrededor de caderas que se continuaban en bustos de sendas mujeres doradas y sonrientes, las cuales sostenían con derroche de gracia, mediante un tocado de rulos infinitos, el también dorado cielorraso. Entre ellas se miraban burlonas, era evidente la inseguridad del Ama, "Usted habla de esos conocedores del futuro como si realmente hubiesen existido", "Existieron, mi señora. Habían arribado a ese saber por medio de tratos con las ánimas, pactos con seres condenados que les prestaban sus miradas", "¿Cuáles miradas?", "Sus miradas de muertos, de espíritus ubicuos que todo lo ven", "¿Y a cambio de qué prestaban las ánimas sus miradas?", "Fácil deducirlo: a cambio de rezos, a cambio de alivio para sus penas. A cambio de compartirlas, llegada la hora del descanso final de los vivientes. Y así los muertos anticipaban el acceso al mar del tiempo, donde confluyen pasado, presente y futuro", "Es todo un embuste. Nadie conoce el futuro".

La pareja perfecta causaba un curioso efecto entre la concurrencia, nadie los podía mirar más que un instante, su esplendor hería las retinas. El Ama repudiaba las palabras de su pareja pero no podía menos que admirarles la audacia ¿cómo un subalterno de su marido se atrevía a hablarle en ese tono? "Señora mía ¿por qué le asombra tanto que alguien conozca el futuro? ¿Acaso no hay actualmente, por ejemplo, quien logra leer el pensamiento?", "Jamás he oído decir tal cosa", "Predecir el futuro me parece un acto mucho más inocuo, no se pretende cambiar nada, sino simplemente adelantar una noticia. Mientras que infiltrarse con toda vileza en el pensamiento presente, vivo, de quien se nos ha puesto delante, sin sospechar nada del terrible peligro a que está expuesto...", "Por favor, joven, no continúe". La bella se desligó de los brazos que la habían ceñido cada vez más estrechamente, demasiado tarde ya para dar otra ojeada al distintivo dorado de la solapa del frac ¿era posible que simulase un ángel niño?

Dio unos pasos al azar, divisó a una de sus guardias personales, la gruesa dama de gris, bajo la arcada rococó de la salida, lista para seguirla. En esta ocasión su presencia se le hizo amistosa, y no opresiva, cambió con la esbirra una mirada que el joven captó de inmediato. Éste desistió de toda explicación y su pareja bajó las escaleras reales. Inmensas, caracoleantes y sostenidas, a falta de columnas, por dos ancianos pordioseros que las cargaban sobre los hombros mientras rencorosos miraban al Ama, el todo esculpido en un solo bloque de granito. A ella no le importó, obsesivamente seguía preguntándose a quién podía parecerse tanto el joven.

Era otra vez de mañana, la neblina se había tornado

más blanca, y más negros los caserones de la callejuela. La limusín se detuvo y el Ama fue escoltada por la dama de gris y un guardaespaldas más, del género masculino. Cubierto el rostro por velo azul que le tomaba delicadamente el mentón, se detuvo a observar la fachada de la Biblioteca Imperial, su simple portal, su balconada del primer piso con a cada lado un macetón al que miraba jugando un ángel niño, su segundo piso sin balcones pero rematado por dos mujeres lánguidas recostadas a los lados de otra vez un manso potrillo, todos mirándose entre sí, ajenos a las visitas de extraños.

En el penumbroso interior su pedido de periódicos viejos fue atendido de inmediato. Mantuvo a sus guardias a distancia, no debían ver qué sección consultaba. Muy pronto dio con las páginas ansiadas, las del día en que había cumplido los doce años. Era preciso averiguar cuanto antes lo que había sucedido en esa fecha, por algún motivo la había soñado. Pero no encontró nada. Revisó los de días anteriores, después los de días posteriores. Allí se le presentó por fin una noticia, de la sección policíaca, que probablemente le atañía. Una doméstica, de quien se daban solamente las iniciales —¡las mismas de mi nodriza! se gritó por dentro el Ama—, había intentado dar muerte a la niña de la casa, en el día de su cumpleaños, suministrándole un veneno. Largos años al servicio de esa familia, cuyo nombre se omitía por razones de respeto, había actuado en un rapto de locura, ahorcándose luego con su propia trenza, en la celda del manicomio donde había sido encerrada. Se transcribía como curiosidad el texto de la carta póstuma encontrada junto al cadáver de la desdichada: "Adiós, es mi destino, como el de mi pobre hermano, que me vaya de este mundo por haber perdido la razón. Eso es lo que se creerán, pero mi hermano no era más que un sirviente al que el Profesor, para encubrir sus fechorías, hizo pasar por loco. Era el Profesor y no el pobre siervo quien estaba loco. Todas mentiras que había dicho a sus allegados, para que no sospecharan de él mismo. Me voy, y dejo en el mundo al fruto de mi culpa, una hija, concebida bajo los peores auspicios, los del amor no correspondido. El Profesor tenía veneración por su madre fallecida e imposibilitado de dormir pensando en los posibles tormentos que la viejecita sufriría en el otro mundo, hizo un pacto con los muertos. Pacto que él sostenía haber hecho con ánimas buenas. Pero es hora que lo admita, yo estaba perdidamente enamorada de él, bello como nadie. No había otra mujer en la casa, el Profesor no había querido que nadie ocupase el lugar de su madre. Y una noche, sabiendo lo que yo sentía, me miró por primera vez y dijo que su rezo había sido escuchado: él mismo pagaría en el más allá por las faltas de su madre, la cual encontraría así por fin descanso. Pero a cambio de eso él en este mundo traidor debía servir al Bien, cumpliendo órdenes muy precisas. Y qué me significaba a mí todo aquello, ¡lo importante era tocarlo! Repetí las palabras que él me dictó y me desnudé al claro de luna, el jardín de lirios blancos parecía una alhaja muy fina esa noche. Cuando cayó dormido sobre las flores aplastadas, aunque poco antes iluminadas de plata, dijo en sueños palabras que no comprendí. Pero después de aquella noche nunca más me volvió a mirar ¡a mí! que traje al mundo a la niña más bella que jamás existiera, y a la que ayer traté de matar, porque tengo miedo de que a quien esa niña sirva un día sea al Mal y no al Bien, ya que ha sido educada para servir un día a un hombre. Sirvienta de un hombre o de todos los hombres, da lo mismo. ¡Y no lo permitiré! ¡mi hija no ha de arrastrarse como yo! ¡la odiaría si lo hiciese! ¡no y no! ¡antes prefiero verla muerta!''

El redactor del periódico a continuación señalaba

que el final del escrito había resultado ilegible, borroneado como estaba por las lágrimas de la suicida. El Ama hizo un esfuerzo —¿sobrehumano?— y releyó el artículo para cerciorarse de que aquello no era una alucinación. A continuación lloró el llanto más quedo y amargo de su vida, en memoria de su madre, ¿conocería alguien más la historia de la desdichada sirvienta? No, puesto que resultaba imposible dar con esa noticia, entre los millones de eventos publicados por los periódicos en tantos años, a no ser por el dato que recibiera en su pesadilla: la fecha exacta del suceso.

Al cerrar el pesado tomo encuadernado, el esfuerzo le fue excesivo y cayó desmayada. Fue conducida sin más a su mansión, pero la página fatal fue encontrada fácilmente por el lector que consultó el tomo acto seguido. A ese lector se le simplificó todo, las lágrimas derramadas sobre una vieja crónica, aún húmedas, no habían alcanzado a diluir la letra impresa, más firme que la tinta empleada por la suicida del manicomio. El lector devoró el texto, con expresión impenetrable, mientras desde su solapa sonreía un diminuto ángel de oro.

—Yo tengo mi plan hecho, Beatriz.

—Te escucho.

—A él le prometí pensarlo con calma y después contestarle.

—Te refieres a su pedido.

—Sí. Yo te voy a contar todo menos eso, el pedido en sí, ¿está bien?

—Tal vez sin eso... yo no me pueda ubicar en el problema.

—Te aseguro que sí. Entonces... mi plan es éste: por mi cuenta lo pienso bien, todo lo que él me pidió, y además te pido a vos tu consejo. Te cuento bien cómo fue mi relación con él, y vos me das tu opinión.

—...

—Me hacés acordar al médico.

—¿Por qué?

—Se queda callado. No me hace ningún comentario, cuando le cuento todos mis síntomas.

—¿Qué comentario quieres que te haga si todavía no sé nada?

—Te lo digo en broma.

—No te interrumpas más que quiero saberlo todo.

—No, todo no, hay una cosa que no puedo decir.

—Estoy de acuerdo, pero empieza de una vez.

—Lo conocí en la Facultad, cuando volví a estudiar. Siempre tuve debilidad por las caras lindas.

—¿A quién se parece? a alguien que conozcas en México, así me lo puedo imaginar.

—Es blanco, rosado, hijo de italianos. De pelo castaño, un tipo muy común en la Argentina, ojos castaño claro. Se parece a muchos, pero no sé a quien decirte. Con el pelo no muy largo, y bigotes grandes. El pelo es lo mejor que tiene, castaño pero bastante claro. Y preguntame algo vos, porque no sé por dónde empezar.

—¿Es alto?

—No tanto, menos de uno ochenta.

—¿Y qué más?

—No sé por dónde empezar.

—...

—Él iba a un bar después de las clases...

—...

—Frente a la Facultad...

—Anita, tú no tienes ganas de contarme nada.

—No es cierto.

—A cada momento te quedas callada.

—Nos presentaron otros amigos, y él al principio fue agresivo conmigo, me trató de oligarca, porque yo me

50

arreglaba mucho para ir a la Facultad. Debió ser por eso. A la tarde.

—¿Y después?

—Lo vi pocas veces, siempre un momento nada más, porque yo tenía que ir a comer a casa.

—¿No era en las tardes que lo veías?

—Sí, pero allá en Buenos Aires decimos comer, en vez de cenar como dicen ustedes.

—Cenar es correcto español ¿no?

—Y ustedes dicen comer a mediodía, y nosotros almorzar. Pero también allá hay gente que dice cenar. Pero ésa es una cosa cómica, porque está visto como de clase baja.

—¿Y por qué cómica?

—No, digo cómica porque justamente tiene que ver con algo de él, de Pozzi. Pero te lo cuento después. Bueno, me da vergüenza pero te lo cuento ya. Hay palabras que allá están consideradas de clase baja, como rojo, ...esposa, hermoso, ...cena, y qué sé yo. Y el primer día que vi a Pozzi, yo dije que me tenía que ir a comer y él hizo un chiste y todos se rieron de mí, y me hizo quedar como una snob.

—Sigue.

—Yo fui educada así, en casa nunca se dijo rojo, siempre colorado. Y mujer en vez de esposa, marido en vez de esposo. Fue él que me hizo ver hasta qué punto era toda una cuestión snob, clasista ¿me entendés? Pero mientras tanto me hizo quedar mal, fue agresivo. Porque él estaba en toda esa onda, política. Había sido trotskista, y después se hizo peronista.

—Esas cosas de la política argentina me las tendrás que explicar, porque yo nunca pude entender lo del peronismo.

—Yo no creas que entiendo mucho.

—La cuestión de los de izquierda que se hicieron peronistas, para mí es incomprensible.

—Detalle importante: me llamó la atención lo mal vestido que estaba. No quiero decirte que anduviera de blue-jeans, porque eso no hubiera importado. No, trajes gastados, unos pantalones finitos y cortos, pasados de moda, el pantalón no le tocaba el zapato ni por broma. Y yo aplico a veces mi psicología de bolsillo y me da resultado, vas a ver. La deducción mía fue: si este hombre es tan buen mozo y anda tan mal puesto, es porque su físico lo tiene sin cuidado, es porque estará en otra cosa, más importante. Pero enseguida vino todo el lío de mi divorcio.

—...

—Año 69. Y después lo volví a encontrar en un estreno, en un teatro. Yo estaba elegante que mataba, y él con esos pantalones de siempre, y el nudo de la corbata grasienta, la ropa que se ponía a la mañana para ir a Tribunales, y no volvía a la casa hasta la noche. Y me invitó a, bueno, a cenar, a la salida. Me lo dijo como chiste.

—¿Y tú lo corregiste?

—No, le dije que estaba bien dicho, porque después de medianoche se puede decir cenar.

—¿Y él?

—Yo elegí un restaurant por ahí cerca, no de moda, para estar más tranquilos. Y ahí me agarró con la guardia baja, me preguntó si yo clasificaba a la gente, o peor todavía, esperá... si yo descartaba a la gente que decía cenar en vez de comer, hermoso en vez de mono, etc. Me mortificó porque tenía razón. Me aseguró que esas palabras habían quedado así, desprestigiadas, por una maniobra de hace muchos años. De gente de clase alta. Un grupito que no tenía nada que hacer y quiso tenderles una trampa a los... ¿cómo dice él? trepadores sociales. Entonces eligieron palabras con el mismo sentido, como rojo y colorado, y declararon de mal gusto una de las dos, pero en secreto, ¿entendés? así quien la pronunciaba se delataba solo, que era de origen no alto.

—¿Tú crees que ustedes los argentinos se merecen la fama que tienen, de snobs?

—¡Claro! La clase alta no te imaginás lo que es, yo los conozco muy bien.

—...

—Yo había sido educada así, de chica mamá me corregía si yo decía la palabra equivocada.

—¿Tú mamá es de clase alta?

—No, más o menos acomodada, pero alta no. Snob y basta. Y me olvidaba de lo peor, "tomar la leche" en vez de "tomar el té". Peor todavía que decir "rojo".

—¿Cuál es de clase alta? tomar el té, supongo.

—Claro, por inglés. Pero es fantástico el poder de una palabra. Si alguien, alguna compañera del colegio, me invitaba a la casa a tomar la leche, yo no iba, me imaginaba una mesa sin mantel y unos jarros cachados con pedazos de pan flotando en la leche... hervida y vuelta a hervir, con una nata horrible. Que a lo mejor no era cierto. Después me di cuenta de lo geniales que eran esas rodajas grandes de pan con manteca, y azúcar encima, una costumbre popular allá.

—Pero engordarán muchísimo.

—La gente de clase alta es toda flaca flaca en Argentina. Y es de tacañería, no quieren gastar en comer, ¿no sabías?

—¿Y en qué gastan?

—No sé, yo no los conozco casi. Joyas antiguas, muebles antiguos, ésa es su locura, supongo. Y porcelana.

—Yo creí que los conocías.

—Bueno, más o menos. Si alguien de ellos te invita a tomar el té, mantel y porcelana tenés asegurados, pero no demasiado de comer, pan tostado con alguna mermelada agria, a la inglesa.

—Sigue con Pozzi.

—Él me vino con ese ataque. Y yo fui tonta, me puse a la defensiva y le dije que ésa era una frivolidad sin importancia, que uno usaba ciertas palabras por simple costumbre. En el fondo estaba convencida de que no. Y ahí me ganó el primer round. Porque es una enfermedad nacional, allá, el berretín de ser distinguido.

—Aquí la gente tiene la chiflazón del dinero.

—Que es más perdonable.

—Pero a la gente la vuelve muy grosera también. Cada país tiene su estupidez nacional.

—Cuando hablábamos de esas cosas, de la Argentina, Pozzi defendía más a España, decía que el berretín ahí es ser valiente. Y no darle importancia al dinero, ser generoso.

—Pero son muy machistas, dile a tu amigo.

—Pero para mí lo peor es Inglaterra, debe ser porque los argentinos la imitan tanto. O le imitan los defectos, por lo menos. Todos los argentinos quieren ser cínicos, o muy cerebrales, nada sentimentales.

—¿Y el tango entonces?

—Eso es cosa del pueblo. Yo te estoy hablando de las capas más altas, y a lo que aspira la gente que va subiendo en la escala social.

—¿Y tu amigo pensaba como tú?

—La verdad es que te estoy repitiendo todas las cosas que él dice. Con razón, o sin razón, vaya a saber.

—Cuéntame cómo siguió la relación.

—La segunda vez que salimos ya vino después a mi departamento, y ahí empezó todo. Me da vergüenza admitirlo, pero...

—¿Qué?

—Jurame que no lo vas a contar. Y no te rías.

—Dime.

—No lo digas, pero fue el único hombre que conocí, bíblicamente ¿no?, fuera de mi marido.

—Te prometo no contarlo jamás.

—Qué poco emancipada ¿verdad?

—Tú sabías que él estaba casado.

—Sí, y eso me gustaba. Porque yo no quería volver a atarme. Estaba encantada, soltera otra vez.

—Pero una soltera con hija.

—No, ella quedó con el padre. Pero dejame que te cuente más.

✳—Yo creí que estaba con tu mamá.

—Y seguimos viéndonos dos años.

—¿Tú entonces te habías ido a vivir con tu mamá?

—No, me fui a vivir sola.

—¿Y tu mamá por qué no vino, para tu operación?

—Uhm... Mamá tiene prohibido venir a México, por la altura. Un problema cardíaco, vos sabés de esas cosas... Yo en Buenos Aires viví sola, por eso Pozzi me podía ir a ver.

—Hasta que te viniste para acá.

—No, ya antes dejamos de vernos seguido, porque él estaba cada vez más ocupado con su política. Era una época en que había muchos presos políticos. Por un lado tenía que trabajar para vivir, como abogado de un estudio, y después todo lo otro. Todo el día el pobre en esos Tribunales.

—¿Te habías enamorado de él?

—No, nunca. Bueno, sí, al principio, pero duró muy poco.

—¿Por qué?

—Creo que porque los dos éramos muy orgullosos.

—¿En qué sentido?

—Teníamos muchas ocupaciones y no queríamos perder tiempo. Y te diré que con él nunca sentí lo que con Fito al principio. Con Fito al principio era fantástico. Después menos y menos. Y con Fito lo hablamos. Pero otra vez no iba a pasar por ésas. En fin, son cochinadas.

—No entendí ni una palabra.

—Mejor entonces hablo claro. Con Pozzi nunca gocé como con Fito al principio. Con Fito era genial, más de lo que yo me había esperado, que fuera ese placer. Pero duró poco. De Fito me desilusioné muy pronto.

—¿Te desilusionaste porque eso empezó a fallar?

—Beatriz, veo que no me conocés para nada. Yo soy muy mental para esas cosas.

—¿En qué sentido?

—No sé explicarte.

—¿Porque tienes mucha fantasía?

—Hablando de fantasías. Fito me envició en una cosa fea. Pero ésas sí son cochinadas.

—Si no es por cochinadas es porque te deprime, nunca me cuentas nada.

—Según Fito yo tenía que ir al médico. Para ver qué origen tenía la cosa. Podía ser algo físico, o las consecuencias del parto.

—¿A él lo afectaba?

—No, él seguía gozando. Era yo la que me embromaba. Pero no quise ir al médico.

—¿Y por qué?

—Me emperré en que no. Y creo que tuve razón. Lo malo es que en esos casos siempre queda una duda. Yo estoy segura de que no, que la razón no era física.

—¿Y cuál era entonces?

—Que yo no lo quería más. Aunque la verdad, no estoy segura si alguna vez lo quise.

—¿Y ésas eran las cochinadas?

—No, es que cuando yo me empecé a dar cuenta de que sentía poco y nada, él me dijo que pensara en cosas mientras sucedía eso, por ejemplo que estábamos en un

56

parque y yo era una nena y él un hombre grande que me compraba caramelos para ganarse mi confianza, y después me llevaba a un descampado, en las afueras. O que yo era una colegiala de doce años en excursión por Arabia y un sultán me encerraba en su palacio, y cosas así.

—Representar papeles, como en un escenario. Personajes.

—Más o menos.

—¿Y eso te ayudaba?

—Sí, no volví a sentir tanto como al principio, pero me ayudaba. Y con Pozzi cuando desde el principio vi que tampoco sentía mucho, me empecé a imaginar cosas. Que él salía de la cárcel y era un héroe nacional, pero lo habían torturado y estaba ciego, y yo lo cuidaba. Eso me excitaba mucho. O que yo era mucama...

—Hacía años que no escuchaba esa palabra.

—¿Por qué?

—Aquí no se dice, se dice criada. Pero cuando niña en las películas argentinas Mecha Ortiz o Paulina Singerman siempre tenían mucama.

—Te cuento: me imaginaba que yo era mucama en la casa de él, y a escondidas de la familia hacíamos cosas. Pero a él yo lo veía más como mártir, eso me excitaba más. Lo que me excitaba de él era eso, que fuese lindo y tan sacrificado a la vez. Tan bueno.

—Si era tan bueno ¿cómo se hizo peronista?

—Beatriz, muchísima gente buena se hizo peronista.

—Eso no lo entiendo. Perón había perseguido a los de izquierda, en su gobierno anterior. Acá en México tenía fama de fascista. ¿Cómo puede conciliarse una cosa con la otra?

—Yo nunca entendí mucho eso. De los peronistas de izquierda no conocí más que a él.

—¿Y de los de derecha?

—Ya algún día te contaré.

—Te participo que no estoy entendiendo mucho.

—Yo te repito lo que decía él. Según Pozzi, Perón fue el primero que consiguió hacer respetar una política nacional, o nacionalista.

—O nacional socialista. Nacional con zeta.

—¿Qué querés decir?

—En alemán nacional, de nacional socialista, se escribe con zeta. Nazional, nazi.

—¿Y de ahí viene la palabra nazi?

—Claro.

—Nunca me había dado cuenta.

—Sigue con tus amigos.

—Beatriz, yo no te los estoy defendiendo. Yo te repito lo que me decía él. A él yo le decía lo mismo que me decís vos a mí. Me vas a hacer poner nerviosa.

—Perdóname y sigue, que quiero entenderte.

—La cuestión es que parece que Perón mal que mal había organizado los gremios por primera vez y le había dado importancia al movimiento obrero, lo había organizado.

—Según lo que yo sé, Perón había organizado el movimiento obrero para servirse él de los sindicatos, pero no sentó una base socialista real.

—No me pidas tanto detalle, yo eso no sé bien cómo era. Pero claro, el final de las cosas te da la razón a vos.

—¿Pero cómo esta última vez la izquierda pudo ilusionarse de ese modo, con él?

—No sé, Beatriz.

—¿Y cuál es el consejo que quieres que te dé?

—Sobre él. Si te parece una persona que me quiere o no. Quiero decir si me quiere bien, o no.

—Me tienes que contar más, con lo que sé no puedo opinar de nada. Lo que me gusta es que fuera tan desinteresado, en la defensa de los presos quiero decir. Pero si era peronista me inspira desconfianza.

—Y sigue siéndolo.

—Entonces no, decididamente no. Si todavía sigue con eso, después de lo que Perón le hizo a la izquierda antes de morir, no. No le tengo ninguna confianza.

—Pero Beatriz, la cosa es muy compleja, según él el socialismo tenía que pasar por el peronismo, por razones especiales, históricas.

—Quien juega con el fascismo se quema.

—¿Entonces qué me aconsejás?

—Anita, piensa que yo ni siquiera sé por qué te viniste a México, ¿cómo quieres que opine algo?

—Eso no tuvo que ver con Pozzi.

—Pero es fundamental para entender tu caso.

—...

—Estás un poco pálida.

—Beatriz... no te imaginás lo cansada que me siento, por haber charlado este rato. Debe ser que estoy muy débil.

—Trata de quedarte un poco callada, mientras yo te platico.

—Pero yo quería contarte más cosas. Ayer fue la primera vez que pedí calmante, fuera del de la noche. Ya me está doliendo, es aquí, en la nuca. Como un dolor de cabeza. Y al mismo tiempo una opresión rara, en el centro mismo del pecho, debajo del esternón. Siempre es así, las dos cosas al mismo tiempo.

—Descansa un poco, y después seguimos. Aunque la verdad, no sé si me quedará tiempo.

—Cuando me empieza, es difícil que se me pase, sin calmante.

—Entonces pídelo. ¿Te hace efecto enseguida?

—Sí, pero me duerme, es droga fuerte. Yo no quiero acostumbrarme tampoco.

—Procura quedarte callada un rato, yo miro una revista, por mí no te preocupes.

—No, Beatriz, me parece que tengo que llamar a la enfermera.

CAPÍTULO IV

Eran dos sombras desgarbadas las que se proyectaban contra el resplandor rojo fuego, en el vasto patio de fundición. Aun el supremo armamentista mundial debía apelar a una estratagema para eludir micrófonos ocultos. Así lo exigía el hecho de tratar con dobles y triples agentes secretos. Al volcarse con tal estruendo, el hierro líquido hirviente sofocaba cualquier otro sonido. El armamentista hablaba directamente al oído del agente británico, en esta ocasión tratando de convencerlo de su inocencia. El agente mantenía una expresión facial impenetrable. El armamentista aseguraba nunca haber sospechado que su joven esposa fuese una espía ¡y del Tercer Reich! En efecto, ella no le había ido al encuentro a él, como sería el caso de un espía profesional, sino que él la había hallado por casualidad, siguiendo las huellas del Profesor.

El británico se permitió una leve mueca de sorna y la congeló un momento para que el otro la notase. Enseguida agregó que las sospechas sobre la esposa habían comenzado al hallarse irregularidades en el acta de nacimiento, rigurosamente examinada. El acta había sido reescrita, figuraban como padres el Profesor y una dama de sociedad entre tachaduras que trastrocaban fechas y otros datos, seguramente para hacerlas coincidir con su edad y sexo de ella.

También los documentos actuales de la cuestionada habían sido revisados y las contradicciones se sumaban, todo lo cual la definía como un agente más tras la pista del hombre que un día habría de leer el pensamiento del mundo. Un agente que, creyéndolo cerca del gran secreto, se había arrimado arteramente al industrial. Éste alzó aún más el cuello de piel de su gabán y encasquetó todo lo que pudo su galera de fieltro, en un intento vano de autoprotección.

El británico prosiguió, trataba de dar consecuencia lógica a lo que decía, pero su interlocutor se percató del esfuerzo del agente para hilvanar fragmentos inconexos de información: quien lograse leer el pensamiento y así desbaratar los planes secretos de cualquier potencia mundial... lo lograría a partir del día en que cumpliese treinta años de edad, y ya había nacido. Tales deducciones provenían del estudio de ciertos escritos muy antiguos, donde se hablaba de pactos con los muertos y de la posibilidad de oír lo que se calla.

Las sombras se separaron, el resplandor rojo fuego persistió. Para salir de aquel lugar, el armamentista eligió los pasadizos secretos más oscuros, puesto que quería esconder su vergüenza, y también los más silentes, puesto que quería escuchar con toda claridad la voz ahuecada y gangosa de la venganza. Ésta le sugirió algunos métodos extravagantes de eliminación, pero uno lo sedujo en especial: su esposa —de resultar comprobada la culpabilidad— sería ejecutada sin fragores de pólvora ni cosa parecida, la encerraría en una caja fuerte con todas sus joyas, sí, la obligaría a entrar en una cámara pequeñísima, transparente como el celofán pero rígida como el acero. La haría entrar desnuda, con cualquier subterfugio, ¡no! nada de subterfugios, la narcotizaría una vez más y ella se despertaría ya atrapada, junto a sus joyas. Desde afuera él la observaría consumir el oxígeno de esos pocos metros cúbicos de aire, la vería asfixiarse lentamente, perder su belleza, volverse un sapo, reventar, pudrirse. El armamentista consultó su pesado reloj de bolsillo, eran las tres de la tarde: esa misma noche la sorprendería en la mansión de la isla, y ajustarían cuentas.

Mientras tanto la muchacha transcurría una rara jornada de total vigilia, dado que a su esposo lo habían reclamado cuestiones urgentes en la fundición, a un centenar de kilómetros de allí. Lo apacible de las condiciones atmosféricas le habían aliviado el disgusto sufrido días atrás en la biblioteca, de algún modo le parecía haberlo soñado y no vivido. Eran las tres de la tarde y no había dejado todavía su dormitorio, se asomó una vez más al balcón, la luz parecía acariciar el parque. Concibió una idea optimista, si toda esa belleza existía era porque las ánimas buenas regían los destinos del universo. Y como si hubiese faltado una pincelada más para completar ese cuadro de encanto, apareció en el parque una figura exquisita de mujer, recorría un sendero bordeado por árboles de un lado y del otro por flores muy blancas. Pero las ropas, el caminar, la silueta, el rostro, le pertenecían a ella misma, al Ama. En ese momento se estaba contemplando caminar por el parque, con las ropas que había pensado vestir para dar ese mismo paseo, pocos minutos más tarde. Ella misma en el parque tenía la mirada perdida en la lejanía ¿buscando qué? tal vez dialogaba con seres del más allá, con esos muertos cómplices que prometían revelarlo todo. Se tomó de los cortinados para no tambalear de terror, respiró hondo.

Alguien golpeó a la puerta, ella no sabía qué responder, sí o no, en ese momento todo la asustaba. Thea abrió la puerta sin más, su llavero se lo permitía todo, aparentemente, "Ama, si no es atrevimiento le sugeriré un paseo por el parque, hay luz espléndida a esta hora". "Parece que no solamente tú, Thea, piensas así", "Usted también, claro está", "Sí Thea, yo también". Volvió la vista hacia el parque, la visión no se había esfumado, permanecía allí. La servidora avanzó hasta el ventanal, "El parecido con el Ama es perfecto ¿verdad?", "Pero qué es esto, una burla? ¿quieren que me vuelva definitivamente loca, como mi pobre ma...", "¿Acaso es la primera vez que el Ama ve a su doble? Perdón... ¡me da una terrible gana de reírme! ¿No ha sido advertida el Ama de que por razones de seguridad el Amo ordenó el conchavo de una doble? Pero esto es inaudito... A usted se la debió advertir antes que a nadie...", "¿Una doble? ¿pero para qué?", "Pues parece que el Amo quiere que mientras usted no esté en la isla, la doble quede aquí, para atraer a los posibles secuestradores y criminales varios", "Pero hoy yo estoy aquí", "Debe haberse producido un error en la Orden del Día", "Es idéntica a mí, no puedo tolerar una situación tan equívoca, esa mujer debe salir de aquí inmediatamente", "El parecido es sólo aparente, y a cierta distancia. El parecido del rostro está prestado por una máscara, y la silueta perfecta se logra mediante forzaduras de corsé y aditamentos de rellenos. Pero si me permite cambiar de tema, Ama, es éste el momento ideal para la postergada visita al palmar aclimatado". El Ama una vez más buscó con la mirada a su doble, ya había desaparecido.

Jardín de Invierno, hierro y cristal, hierro pintado de negro brillante, cristal sombreado por el verde de las plantas. Armazón de hierro, fuerza de macho. Cobertura de cristal, ¿sometimiento de hembra? Tal fue la reflexión del Ama, de inmediato sintió una sed imperiosa. Thea abrió el candado plúmbeo, quitó las cadenas y empujó la portezuela. El aire seco del desierto besó la piel del Ama, allí adentro se pisaba arena rubia y caliente, desde las dunas se erigían intensos haces de luz abriéndose paso entre racimos de dátiles, hasta tocar el cristal del cielorraso incandescente, y de allí en reflejo engrosado volvían a bajar hacia el ramaje en busca de otra aventura óptica. Luces aventureras, ebrias, carnosas. Un hábil juego de espejos hacía que el horizonte pareciese lejano e inalcanzable. La música sonaba oriental, efecto de coros femeninos ondulantes, pero el ritmo marcado por címbalos y demás parafernalia de la percusión operística resultaba occidental y, no obstante, apropiado para acompañamiento de una lujosa caravana en el desierto. Pam... pa-pa-pa-pám, pam... pa-pa-pa-pám-pám-pám... y de pronto un violín, lu... lu-u-ú... lu-u-ú, un alma lamentándose dentro de su cuerpo o cárcel.

El Ama no pudo menos que seguir con sus pasos la cadencia, avanzaba majestuosa al compás del tambor, mientras su respiración seguía las volutas quejosas del violín. Pronto su vestimenta le resultó excesiva, no le importó la presencia de Thea y se empezó a desnudar. Thea iba recogiendo las prendas a medida que caían en la arena y refirió que a pocos pasos, a la derecha, encontrarían una tienda de beduinos, auténtica pero escrupulosamente limpia, donde descansar un momento. El Ama no dijo palabra pero tomó hacia la derecha cuando el sendero se bifurcó. Adentro de la tienda, al reparo del sol enceguecedor, el aire estaba casi fresco. Profusión de almohadones, sobre una suerte de puf una bandeja y una copa llena. Se precipitó a beberla, antes la olió para anticipar el deleite, era el líquido de siempre, pero Thea con tiesa mano karateca tuvo la insolencia de golpear la copa, la hizo rodar por el suelo.

El Ama la miró azorada. Thea retrocedió unos pasos hacia la salida de la carpa. No se le podía estudiar la expresión del rostro porque la servidora se hallaba a contraluz, de espaldas al resplandor que entraba por entre los flecos de la salida. Y entonces fue el Ama quien retrocedió, de horror, al ver que Thea comenzaba a quitarse la ropa también, al tiempo que le decía, con voz más y más ronca, "Yo preparé esa copa en un momento de extravío, de insensata lujuria". La silueta de Thea se iba revelando más y más enjuta, las piernas se recortaban musculosas y cubiertas de vello, "Pero no imitaré la cobardía de su esposo, no me valdré del narcótico. Quiero colocarme frente a usted, tal como soy, y que usted decida". Cuando ya se había quitado hasta la última prenda, de un manotón se arrancó la peluca de pelo tirante y rodete bajo, recogió del suelo uno de los tantos trapos y empezó a refregarse la cara para quitarse los afeites. Uno de esos gestos la llevó a colocarse de perfil, el Ama con enorme e inesperado alivio notó que Thea era hombre.

Y con ese hombre, aunque vestido, había valseado en el baile del Palacio, "Ya me ha reconocido, espero. Engañé al Servicio de Guardia de su esposo y logré que me tomaran como criada. Para ellos era difícil encontrar una mujer de condiciones atléticas como las mías. Se precipitaron a contratarme cuando me les presenté, debidamente travestido. Así resulta que mi nombre no es Thea sino Theo". Pese a llevar algunas semanas de casada, el Ama no había estado nunca, despierta, frente a un hombre desnudo, y menos aún en estado de erección. Theo había dado algunos pasos hacia ella y ahora lo podía observar detalladamente. Tal vez para escrutarlo mejor, ella se dejó abismar casi en un almohadón blandísimo. Otra enorme e inesperada reacción la sacudió: el hecho de estar frente a un ser tan hermoso como ella misma, y a la vez contrastante por su masculinidad, la hacía sentir cómoda, normal, del montón, no un monstruo de belleza, según había sido calificada más de una vez.

Él se sentó a su lado, "Pero eso no es todo. Y al contar lo que sigue me pongo totalmente en manos de usted, ya lo verá. Entré como criada y guardia suya para espiarla por cuenta de su esposo, y también para es-

66

piarla por cuenta de una potencia extranjera". El Ama sintió que Theo le acariciaba una mano y después se la tomaba suavemente, ella no la retiró, no sabía si por temor o qué, "Soy espía soviético. Quienes me dan órdenes sospechan que usted sea un agente del Tercer Reich, pero yo estoy seguro de que no es así, de que usted cayó en las redes del temido armamentista mediante vaya a saber qué trucos", "No se equivoca. Soy inocente". Theo le tomó la otra mano, "No tengo prueba alguna de una cosa o la otra, pero... me he... enamorado perdidamente de usted, he perdido toda defensa, estoy a su total merced..." También ella estaba a merced de él, y lo empezaba a admitir, "Theo... usted me tiene que ayudar a salir de esta prisión, yo odio a mi esposo. Me casé con él en pos de protección, sin saber que lo que él quería era un objeto más para su colección de obras de...", "De arte, sí, no tema decirlo", "¿Yo una obra de arte? ¿Usted lo cree?". Las puntas rosadas de sus senos estaban ya rozando los hirsutos pectorales del joven, "Daré la vida si es preciso... mi Ama... ¿Pero podría llamarla de otro modo?" Como respuesta ella posó delicadamente sus labios sobre los labios de Theo. Así fue que él no pudo continuar hablando, pero con todo su cuerpo, con sus manos, sus brazos, su pubis puntiagudo, le juró hasta quedar sin aliento que daría la vida, si era preciso, para libertarla.

Los cuerpos quedaron exhaustos. Ingenuamente ella pretendía encontrar palabras, imágenes, metáforas, para explicar a Theo todo el goce con que había sido colmada. Reveló así su condición de amante primeriza, porque el joven, más experimentado, sabía que "Ciertos cielos, mi Ama, escapan a toda descripción". Lo único que podía nublar, y levemente, su felicidad en ese momento, era la banda sonora del invernadero, se repetían los lugares comunes de la música pseudo-oriental,

Scheherezade de Rimsky-Korsakoff, *Lakmé* de Delibes y *En un mercado persa*, de Ketelbey. Por un momento logró abstraerse y no oír más que la voz de su enamorado, "Hoy mismo debemos escapar de aquí. Se me ocurre una idea: tú puedes hacerte pasar por tu doble, y pedir salir unas horas, el lanchero es indulgente con los demás miembros de la servidumbre", "Tesoro mío, te tengo absoluta confianza ¿pero no se trata de una estratagema algo riesgosa? me puede reconocer...", "Perdóname, pero es la única que se me ocurre como posible. Debemos vestirnos y poner el plan en acción. Será preciso eliminar antes a tu doble", "¿Un homicidio?", "No necesariamente. Debería amordazarla, maniatarla, pero si se resiste no habrá otra solución que el asesinato. Es una sucia espía, y su curriculum vitae una larga lista de traiciones y bajezas propias de ese oficio", "Theo, también tú eres espía ¿tan bajo concepto te merece tu trabajo?", "Ya no lo es más. Por amor a ti he renunciado a patria e ideales políticos. No fue una decisión mía, más fuerte que todo resulta esta inmensa admiración... y deseo... y ternura... que siento por ti. Odio la injusticia, por eso me embanderé en la causa socialista, pero tampoco puedo permitir que contigo se cometan atrocidades, es más fuerte que yo, no puedo concebir que sigas en las garras de ese monstruo", "Pero ahora tendremos tras nosotros no sólo a los sabuesos de él, sino también al servicio de inteligencia del cual desertarás", "Del cual he desertado ya. Quiero estar junto a ti por el resto de mis días. Verte envejecer a mi lado. Siempre serás bella... creo que a los treinta años serás más bella que nunca", "Qué extraño que digas eso, yo tengo terror de llegar a esa edad, siempre lo he tenido, y no sé por qué... A la mujer es en realidad pasar los cuarenta años lo que la espanta", "Mi amor, nada has de temer, porque solemnemente te prometo que yo estaré junto a ti el día ése en que cumplas los treinta años", "Me comprendes tanto que a veces tengo la impresión de que me lees el...", "Habla, ¿por qué te interrumpes? ... Pues bien, debemos darnos a la acción. Pronto empezará a anochecer, mi misión cotidiana es conectar en el parque la alarma nocturna, la cual consiste en que todo el parque se ilumine, como de día o más aún, si en él se introducen elementos extraños", "¿Y yo? ¿qué será de mí mientras tanto?", "Irás a tu cuarto, elegirás la vestimenta de calle menos llamativa, buscarás un bolso discreto pero capaz de contener todas tus joyas, y me esperarás. Ah, y el sombrero ha de tener un velo liviano, recuerda que te harás pasar por tu doble".

Cuando se vio en su cuarto nuevamente sola, comenzó a temblar de miedo. Debía actuar con total sangre fría y en cambio no conseguía siquiera abrir el cierre-relámpago de su vestido. No supo si se debió al pulso tembloroso, pero el cierre se atascó, debió forzar las costuras, desgarrar el crêpe-de-Chine. Se dirigía al vestidor contiguo cuando la puerta se cerró frente a ella violentamente, la cerradura estaba con el seguro puesto del lado interior y no supo cómo entrar. Se alivió al pensar que el alhajero estaba allí mismo en el dormitorio, lo sacó de su escondite, pero el llavín —no del todo enfilado en la cerradura— cayó sobre la alfombra de visón. Pasó su mano por el pelaje marrón oscuro, sin resultados. En desborde histérico, ahí de rodillas, empezó a dar puñetazos contra el delicado alhajero de platino, inútilmente. Lo arrojó contra la pared tapizada de raso a franjas. En el aire se abrió y se desparramaron las joyas ¡no estaba cerrado con llave! Una a una recogió las piezas que la encandilaban, la mareaban con su titilar constante.

Se esforzó y logró ponerse de pie, buscó en el gran espejo veneciano una respuesta, pretendía por lo menos un intercambio de expresiones consigo misma, un signo cualquiera que la tranquilizase. La belleza de su rostro la azoró, nunca se había visto así, una luz nueva se le había encendido en el pecho e irradiaba su fulgor a través de los ojos celestes, a través de la piel blanca sonrosada, del pelo renegrido. Volvió a mirar las joyas que sostenía en sus manos, recogidas en enorme puñado, y por contraste le resultaron opacas. Volvió a mirarse al espejo, y ello bastó para que se despegase de su marco y cayese haciéndose añicos. Sospechó de inmediato que los muertos se habían hecho presentes, y de una manera poco amistosa, decididamente hostil, ¿qué querían? ¿acaso esos muertos estaban también ellos pagados por su esposo? ¿por qué le querían retrasar la fuga, ya que impedirla no sería posible? Se asomó al balcón en busca de aire. Thea, y no Theo, se hallaba en el mismo lugar donde horas antes había visto a la doble. Allí, al borde del estanque, estaba inmóvil, mirando hacia el lugar que también la doble había contemplado fijamente. ¿Qué es lo que miraban? ¿qué significaba esa pose, esa mirada perdida en la lejanía? ¿esperaban que antes del atardecer un muerto les hiciese la señal convenida?

Thea dejó el parque y se dirigió al subsuelo del edificio principal, donde estaba el aposento de la doble. En el pasillo se topó con uno de los ancianos servidores, la invitaba a unirse a un grupo de ellos, a la hora del té gustaban una rica torta, aquella famosa, la favorita del archiduque que... Abruptamente Thea, olvidando que debía afinar la voz, lo interrumpió diciendo que tenía mucho que hacer. Pero el viejo era sordo, no se percató de nada e insistió en que la repostera de la isla había estado al servicio del archiduque Rodolfo, y era la única que conocía la receta de la famosa torta. El travestido optó por hacerse presente unos instantes, además la doble podía encontrarse en el grupo y con alguna excusa la llevaría aparte. Los ancianos lo recibieron con jovialidad y aprovecharon para quejarse de que la única otra persona joven de la servidumbre los había despreciado. Hablaban de la nueva empleada, la doble por supuesto, y le auguraban una mala estadía en la isla si no aceptaba la compañía de los viejos. Thea devoró una tajada de torta y se excusó. Por fin pudo seguir con su plan.

Golpeó a la puerta de la doble, su propósito era maniatarla y amordazarla para que no pudiese dejar su cuarto mientras el Ama y él escapaban. La mujer abrió a regañadientes. Pocos minutos después Thea salió del cuarto, con las manos limpias. Se las había refregado en la ropa de la degollada, la avezada espía se había resistido ferozmente, no había quedado otra alternativa. Era la primera vez que mataba, sentía el corazón latirle en la garganta. En el pasillo no había nadie, el banquete continuaba, se dispuso a tomar el ascensor para alcanzar al Ama en su cuarto. Ya estaba llegando al subsuelo el lento aparato cuando se oyó estridente el timbre de servicio. Thea miró el número de campana que estaba sonando, correspondía al suyo. No le cabía otra cosa que tomar el teléfono y responder. Quien la solicitaba era el Ama misma, no soportaba más la espera, le rogaba que subiese, y la llamaba por su nombre masculino. La respuesta se redujo a un "sí, sí", con voz afinada, pero había sido una terrible imprudencia de parte de la muchacha expresarse de ese modo, alguien podría haber estado vigilando la línea, como era habitual.

Thea entró al ascensor, la lentitud de la marcha le resultaba un martirio, pensó que solamente la torta del archiduque podría haber distraído al viejo telefonista de su tarea. En efecto, creyó haberlo visto entre los alegres festejantes. El Ama se arrojó a sus brazos, pese a la impresión que le causaba el disfraz de criada. Ya hacía rato que estaba lista, los bolsillos del abrigo se le desfonda-

71

ban casi por el cargamento de joyas. Él le estaba bajando el velo del sombrero para observar el efecto... cuando el teléfono sonó. ¿Convendría que contestara ella o él, o Thea, la fiel guardiana? Él decidió que contestase ella. Era su esposo. Con voz cariñosa le ordenaba que se preparase para viajar de inmediato a Viena, donde él la esperaría. Le ordenaba también que acarrease todas sus joyas. Ella apenas si podía responder, pero su estupor se adecuaba a la situación. El armamentista agregó que no tendría ningún problema práctico, él hablaría de inmediato con Thea para que se ocupase de todo, la servidora la acompañaría en la lancha hasta el embarcadero privado en Viena, allí él la esperaría. La esposa dijo que Thea estaba ahí mismo y el billonario ordenó que le pasara el auricular. Las instrucciones fueron las de siempre, no dejar al Ama sin vigilancia ni un solo instante. Colgó el tubo sin más.

¿Sería posible tal golpe de suerte? Si esa llamada hubiese llegado un rato antes Theo no habría debido ensuciarse manos y conciencia con un acto sangriento ¡si tan sólo no se hubiese apresurado tanto! Pero por otro lado ¿no era extraña la orden de acarrear todas las joyas?

Ya caía la tarde. El imponente lanchón se abría paso velozmente por las ondas de un Danubio violáceo cada vez más oscuro. El viejo capitán les había sonreído al recibirlos a bordo, su comportamiento parecía normal. Thea temía que alguien hubiese oído su breve conversación telefónica con el Ama e inmediatamente hubiese notificado al Amo, por eso éste los había convocado a ambos, ante su presencia. Pero apenas habían transcurrido uno o dos minutos entre una llamada y la otra, ¿sería posible una reacción tan rápida? Porque no... ¿acaso no era un hombre admirado por su extraordinaria habilidad? en él no sería de extrañar esa rapidez de reflejos. Thea se disculpó y bajó a la cabina. El Ama notó el asombro del capitán, la guardiana nunca debía dejarla sola. El Ama intentó entablar una charla amable. El capitán no dejaba de atender al timón y se sentía visiblemente incómodo: tal vez no estaría bien visto que conversase con ella. En ese instante se le ocurrió que quien viajaba junto a él era la doble y no el Ama, de inmediato apretó un botón y contactó el embarcadero privado donde se dirigía, quería preguntar al servicio de guardias allí apostados si había alguna irregularidad en la operación.

El caño de un revólver se lo impidió, Theo le estaba presionando el arma contra la espalda encorvada por los años. Se le ordenó torcer el rumbo, el viejo dio un salto inesperadamente vigoroso, con un brazo logró hacer saltar el revólver de la mano de Theo. Se trabaron en lucha, rodaron por el suelo, a pocos metros yacía el arma, el viejo estiró la mano para alcanzarla, el Ama percibió el grave peligro y antes de darse cuenta de lo que hacía disparó un balazo en la espalda del capitán. El humo negro de la pólvora la ocultó por un instante.

Theo empuñó el timón y puso rumbo a Hungría, apenas a media hora de navegación. "¿Y de allí adónde, querido?", "En Budapest contactaré al servicio secreto soviético". Ella se estremeció, él le tomó el talle y la trajo hacia sí, le besó la mejilla sin perder de vista su ruta, "No temas, ellos nos proporcionarán los documentos necesarios. Les mentiré, les diré que con tu ayuda he encontrado una pista que nos obliga a viajar a América. Una vez allá seguiremos adonde quieras, puesto que ya estaremos fuera de las garras de tu esposo, y de mis ex-correligionarios". Se besaron, cerraron los ojos, querían olvidar que la fuga había costado ya dos vidas. Ella volvió a abrir los ojos y vio la mano enorme de Theo todavía enguantada en seda, empuñando el timón. Tembló de placer y miedo, recordó un decir, aquello de que la desconfianza estrangula con guante de seda. Por su parte él no abrió los ojos, pero en su memoria apareció un fogonazo negro de pólvora del que emergía el Ama, empuñando un arma caliente y mortal.

Jueves. No es justo lo que le hice a Beatriz. No se puede llamar a alguien para pedirle un consejo con toda seriedad, y después contarle poco y nada. No le tuve confianza a último momento. Y sin motivo. Y yo soy la primera en perjudicarme, porque quería saber su opinión. Aunque Beatriz fue injusta en lo que dijo de Pozzi. ¿O tuvo razón?

¡Ay qué vergüenza, la mentira que dije! ¿qué necesidad había de inventarle a Beatriz que en mi casa se decía comida en vez de cena? Mi casa era una casa como todas las de clase media, por más clase media acomodada que fuera. Al cambiarme a ese colegio secundario pago fue que me enteré de que yo no era tan distinguida como creía. Fue ahí que aprendí esas diferencias. Un colegio caro donde iban algunas chicas de clase alta. Fue el desprecio de ellas que me enseñó las diferencias. Y yo en vez de mandarlas al diablo a esas tilingas las imité. Quién sabe en qué andarán, algunas eran muy buenas chicas, pero con ninguna seguí viéndome. Las clases se separan solas. Según mamá me tenían envidia, porque yo era la más mona de todas.

Otra cosa que me da rabia es perder discusiones con Beatriz. Prometo que nunca más le discutiré nada si no estoy bien segura de lo que le voy a plantear, de tener mi defensa bien armada. Y otra cosa, otra mentira mejor dicho ¡lo de la enfermedad de mamá! Me prometo firmemente no contar más mentiras de esa clase. Es hacerme trampa a mí misma. Si mamá no está aquí conmigo es porque yo no quiero, porque no la soporto, me pone nerviosa. Y es una vergüenza decirle a Beatriz que no puede venir a México porque le hace mal la altura, por el corazón, que lo tiene más fuerte que yo. ¿Por qué no le digo la verdad? Mamá nunca me hizo nada malo, siempre en la calle, llena de amigas, de casa en casa jugando sus canastas, pero a mí me pone nerviosa. No la aguanto. Es una vergüenza haberle inventado la enfermedad del corazón.

De todos modos charlamos un buen rato con Beatriz, qué buena amiga que es, con todo lo que tiene que hacer llegarse un rato hasta la clínica. Pero me pasa algo con ella. Cuando la besé para despedirme me di cuenta. No siento por ella ese cariño que sentía antes por mis amigas. ¿No puedo sentir nada por nadie ya más? Hasta me dio envidia, malsana, verla irse y yo quedarme enferma. Soy una hiena. Y ella una santa. Pero a lo mejor es eso, que sea tan santa conmigo. Me trata con un afecto muy grande, pero no sé, hay algo que no es propio de la amistad. Hay algo como maternal, o, no sé si me atrevo a escribirlo, hay algo en el trato de ella conmigo... que no es de igual a igual. Es de persona que está por encima. Por eso lo de maternal, porque una madre tiene una superioridad inmensa sobre su criatura. Claro, por un lado es natural, ella está en gran superioridad de condiciones con respecto a mí, tiene dinero, familia en perfecta armonía, y salud. Me da miedo seguir. Hay algo, no sé, algo demasiado devoto en ella. Que no sea lo que estoy pensando. Que no sea que ella sabe que mi enfermedad no tiene cura. Ella es mi mejor amiga en México, y el médico pudo habérselo dicho a ella sola. Que no sea eso. Tal vez todos los saben, menos yo.

Bueno, prometí no darle más rienda suelta al pesimismo, y voy a cumplir. Viene el médico, tengo que dejar.

El transatlántico de lujo dejaba el puerto de Southampton, desde la borda saludaban elegantes viajeros, agitando cada vez con menos convicción las manos, enguantadas. Un señor algo mayor, de baja estatura, grueso, era objeto de particular atención por parte de los tripulantes. Se trataba de un productor cinematográfico, "El dueño de esa fabulosa compañía de Hollywood en cuyo firmamento brillan más estrellas que en el cielo", comentó un rudo mozo de cuerda a otro. El productor declaraba a periodistas presentes, los cuales pronto descenderían en botes hasta sus madrigueras de redacción, que había descubierto estupendos talentos europeos durante su viaje de inspección, todos por supuesto ya bajo férreo contrato de siete años con su empresa. Pero no parecía calmo, allí en la borda constantemente se miraba en derredor, como buscando algo, un objeto precioso pero casi irremediablemente perdido. Una vez librado de los reporteros, apagó el habano que sólo fumaba cuando se sentía inseguro, se hundió en un sofá de su suite y llamó al camarero, "Le prometo una propina suculenta si me localiza esta noche misma a la mujer más bella del mundo, la vi subir la pasarela y después desapareció. Pero sé que ha permanecido a bordo, soy experto en cualidad estelar y detecto su radiación en las cercanías, todo su ser está clamando por una cámara que la filme. Yo oigo ese clamor".

Los viajeros dormían cuando el sol despuntó esa primera mañana de viaje. Algunos tenían sueños felices, otros no. Al Ama había tocado en suerte el más dichoso de todo el paquebote. Soñaba que al despertar yacía junto a un joven dormido. Ella con sumo cuidado se levantaba para no despertarlo, e iba hacia el espejo. El enorme ojo de buey —con los brazos extendidos no se alcanzaba a abarcarlo— la iluminaba, hasta tarde en la noche desde el lecho habían admirado el mar y el cielo sin luna, se habían dormido sin correr el cortinado. Ella soñaba que la luz del alba la despertaba, el espejo le decía que seguía siendo la más bella del mundo y por lo tanto digna de su compañero. Respiraba aliviada y volvía a acostarse, adoraba esa sábana de hilo de Irlanda y esa cobija de piel ¿de qué animal? era una piel espesa como de oso, sedosa como no sabía qué. Sentía los párpados pesados, volvería a dormitar, pero apenas minutos, porque si no era uno era el otro que recomenzaba con viajes del uno por el cuerpo del otro, excursiones nocturnas, territorio liso y blanco, el Ama by night, cacería de alondras, y al rato la caza mayor, rugían en la oscuridad las fieras hambrientas, durante el peligroso safari a las selvas del cuerpo del macho, que en este momento se veían de golpe iluminadas por un rayo insolente y redondo de sol, procedente del ojo de buey. Tal vez la nave había girado levemente y la luz hería casi el rostro del muchacho, que no pudo menos que despertarse.

Ella le dijo que estaban ambos soñando, que el sueño consistía en que al amanecer juntos recordaban los placeres de esa misma noche que terminaba de morir. Él entonces la corrigió: ante todo cada noche que pasaba no moría, sino que pasaba... a vivir para siempre en el recuerdo de ambos, y por último... no estaban soñando, estaban despiertos, ella debía habituarse a la felicidad y no confinarla al terreno de los sueños. Se puso roja de vergüenza, Theo tenía razón, estaban despiertos.

Al caer la tarde, la cubierta de primera clase se veía desierta, posiblemente debido al viento frío que soplaba. La pareja aprovechó para sentarse allí en las cómodas reposeras, cubiertos con mantas escocesas. Querían ver aparecer las primeras estrellas de su segunda noche a bordo. "Querida, te contaré algo, para que no te sientas tan sola en lo que a tus aprensiones respecta. Yo también a veces siento dificultad en creer que tanta felicidad me haya tocado a mí. Para ayudarme a separar la realidad del sueño, pues... estoy llevando un diario. Pero te pido un favor, y es que no lo leas, ¿me lo prometes? ...Gracias."

Un mensajero los interrumpió, portaba un mensaje para Theo, bajo el nombre falso del documento con que viajaba. Ella se estremeció, le rogó que no lo abriese. "Distinguido señor: le solicito que se ponga en contacto conmigo. Quiero contratar los servicios de su señora esposa para el séptimo arte, puedo hacer de ella la mujer más admirada del mundo. Saludos respetuosos de..." A ella ese nombre que cerraba el texto la impresionaba como conocido, pero no pudo ubicarlo pese a esforzar su memoria, Theo en cambio decidió que se trataba de un simple malentendido. Ella estaba en desacuerdo pero él no la escuchó y arrojó el papel al mar. "Pero ¿por qué tomas una decisión sin consultarme?", "El hombre de tus sueños no puede ser un mequetrefe que siga a su mujer a donde ésta diga. Si a una mujer no la domina un hombre la dominan sus caprichos ¿no prefieres que te domine yo?"

Cayó la noche. Tal vez afectada por el mensaje de Hollywood, la muchacha sintió necesidad de reposar un momento en el camarote, antes de cenar. Theo se echó a su lado. Un rato después ella se levantó, aunque seguía durmiendo. Si él hubiese estado a su lado la habría detenido. Ella caminaba sonámbula, salió al pasillo, de allí a la cubierta, subió escalerillas, bajó rampas, tal como si alguien la llevase de la mano después de haberle vendado los ojos. ¿Pero quién era que la conducía así rápidamente, sin titubeos? ¿qué fuerzas desconocidas se preocupaban por su suerte? Tripulantes y pasajeros la veían pasar y la creían una aparición, con su negligée vaporoso al viento. Finalmente se introdujo por un pasillo estrecho, se detuvo ante una cabina pequeña, dependencia de servicio. Acercó la oreja a los respiraderos de la puerta, se oía la voz de Theo, "¿A qué hora atracaremos en la isla de Funchal?". Una voz aguardentosa de marinero le respondía, "Antes del amanecer", "Pues eso nos ayudará, las sombras son propicias para las desapariciones", "Los pasajeros bajarán a dar su corto paseo después del desayuno, y sus nombres son anotados inexorablemente", "E inexorablemente aquellos cuyo nombre no figure en la lista serán considerados a bordo, nadie sospechará que han permanecido en tierra", "Así es, compadre", "Este arete de perlas legítimas va como adelanto, el otro lo recibirá terminada... la faena".

Ella se mordió fuertemente un dedo para cerciorarse de no estar soñando y fue ahí que se despertó. Pero esta vez no se trataba de una pesadilla, las voces que acababa de oír eran reales. De inmediato se llevó las manos a los lóbulos de las orejas ¡alguien le había quitado los aretes mientras dormía! Volvió a primera clase con la respiración contenida, se echó a la cama, enseguida se oyeron los pasos de Theo. Ella fingió despertarse al recibir el beso en la frente, "¿Lograste descansar? Sabes, mañana bajaremos a dar un paseo por la exótica isla de Funchal, de modo que conviene que hagas acopio de fuerzas", "De acuerdo, mi amor. ¿No convendría también que tomase una pequeña dosis de somnífero? El médico de a bordo te puede proporcionar un frasquito, así tenemos para otra ocasión... Gracias".

Al rato ella quiso cenar, allí mismo en la antecámara de su suite. Les faltaba sólo el café, estaban tomados de la mano, de pronto un fingido escalofrío recorrió la es-

palda de la bella, pidió a su amante que le trajese un
chal, guardado allí a pocos pasos en un baúl. Segundos
le bastaron para disolver el somnífero en la cafetera de
plata, "Theo querido, ahora toma tus dos consabidos
pocillos de café y salgamos un momento a cubierta,
quiero confesarte algo". Theo obedeció, "Y sabes, querido, no tomaré nada para dormir, porque ya me estoy
muriendo de sueño... Mira este cielo, piensa que podría
ser la última noche de nuestra vida, ¿por qué no?, la
nave puede chocar contra un iceberg e irse a pique en
pocos minutos. Permíteme que yo conduzca tus pasos
esta vez, mira... no hay absolutamente nadie allá al
fondo de la borda, totalmente a popa. Qué aire tan
fresco ¿verdad? Me ayudará a aclarar mis ideas... porque debo contarte cosas muy serias. Yo... yo no soy una
mujer como las demás, y tú lo sabes ¿no es así? A ver...
mírame en los ojos, tú lo sabes ¿verdad? Tú mismo me
lo dijiste un día, pero en ese momento no me di cuenta.
Después reflexionando caí en la cuenta de que tú lo sabías todo. Tú me dijiste... que no te apartarías de mi
lado, sobre todo el día en que cumpliese treinta años,
porque ese día... ¡Vamos! ¿por qué te sobresaltas? ¿te-
mes que esto nos pueda de algún modo separar, el hecho de que tú sepas que yo sé que tú lo sabes? Vamos,
vamos... ¿te hace tambalear esta simple confesión? ¿se
te aflojan las rodillas?... Yo en cambio me siento más
tranquila que nunca, porque si tú me puedes amar a pesar de saber que soy un monstruo, ya eso... acaba con
todos mis temores... Sí, mejor así, tómate de la baranda,
mira al mar allá abajo, ¡qué oscuro! ¿no? Es tan íntimo
este lugar, nadie nos ve, sólo el mar y el cielo... ¿Pero
qué es eso de doblarte sobre la borda? tienes que tratar
de mantenerte derecho, como todo un hombre que
eres... Y a ver... ahora que casi ni puedes abrir los ojos,
que las manos y los brazos y las piernas se te han dor-

mido, ahora que no puedes ya emitir la voz, déjame que saque de tu bolsillo, allí cerca del corazón, esa libreta donde anotas tantas cosas... ¿A ver? Sí... qué bueno eres conmigo, me dejas ya hacer todo lo que quiero, uhmmm, sí, con las últimas páginas me basta... Leamos un poco... 'Qué vil me siento esta noche... Pensar que mañana ella creerá que no la amo, porque la entrego a mis correligionarios. Soy agente soviético, lo seré hasta la muerte. No podía decirle la verdad, me arriesgaba a que me abandonase y eso era intolerable para mí, debía de algún modo retenerla a mi lado. No, no le jugué sucio ¿acaso respetaría ella a un hombre sin ideales, sin honor? Hubo un momento en que flaqueé y decidí seguirla hasta el fin de la travesía, y de allí más y más dicha, bajo cualquier latitud... Pero hay un temor que me acecha, y no me da paz. Un temor más fuerte que el amor mismo. Más fuerte aún que el remordimiento de traicionar a mi causa. Y es el temor a que llegue ese día, el terrible día en que ella cumpla treinta años y al leer mi pensamiento se entere de que... ¡No! antes que decepcionarla en ese sentido prefiero que me crea espía y traidor a ella. ¡Pero cuánto la amo! Nunca volveré a sentir esta inmensa ternura y deseo por mujer alguna, mas prefiero que termine ya esta quimera, sería intolerable esperar ese cumpleaños fatídico, sabiendo que... Incluso ella preferiría que la matase antes que decepcionarla. Y yo la mataré si es preciso. Sí, lo peor sería decepcionarla y ello resultaría inevitable si se enterase de que todos los hombres...'.'' Theo reunió sus últimas fuerzas y alcanzó a dar un manotón a la libreta, pero su mano temblorosa no la pudo sostener y el viento se la llevó, la arrojó contra un rollo de sogas. Mediante otro esfuerzo Theo volvió a entreabrir los ojos y la miró, le pareció que la muchacha empuñaba un arma humeante. Ella no tenía nada en las manos, y tampoco le hacía falta, dado que las últimas energías abandonaron al muchacho y quedó doblado sobre la borda. Ella creyó oír pasos, se dio vuelta pero no divisó a nadie. Tomó los tobillos de su amado y los levantó. No tuvo necesidad de empujarlo, el propio peso del joven lo hizo resbalar por la baranda, y de allí caer al mar.

Ella de inmediato corrió a buscar las anotaciones, pero un golpe de viento se le adelantó y barrió la libreta por el piso. Quería saberlo todo, desesperadamente, ¿qué temía él que ella leyese en su pensamiento al cumplir treinta años? Se inclinó a recoger el cuadernillo negro, y otra vez el viento se lo arrebató. La libreta voló por el aire, superó la baranda y cayó al mar. Ella lanzó un grito de odio contra los elementos desatados de la naturaleza. "No tema, yo no he visto nada." Horrorizada la bella se dio vuelta. A pocos pasos se hallaba un hombre ya maduro de baja estatura, grueso, fumando un habano, "Le repito que no he visto nada. Soy el productor cinematográfico que le envió el telegrama, o sea el fabricante de sueños más importante del siglo", "¿Sueños?, ... Me aterran los sueños...", "Vayamos al grano, estimada señora. Haga de cuenta que estamos en mi despacho de Hollywood. Yo no he visto nada, o mejor dicho sí, he visto a un joven desesperado arrojarse por la borda. Y he oído a usted aceptar un fabuloso contrato —de por vida— con mis glamorosos estudios. Muy bien pagada será además. Claro está, su vida privada deberá seguir ciertas pautas, y la empresa supervisará sus actividades, sobre todo aquellas pacibles de un juicio moral. ¿La señora encuentra las condiciones de su agrado?", "Espero un hijo, del joven que acaba de suicidarse", "Tomo ya nota, el directorio de la empresa decidirá qué hacer con él, o ella ¿no le gustaría dar a luz una niña que perpetúe su belleza?"

Sin responder, ¿qué necesidad había?, ella empren-

dió el regreso a su camarote, pensó que esos pocos minutos transcurridos habrían bastado para provocar la
muerte de Theo por ahogo. Ahora él se habría unido a
esa legión de almas sin cuerpo, ociosas, que jugaban con
el destino de los vivos.

CAPÍTULO V

Viernes. Hoy le toca turno a las cosas lindas de Pozzi. ¿Fue importante el primer día? No creo. En el café de la Facultad. ¡Ah! anoche me quedé pensando en una cosa, ¿yo le pagaba a Fito con mi cuerpo o él me pagaba con el suyo? Mientras pude tener ese placer con él sentía que lo quería, a la noche. Pero lástima que el día era tan largo, y eso no duraba más que unos minutos. Bueno, los domingos a la mañana era más largo, casi toda la mañana, retozando sin apuro. Pero todo el resto del día había un precio que pagar. Tan alto. ¿Cómo Beatriz pudo pensar que dejé de quererlo porque eso empezó a fallar? Eso yo lo tengo bien claro.

Y aunque aquel placer de los primeros meses hubiese seguido ¿después por qué tenía yo que pagar, con mi dedicación a la casa? ¡Que pagase él! para eso yo era mona, o soy todavía. Sí, claro que yo pagaba, porque el cuidado de la casa me hartaba y para mí lo de la noche venía a ser la recompensa, el pago que él me hacía. Pero esto es un lío. Me estoy contradiciendo. Él no me pagaba, yo le pagaba a él, eso es lo que quiero dejar sentado. Si yo hubiese estado soltera me habría pasado el día mucho mejor, como después cuando divorciada. En fin, no es un disparate cuando digo que yo le pagaba a él. Y si él quería tener en la casa a una mujer de mis quilates, tendría que haber sido él quien pagase. Sí, él mantenía la casa, pero yo era la que tenía todo marchando, para tener una casa bien organizada hay que estar pendiente todo el día, aún con personal de servicio. Yo entonces venía a ser el ama de llaves durante el día, y la prostituta ahí contratada todas las noches. Y lo que me daba era la comida y la ropa. Y eso quedó bien al descubierto cuando me separé, porque como yo me quise ir tuve que aceptar que no me pasase un centavo. Así que yo tenía que aguantarme las comidas de los estúpidos que él invitaba, y hacer todo lo que él quería. Y lo único que yo sacaba en limpio de todo eso era los buenos ratos de la intimidad. Así que en realidad yo le pagaba a él con mi trabajo, con mi dedicación a la casa, yo le pagaba para que a la noche me hiciera ese favorcito. Más pienso, más rabia me da. ¡Yo quiero que me paguen a mí! Ya que soy mujer, y objeto, según la onda más moderna, quiero ser pagada y bien. ¡Por lo menos eso! Cuando salga de esta clínica me tengo que definir, o me hago marimacho como las feministas, y eso jamás, o me dedico a hacerme pagar bien. Claro que a los treinta ya no es lo mismo. ¡Si pudiera volver a empezar con veinte años! ahí sí que me cotizaría. Que paguen, si no en dinero, que de veras no me importa, que paguen en atenciones, en esperas, porque yo no me voy a prodigar más gratis. Y menos que menos pagar yo.

Me sigo yendo por las ramas. Y las ramas secas. En vez de anotar cosas agradables para levantar el ánimo. Un momento regio: cuando entendí todo lo que Pozzi me explicó de esas últimas teorías de psicoanálisis. Fue en el primer mes de sus visitas al departamento. Otro momento regio: la corbata nueva. Pero eso pasó antes. A ver si me acuerdo por orden. En la primera salida no fue. Las cosas agradables se me borran de la memoria ¿por qué? Voy a hacer un esfuerzo y me voy a acordar. Primera vez que vino a casa: ¡apareció con corbata nueva! se vendió solo, me quería impresionar ¡qué momento regio! Pero no es cierto lo que digo, ése no fue un momento regio. No hubo tantos momentos regios. Con él nunca los hubo, salvo aquella noche después del seminario. Y no por él, fue por las ideas esas que me explicó.

Cuando Beatriz me preguntaba, ahí me di cuenta que él nunca me había terminado de convencer. ¿Por qué? ¿acaso no tiene todo para convencer? Es buenmocísimo, es simpático, es inteligente, es sensible, siempre tiene tema de conversación, es sexy, tiene buen corazón ¿qué le falta entonces? Nada. Entonces no hay duda que es mi culpa, que yo no puedo sentir nada por nadie. Pero no ¡no es cierto tampoco! ¡sí que siento! ¡siento desesperación por encontrar a alguien, al hombre que cambie todo esto! y si me pongo a pensar, y buscar lo que hay en lo más hondo de mí, y si me concentro, como en este instante, si me concentro totalmente, casi lo veo a ese hombre. Es un hombre al que admiro, y yo voy por una calle, voy a mi casa, o a mi trabajo, o de compras, y lo veo a él y me olvido de lo que tenía que hacer, me olvido de dónde voy, y se lo pregunto a él, y él se da cuenta de que estoy perdida, he perdido mi camino, y me he perdido del todo, porque no me acuerdo de quién soy, no me acuerdo de que soy linda, de que soy orgullosa, de que no me voy con el primer hombre que encuentro, y él me lleva a su casa, una casa antigua llena de libros, y con un piano de cola, ventanales a un jardín muy espeso y medio en sombras, y alguien está tocando el piano ¿la madre? ¿la mujer? Y ahí él se da cuenta de que no puedo entrar yo en la casa, y él se va conmigo, tratando de que nadie lo reconozca, y nos vamos a un lugar desconocido, y un día él se pierde por la calle, como yo, porque no conoce el lugar, y se olvida de dónde iba, y pregunta el nombre de las calles y nadie le sabe decir, porque él no se acuerda de dónde iba, y le preguntan quién es y tampoco se acuerda, o es que no lo quiere decir, vaya a saber. No, si se pierde por la calle no lo voy a querer tanto, es posible que ya no sienta tanto por él, no, estoy segura, ya no siento nada por él.

Estoy loca, escribir cosas sin sentido. Pero la verdad es que mientras se me ocurría todo eso... estaba segura de que a ese hombre desconocido lo quería con todas mis fuerzas. ¿Cuál es la falla de Pozzi? Sigo para ver si me doy cuenta. Aquella primera visita a casa: me elogió la decoración del departamento, no fue nada sonso, se dio cuenta de cuáles eran las cosas buenas. La deducción fue fácil: se vestía mal por descuido, porque buen gusto tenía. Me hizo contarle todo de mi vida. Se fue muy tarde sin que sucediera nada más, hablar y hablar. Yo estuve muy fría ¿por qué fingí? Porque estaba que me moría de ganas que pasara algo, y tener otra experiencia que no fuera Fito. Pero mantuve las apariencias. Estaba bloqueada. Cuando se fue me arrepentí.

Siguiente encuentro: no sabía cómo hacer para llamarlo, se me ocurrió una idea genial. Lo llamé para ofrecerle entradas de ballet, un sábado a la tarde para toda la familia, un palco. Dejé el sobre en boletería así que quedó todo elegantísimo, no tuve que conocer a la mujer ni nada por el estilo. Él me llamó después para agradecerme y arreglamos cita en casa. Para desquitarme decidí que le iba a preguntar yo a él, de su vida. Ah, ahora me acuerdo por qué la primera visita a casa terminó tan fría. Es que él me preguntó si yo me había divorciado porque había surgido otro hombre, y no me quería creer que había sido por otras causas. Como si siempre tuviese que haber un hombre de por medio, me dio mucha rabia, yo le aseguraba que no había habido un tercero y él me miraba con una risita, incrédulo. Y después pierdo el hilo, no me acuerdo dónde nos vimos, si fue en el mismo restaurant de la primera vez.

"Cena", me contó todo, de su pueblo a media hora de Buenos Aires, y se enojó porque le dije que era un barrio de Buenos Aires. ¿Quilmes un barrio de Buenos

Aires? A mí me da envidia la gente que quiere mucho al lugar donde nació, y mientras comíamos Pozzi me estaba contando de su vida, que el padre tenía rotisería, que estuvo de novio con su mujer desde los quince años, hija de escribano. Que había empezado a trabajar antes de recibirse de abogado, a pesar de que en la casa tenían para pagarle la carrera. Y que actualmente aparte de ejercer en una firma comercial hacía otro trabajo. Y no me quería decir qué. Un trabajo social, creo que me decía. De golpe lo dijo, defensa de presos políticos que no pueden pagarse un abogado. No me pude contener y le di un beso en la boca grasienta, creo que de pollo a la cazadora. A una generosidad quise contestar con otra generosidad. Porque lo de él sí me pareció una muestra de generosidad. Entonces bajé de mi pedestal y lo besé. Qué estupidez. ¿Pero no está bien alguna vez seguir un impulso? Pero la verdad es que la mujer cuanto más pasiva mejor, más elegante ¿o no? De todos modos no recuerdo ese momento con alegría, no, me da vergüenza recordarlo, debo ser sincera, me veo ridícula dándole ese beso. ¿Por qué? ¿estuve ridícula de veras? ¿por qué me da vergüenza ese beso? Todo chorrea de grasa, la rotisería del padre, el pollo a la cazadora ¿o soy yo que no hago más que afear todo, hasta los recuerdos? Esa noche fuimos a casa. Después vinieron los malentendidos de la cita siguiente, eso no fue agradable y después lo del seminario que sí. No quiero anotar cosas desagradables. Una noche él tenía que ir al seminario sobre Lacan, era una vez por semana. Yo le pedí que faltara, qué tontería. Él me invitó a ir con él. Fui y no entendí una sola palabra. De ahí directo a casa, tenía preparado algo frío para comer. Me largué a llorar, de vergüenza por no haber entendido nada. Él me explicó todo lo que habían visto en el seminario desde el principio y lo entendí perfectamente. Hablamos, le hice observaciones que le parecieron inteligentes. Tratamos de aplicar una de esas teorías sobre no sé qué del niño y el espejo, a gente conocida nuestra, y se nos hizo de día, hablando. Vimos amanecer. Y ahora no me acuerdo más de esas teorías, en aquella época me compré un libro en el que se explicaba todo, pero vinieron los líos del viaje y allá quedó el libro. Qué lindo que es cuando vienen esas ganas de saber. De elevarse. Creo que uno de los momentos más denigrantes, más inmundos de mi vida fue aquella vez con Fito. Cuando me gritó porque yo a veces en la mesa no me acordaba cuál era la empresa del ejecutivo que teníamos invitado. Y yo le pedí disculpas y le prometí estar siempre informada. Qué modo de rebajarme ese imbécil. Qué ganas de matarlo en este mismo momento. Lo estrangularía. Qué basura, dejarme con esta rabia de no haberle contestado lo que se merecía. ¿Qué le tenía yo, miedo físico? ¿por qué una a veces se deja basurear de ese modo? ¿de dónde viene ese miedo que paraliza? ¿de dónde? ¿miedo a un golpe? ¡si jamás me pegó ni me amenazó! ¿a qué viene entonces ese miedo infame? No veo otra explicación: porque el hombre aunque no amenace puede pegar, y es mucho más fuerte. Y una mujer no tiene más remedio que sentirle miedo porque frente a frente no tiene ninguna chance de ganar, porque la naturaleza lo quiso así. Naturaleza perra, inmundicia ¿por qué tiene que poner a la mujer en semejante basura de situación? ¿eh, por qué?

Qué gano con ponerme nerviosa. Tampoco hay que exagerar. "Todo en vos es una exageración", una de las frases que más me ha repetido mamá en su vida. Sobre todo cuando nació mi hija. Porque con Clarita pasé de estar desvelada toda la noche por cuidarla, a nada, a dejar que la cuidaran otros. En los primeros meses de vida yo no dormía preocupada porque le pasara algo, que si respiraba bien, que si tenía frío, que si tenía calor.

Mamá me lo anticipó, que me iba a volver loca si me seguía preocupando así. Y sí, me volví loca, por algún lado tuvo que reventar la cosa. Bueno, o no, o me volví cuerda. En esos primeros meses a mí me trabajaba tanto la cabeza, tuve siempre tanta imaginación, pero tan malgastada ¿no? Las enfermedades, me imaginaba toda clase de cosas que le podían atacar a Clarita, esas corrientes de aire tan traicioneras, ventanas que se podían abrir a la noche misteriosamente y ya entraba un frío de pulmonía. Si no fuera por Pilar... Cuarenta y pico de años, de la provincia de San Luis, soltera, con la madre que se le acababa de morir. Eso es lo único que le tengo que agradecer a la familia de Fito, la niñera. ¿Qué hubiera sido de mí sin ella? Yo la vi agarrarse a Clarita, como a una tabla de salvación. Dicen cada cosa esas provincianas, según ella le había jugado meses y meses un mano a mano a la muerte, y había perdido, por eso le gustaba tanto cuidar a una criatura, después de estar cuidando a una vieja. ¿Cuánto tardé en darme cuenta? Unos pocos días me parece, o de un minuto para otro, y ya supe que Clarita estaba a salvo, y ni pasó otro minuto que ya había decidido volver a la Facultad ¡después de casi tres años! A veces me funciona la cabeza como una computadora, qué vergüenza. Cuando se dice que una persona es calculadora se quiere decir eso ¿no? No me gusta admitirlo pero de veras fue así.

Pero una cosa es ser organizada y otra ser calculadora. Pozzi me lo dijo, que yo era una máquina y que organizaba mi semana como, no me acuerdo lo que me dijo, como una hormiga no, pero algo desagradable era. Claro, él podía organizar su semana y yo no. Otra palabreja que él usaba era "manejadora". Que yo lo quería manejar a él como manejaba los encuentros reglamentarios con Clarita. Por ejemplo me acusaba de hacer coincidir los días que veía a Clarita con días que hubiese función de tarde en el Teatro. No era para estar en mi trabajo y verla a ella de paso. Yo no tenía necesidad de estar durante la función. La verdad es que yo quería educarle el gusto, empezar por ballet, y después, si le gustaba, seguir con un poco de ópera, y después conciertos. A una chica de cinco años, ya le puede empezar a gustar la música. Pero Clarita no se interesó. Le gustaba sí estar en los palcos mejores, ella conmigo y mamá, las tres solas en un palco para seis, a nuestras anchas. Pero yo la veía que se distraía, que a veces no miraba al escenario. Fue Pozzi quien me lo dijo, cuando le conté, quien me anticipó la razón. Me propuso que un día le regalara entradas a Clarita para ir con el padre. Yo la había llevado a *Cascanueces*, a *La bella durmiente*, cosas más para chicos, que le tenían que gustar más. Esa semana siguiente no había más que *Giselle*, que es menos variada. Me dijo Fito que la chiquita se había enloquecido de gusto. Y cuando se lo pregunté a ella me dijo que era mucho más lindo que los otros ballets. Huelgan los comentarios. Y con la ropa igual, lo que yo le compraba... rara vez se lo quería poner. Y para colmo lo que le compraba la madre de Fito era de un gusto horrible. Qué tortura ver a mi propia hija mal vestida. Y al teatro dejé que la siguiera llevando Pilar, en mi lugar. Por eso me da tanta rabia cuando dicen que los chicos tienen un olfato especial, infalible, para saber quién los quiere. Yo la quería, porque una madre no puede no querer a su chiquita, y monísima como ella, y si yo quería por sobre todas las cosas el bien de ella, ¿por qué Clarita tenía tantos problemas conmigo?

Pozzi nunca entendió eso. Según él la chica no me perdonaba que me hubiera ido de casa. ¿Qué sabía él? Para Clarita su madre fue siempre Pilar, eso yo siempre lo supe, pero conmigo tendría que haber sido más cariñosa de todos modos. Fito, en cambio, en cuestiones de la hija siempre se portó bien, y me la dejó ver cuantas veces se me ocurría. Pozzi a veces habla por hablar. Una cosa buena de Fito es que le gustaba que yo tuviese todo planeado de antemano. Tal vez si yo lo hubiese sabido tratar, si yo le hubiese sabido hablar, él habría cambiado. Pero no, él también tiene su modo de ser, y vaya uno a cambiarlo. No, el error fue casarme con él. Pero en cierto modo era un hombre razonable. Y Pozzi a veces no, con la idea fija de que si Clarita hubiese sido varón yo habría querido tenerla conmigo, qué terquedad. La próxima vez que venga voy a ser inflexible con él, lo juro. Y la verdad, no creo que Fito haya querido mortificarme, él de veras creía que lo de las comidas era importante. La culpable fui yo de no decirle lo que pensaba. Y así fui juntando bilis. No hay nada peor que no hablar. Pero a mí cuando algo me da rabia me quedo toda bloqueada y nada más. Tal vez ahí debe estar la diferencia entre el hombre y la mujer, que la mujer es toda impulso, toda sentimiento, y se deja consumir por la rabia, en vez de decir lo que piensa. Pero la verdad... es que yo en esos momentos no pienso. Cuando alguien me lleva por delante no pienso. Se me sube la sangre a la cabeza y nada más. Una reacción típicamente femenina. En cambio un hombre, justamente cuando alguien trata de llevarlo por delante es que se agranda. Eso habría que admitirlo, que una ya nace así. Beatriz dice que así no nacemos, que así somos educadas. Yo creo que es cosa de la naturaleza.

Y es lógico, porque si una es atractiva para ellos es por la sensibilidad, por lo tierna que una puede ser, entonces una no puede ser toda cerebro. Se es una cosa o la otra. Si no, no habría atracción entre los sexos. Uno aporta una cosa y el otro otra. Pero entonces no tendría que darme rabia cuando tratan de llevarme por delante. Y además lo consiguen. Pero ahí está la cosa, lo que pasa es que un hombre de verdad, o un hombre superior, digamos, no superior a mí, porque entonces Beatriz tendría razón, y no tiene razón, sino superior de otro modo... Bueno, mejor empiezo de nuevo.

De todos modos está mal meterles en la cabeza a las mujeres que son iguales a los hombres, está mal, está mal y está mal. Porque somos distintas. El lío es que se necesita de un hombre muy especial para que nos aprecie, nos comprenda. Otra vez el plural. Y si de algo estoy segura es que con mujeres no me interesa hablar, ¿acaso se le habla a un florero? Un hombre que nos comprenda, decía, y no se aproveche de nuestras debilidades. Un hombre superior. Es con él que quiero hablar, me parece. ¿Y me tocará la suerte de conocer uno así alguna vez? Porque existir, claro que existe.

Beatriz no me puede entender, está en otra cosa. También la verdad es que no me puede entender porque yo no le cuento todo. ¿Por qué será? ¿será vergüenza? ¿o por lo mismo de siempre? ¿así como no me animé a hablar frente a frente con Fito, tampoco me animo a hablar con ella? ¿y conmigo misma? en este diario de Alejandro nunca hablo, así que ni siquiera frente a mí misma tengo valor para hablar cuando ¿cuándo qué? Tal vez si supiera quién es esa persona a quien le quiero hablar, tal vez entonces me atrevería. Ese hombre superior. ¿Pero dónde está? ¿por qué no me da ninguna seña de vida? Si papá no hubiese muerto tan joven, tal vez él me ayudaría en este momento. Papá, tengo que preguntarte algo ¿es que los muertos ven lo que les pasa a los vivos? Yo creo que sí, algo me dice que sí, ¿pero entonces por qué no me llega alguna palabra tuya?

Aunque preferiría que no, que los muertos no viesen nada, así papá no pudo haber visto lo que pasó con Alejandro. Me da vergüenza, será por eso que no lo quiero contar a nadie, ni pensarlo yo siquiera, para que papá

94

no lo oiga, o lo lea en mi pensamiento. Jamás lo voy a contar a nadie. Hasta que me lo olvide.

Viernes. Papá, tengo miedo. Hoy volví a sentir los mismos dolores que antes de operarme, ¿qué pasa? no tan fuerte pero los mismos dolores ¿acaso no sacaron lo que tenían que sacar? No me siento bien.

Más tarde. Me dieron calmante y estoy aliviada. Lo peor es tener miedo. Papá, no me tengo que asustar por un dolorcito. Tengo cosas que contarte, tampoco de eso me tengo que asustar, porque vos me vas a entender. Papá, sin que me diera cuenta empezó todo. En el Teatro mismo, que tanta satisfacción, tanta alegría me daba, ahí empezó ¿cómo me lo iba a esperar? Dos grandes cantantes, la mejor Lucia y el mejor Edgardo de ese momento, estaban en Buenos Aires para *Lucia de Lammermoor*. Qué maravilla fue, pero entre la primera representación y las siguientes tenían cinco días libres, me pidieron si podían visitar una estancia argentina. Un amigo de amigos propuso un conocido suyo, dueño de estancia en la provincia de Buenos Aires, a cinco horas de auto nada más, muy amante de la música. Lo llamaron por teléfono. A la media hora Alejandro ya estaba en mi oficina.

No me gustó, sentí un rechazo al primer golpe de vista. Blanco lechoso, corpulento pero un poco gordo, calvo. Corpulento pero fofo. Mirada huidiza, mirada de ratón, los lentes con armazón de oro. Mirando siempre para abajo. ¿Me entendés, papá querido, qué clase de persona era él? Los abuelos españoles e italianos. El padre había sido martillero de pueblo, se enriqueció con la compra de campos. Estaba estudiando medicina cuando el padre murió, volvió al pueblo a estar con la madre. La madre siempre había estado enferma, toda la vida. Según él de anemia crónica, desde que tuvo uso de razón vio a la madre enferma, muy religiosa. El padre tenía una salud de hierro, pero murió de un ataque repentino al corazón. La madre seguro que nos va a enterrar a todos, a mí en cualquier momento, si sigo así.

La primera impresión fue negativa, debería siempre guiarme por la primera impresión, ¿verdad papá? Ese fin de semana en la estancia fue de tiempo perfecto, cabalgatas, el sol de la pampa en invierno, bien abrigados. En la sala de la estancia con las chimeneas encendidas. Los extranjeros encantados. Yo nerviosa y tensa por excesivas atenciones del dueño de casa. De vuelta en Buenos Aires recibí flores y bombones. La primera vez que salimos me llevó al restaurant francés más caro. Yo siempre tensa, por el exceso de atenciones. Un hombre de una timidez increíble, pero arrogante con la gente de servicio, me dio asco. En eso vos eras ejemplar, el respeto y altura con que tratabas a esa gente.

Estaba decidida a no verlo más. Por teléfono me dejaba varios mensajes diarios. Cuando lo atendí me invitó a la estancia con Clarita y mamá. Me pareció un egoísmo imperdonable de mi parte privarlas de eso, el lugar era una maravilla. Grave error, Clarita se aburrió y mamá no se llevó bien con la vieja bruja. Clarita no quiso ir más. La vieja realmente era de escoba, todo el tiempo hablándome de la bondad del hijo, de su sacrificio por ella. En efecto, el único aliciente para él en la estancia, donde se pasaba la mitad de la semana, era su discoteca, espléndida.

Ese lunes mismo llamaron al Teatro para mí, desde París: la casa Saint-Laurent me comunicaba una nota de crédito a mi nombre. Pero yo la rechacé, con todo el dolor del alma. A pesar de eso, a los pocos días llegaron paquetes de Saint-Laurent, y me resultó imposible devolver semejantes bellezas. Las medidas eran exactas, las había tomado una mucama, la que le hacía arreglos de costura a la madre. Las había tomado de mi ropa, al ir yo a la estancia. Él me había oído decirle a la soprano que me encantaban las cosas de Saint-Laurent. Hicimos el pacto de vernos alguna noche por semana, pero estrictamente como amigos. Papá, mi grave error fue no contarle de mi relación con este muchacho Pozzi, Juan José, ya desde el principio. Tal vez por gula de más regalos. También debo admitir que con este Juan José nos estábamos viendo menos y menos. Y papá, eso no lo podés comprender, pero una mujer que no pierde la cabeza por un modelo de alta costura, no es una mujer.

Yo no sabía lo que era pasar una noche sin dormir por una preocupación, y él lo consiguió. Más de una vez. Me acuerdo muy bien de la primera. Esa noche habíamos comido juntos y me trajo hasta casa. Yo no creía que se quedase espiando hasta ver llegar a este muchacho Juan José, ¿además cómo hacía para saber que era a mi departamento que entraba, si yo tenía las cortinas corridas? Indudablemente Juan José acertó, Alejandro me había puesto detective. Yo lo atribuí a paranoia de Juan José, que se creía vigilado por la policía, y por lo que fuera. Tenía razón, Juan José quiero decir. Esa noche después de que se fue Juan José me estaba durmiendo lo más bien, sin sospechar nada. Ves papá, ahí sí admito que estuve mal, porque sentí satisfacción jugando con dos cartas, ¿te parezco muy barata? Pero papá, una mujer tiene que buscar su camino, no es abaratarse tener ese tipo de relaciones, te lo aseguro, los tiempos son otros. Yo comprendo que no te parezca bien lo que hice, de tener relaciones con Pozzi, pero no es promiscuidad. Sí, yo comprendo que en tu tiempo un hombre no podía respetar a una mujer así. Pero ahora es lo contrario, no se respeta a la mujer sin experiencia, a la mojigata ¿te gustaría tener una hija mojigata? Como te decía, esa noche tardísimo sonó el teléfono. Él me amenazaba con que se mataba, si no lo veía a primera hora de la mañana. Yo nunca había oído a alguien decir que se iba a matar, y me asusté, me dio una pena enorme. Le hice jurar que no iba a hacer ninguna tontería.

A la mañana lo llamé temprano, yo no había podido pegar los ojos. Él en cambio estaba durmiendo como un lirón, seguramente, porque tardó en venir al teléfono y tenía voz de dormido. Vino a casa, a mí se me ocurrió que lo mejor para que se le pasara el apasionamiento era... bueno, tener relaciones. En ese momento tuve un arranque, y se lo dije en serio, me pareció que era muy moderno proponerle eso. Le dije que de ese modo se daría cuenta de que no había más que una atracción física, porque entre los dos no existía una verdadera comunicación espiritual, no nos entendíamos en lo más mínimo.

Bueno, esto no creí que un argentino fuera capaz de decirlo, pero así fue. Dijo que era católico, pero en serio, no en broma. Él no tendría relaciones sexuales más que con una mujer que lo amase. Y si yo no lo quería, eso jamás. Porque para él sexo sin amor era cosa de animales.

Para entonces creo que ya estaban empezando los líos en el Teatro. Era la temporada del 73, ya había subido el gobierno peronista de Cámpora. Pozzi estaba encantado por la atmósfera de libertad, la libertad de prensa sobre todo, la amnistía de los presos. Antes de ese 25 de mayo en que subió Cámpora al poder y dejó a todos los detenidos políticos en libertad, el pobre Pozzi había estado terriblemente ocupado con sus presos. Cuando él se desocupó yo ya estaba enredada con este tipo. ¿Pero cómo se puede comprender una cosa así, que yo me le ofreciese a esa persona con la repulsión que me causaba? Siento tanta repulsión por él que no puedo ni siquiera escribir el nombre. Alejandro. Es que le va tan mal el nombre. Para mí ese nombre está asociado con grandeza, con Alejandro Magno. Tendría que encontrarle un sobrenombre. Pozzi le decía Belcebú. No está mal ¿verdad? Un diablo, pero un diablo raro, un diablo triste.

Y las intrigas del Teatro. Durante una representación de *Rigoletto*, en el intervalo, unos treinta o cuarenta facinerosos entraron por un pasillo y empezaron a cantar unas estrofas del himno nacional, a los gritos. El público, como siempre que se canta el himno en una ceremonia pública, se puso de pie, en una mezcla de respeto y miedo que daba asco. Respeto al himno y miedo a los facinerosos, ¿te das cuenta? ¿Pero cómo habían hecho para entrar? alguien de la dirección del Teatro estaba complotado, sin duda. Ni bien terminaron el canto empezaron a gritar a coro que el Teatro Colón era para los artistas argentinos, y fuera los extranjeros. Era un grupo nacionalista. De esos que odian todo lo extranjero. Y querían exigir que contratáramos nada más que cantantes argentinos. Pero era una locura. Porque por ejemplo bailarines clásicos sí teníamos, para todos los papeles, pero voces no. Hay buenos cantantes argentinos, pero no para cubrir todos los personajes de una temporada como la de este Teatro, que es el tercer teatro de ópera del mundo. En fin, un pedido absurdo. Además en ningún teatro de ópera importante pueden arreglarse con los cantantes del país, ni en Estados Unidos ni en la misma Italia. Siempre tienen que importar a alguien. Y en esos días empezaron a venir los funcionarios puestos por el gobierno nuevo. Uno decía una cosa y otro otra. Entre la gente esa que llegó unos querían seguir manteniendo el prestigio del Teatro, y otros querían cancelar los contratos de cantantes extranjeros que ya estaban ensayando.

Belcebú. Fue Pozzi quien me preguntó primero qué ideas políticas tenía. Yo creí que no tenía ninguna. Esa noche de *Rigoletto* me esperaba Belcebú a la salida para llevarme a comer. Lo primero que hice fue contarle la barbaridad. Él los defendió. Dijo que había que volver a las raíces nuestras, de país católico sano, y no sé cuántas cosas más. Un odio por las costumbres que no fueran las nuestras, que yo no podía creer. Odio por todo lo que fuera degeneración de las costumbres, según él, que nos venía de afuera, de la corrupción europea que queríamos imitar a toda costa, porque éramos unos tontos con complejo de inferioridad, y todo lo que viniera de afuera nos parecía mejor. En otras palabras, un puritano horrible.

Puritano horrible, sí, yo lo escribo acá en esta página. Pero a él no se lo dije. Y esto es lo que me da rabia. No era porque le tuviera miedo. Al contrario, era un hombre que yo podía destruir con una palabra, si se me daba la gana. Pero yo no le decía las cosas en la cara, lo que pensaba de él, por otras razones. Claro que saber cuáles razones eran ésas, no cualquiera lo sabe. ¿No sería que me daba una enorme lástima, y nada más? ¿verdad, papá?

Esa charla la tuvimos poco después de la primera amenaza de suicidio. ¿Cómo me iba a animar a decirle lo que pensaba de él? Pero no quiero pasar por santa tampoco, juegan una parte importante también los regalos. Qué poder puede tener una persona con mucho dinero, qué miedo me da eso. Mamá había soñado toda la vida con un tapado de visón, ¿cómo, de dónde iba yo a sacar el valor para devolverlo al peletero, el día que llegó a mi casa? Era el día de la madre del 73, octubre. "Para tu mamá, por haber regalado al mundo tanta belleza", o algo por el estilo. Belcebú. Sólo un diablo puede pensar una cosa así. ¿Cómo yo iba a tener la crueldad de negarle a mamá esa alegría?

¿Pero por qué no me animé a decirle que él me estaba haciendo seguir por un detective privado? Eso era un hecho concreto, no un sentimiento o alguna cosa así, vaga. No, ésa era una ofensa, se estaba entrometiendo en mi intimidad. ¿Y por qué no me animé a decírselo? Ahí sí me parece que me dio miedo. ¿Pero de qué? A mí siempre la gente con mucha plata me dio miedo ¿o algo distinto? ¿me infunde respeto? Yo creo que no es a mí sola, no tengo que ser tan tonta de acusarme de cosas como si yo fuera la única culpable. A mí me parece que aunque no se diga a toda la gente le impresiona alguien muy rico. Y la verdad es que un rico puede comprar lo que quiere, a una persona, a la policía, hasta a un juez, si nos descuidamos.

Me lo dijo, que besarme la mano, para él, significaba mucho más que para otro quién sabe qué. Y que no me besaría en la boca jamás, si yo no le decía que lo estaba empezando a querer. Y ahora tengo que confesar otra cosa que no entenderé jamás: con el asco que él me daba, el día del tapado de mamá, le dije, con toda alevosía, que lo estaba empezando a querer. Papá querido, yo a vos no te voy a pretender engañar, pero es la verdad: yo estaba emocionada por el gasto. Y me dio el primer beso en la boca. Esa boca finita sin labios, y esa saliva tan fría. Qué horror. Y qué horror yo, dejarme conmover por ese regalo, si yo sabía que a él tres mil dólares no le significaban nada. Pero no, ese fetichismo de las pieles, y de los vestidos caros ¡y tan lindos! No, tampoco hay que ser injusta con una misma, porque sea mujer una no tiene que tratarse de frívola y superficial. ¡No! y esto se lo quiero recalcar bien a Beatriz. El asunto de los trapos es muy complicado, porque ahí, papá, ahí entra una cuestión artística. Esos vestidos de París eran obras de arte. Nada de artesanía, ¡arte! creaciones de sueño.

Saint-Laurent es un peligro para el mundo, papá. Y claro, la mujer, al tener más sensibilidad artística, lo que es indudable, no me lo nieguen, bueno, al ser más sensible aprecia más esos trapos y pierde la cabeza. Pero no la pierde porque sí, la pierde porque un Belcebú sabe elegir las armas con que atacar. ¡La verdad sea dicha!

Fue en ese octubre del día de la madre, o en noviembre, que renunciaron muchos de los funcionarios del Teatro y del Ministerio de Cultura, los nombrados por el gobierno de Cámpora. Creo que ni tres meses habían durado. Y vinieron los del nuevo gobierno, el de Perón e Isabel. No me había adelantado una sola palabra, Belcebú. Una mañana llegó la lista de los dos o tres nuevos funcionarios del Teatro, importantísimos, y ahí estaba el nombre de él. ¿Por qué si antes no había figurado nunca en política?

Mamá se dio cuenta, y Pozzi también se dio cuenta, por cosas que se sienten en la línea, pero claro, como él llamaba por teléfono poco y nada para entonces, tardó en avisarme. Yo a mamá no le había creído. Tenía el teléfono vigilado. Y el de mamá también estaba vigilado. Pozzi ni siquiera en casa me lo quiso decir. Él pensaba que hasta el departamento podía estar con micrófonos. Me dio cita en un café. Fue más o menos en la misma época del nombramiento de Alejandro. No, porque ahí todavía no había empezado con lo del casamiento. Debe haber sido cerca de fin de año, porque cuando Belcebú empezó con lo del casamiento era cerca de Navidad. Casarnos para fin de año, y pasar el verano de luna de miel por Oriente, Europa, lo que yo quisiera. Qué confusión tengo con esas fechas. Me podría haber ofrecido ir a Marte, que lo mismo le hubiese dicho que no. Una cosa es un beso, otra el matrimonio. La verdad es que sólo con alguien super excepcional pensaría en casarme de nuevo. Bueno, de eso nunca se puede hablar con seguridad. Basta que una se enamore para cometer un error como casarse. Pero ahí yo creo que estoy a salvo, porque si no es de un hombre excepcionalísimo no me podría enamorar, estate tranquilo, papá.

En realidad mi viaje a México empezó ahí, en ese café donde nos encontramos con Pozzi. Me dijo que había averiguado todo lo posible de Alejandro. Que era un derechista extremo, que ya había tenido alguna actuación en el pueblo que está cerca de la estancia. Que había tenido que ver en una protesta contra una pareja de profesores de secundario, de ese pueblo, que vivían juntos sin casarse, y los habían echado por inmoralidad. Y que tenía malas amistades, gente de extrema derecha, ultra católicos, y nacionalistas. Y que esa gente estaba acomodada con el nuevo gabinete de Perón. Que Alejandro era un peligro. Fue en ese momento que me empezó la claustrofobia, la sensación de que en Buenos Aires no podía respirar más.

Una cosa me gustaría saber ¿pero cómo? Es ésta: después de esa conversación con Pozzi, ya estaba bien claro quién era Alejandro, y yo la vez siguiente que lo vi, en vez de acusarlo de lo que era, estuve más suave que nunca con él. ¿Si lo hubiese mandado adonde se merecía, ahí nomás, me habría yo salvado de lo que siguió? Pero es que también me estoy confundiendo, la verdad es que cuando Pozzi me dijo todo eso, no quedé convencida de que era cierto.

Sí, eso es lo exacto, porque el día antes de Nochebuena, cuando le allanaron la casa a mamá, yo le fui a pedir ayuda a él, a Alejandro, en ningún momento creí que podía estar él detrás de todo. Enseguida me vino a ver, me acompañó al Ministerio del Interior. Según él, se había descubierto que vos, papá, habías pertenecido a una logia, a una sociedad secreta, a la que pertenecía ahora un personaje antipático al nuevo gobierno, y que necesitaban todas las pruebas posibles. A mí en el Ministerio no me dijeron nada, delante mío fueron todas disculpas, por un error imperdonable, que esto y que lo otro. Fue Alejandro quien me contó de la logia. La pobre mamá casi se muere del susto. Y las dos llenándolo de agradecimiento a él por la protección que nos daba.

Pero inconscientemente yo de algún modo me estaba rebelando. En esos mismos días pedí la reválida del pasaporte. Algo en mí presentía lo que iba a pasar, y que estaba ya pasando, con Alejandro. Para colmo mamá me dijo que algo raro había habido siempre con vos, papá, de reuniones secretas, de cosas nunca aclaradas. Eso me asustó. Y ahora lo pienso y me da risa: es que vos tendrías alguna querida por ahí, y le dabas excusas a mamá. Yo te comprendo. Pero después no hubo escapatoria, pasadas las vacaciones de enero, todo ese mes en su estancia, con esa madre loca, mi madre media loca también, y Clarita que se aburría y que no se quiso quedar, ahí ya no hubo otra salida, y fue entonces que le dije que nunca jamás me iba a casar con él.

Pero al retomarse las actividades fue que pasó lo peor. Yo lo llamé a Pozzi, a quien no había querido ver, en parte debido a las vacaciones, y más que nada porque Alejandro me absorbía cada vez más. Pero lo llamé a Pozzi y le conté: Alejandro me había dicho que en el Ministerio había gente que quería detener a mamá, e interrogarla a fondo, para que contara de tus actividades, papá, de hace hasta veinte años. Según Alejandro si no era por él las cosas ya se habrían puesto feas. Pozzi estuvo de acuerdo conmigo, eran todas mentiras de Alejandro. Pero mentiras que él tenía el poder de convertir en verdad. Todo además quedaba bien claro si se agregaba otra cuestión. Alejandro me decía que si yo me hubiese casado ya con él para fin de año, todo ese disgusto de mamá se habría evitado. Era un chantaje, no había duda. Pero yo no me animaba a decírselo en la cara, y no era todo por miedo, eso es lo que me da rabia que no quede claro, yo no le tenía miedo, papá, te lo juro, no me daba miedo decirle las cosas en la cara, me daba lástima, porque él estaba loco por mí.

Fue por entonces que acepté el considerar otra vez la posibilidad del casamiento, que me diera seis meses de tiempo. Él dijo que convenía que se anunciara el compromiso. Yo saqué la excusa de Clarita, que quería que la chica lo conociera más, que se encariñase con él. Más o menos para setiembre podíamos casarnos, le dije yo. Una novia de primavera. La verdad es que todo parece una pesadilla. Con Pozzi imposible vernos, ya el terror era total. Pero al mismo tiempo me vino la esperanza de que todo se iba a arreglar, de que sí, que Alejandro se iba a desengañar solo. Más o menos a mediados de año fue cuando yo creí que las cosas estaban más calmas, porque era tan evidente que yo me hundía en el tedio con él, con ese Belcebú quejoso, que no teníamos nada más que hablar, y que él se hundía en el tedio conmigo. Pero peor lo trataba, más pegote se me volvía. Y un poco después el horror más grande, la sorpresa mayor, la cesantía de mi trabajo en el Teatro. Se me despedía porque no tenían más necesidad de mis servicios. Según él era obra de alguien que lo odiaba a él, en el Ministerio, y se había desquitado conmigo. Mentira, era orden de él. ¿Qué duda cabe, no te parece? Ya no pude aguantar mucho tiempo más. Sin despedirme, sin nada, me vine para acá. Me vine con todos los regalos. Con joyas, que me había regalado en el ínterin. Y haciendo el recuento de todo esto, lo pienso y lo pienso, y no le tengo odio. Le tengo una gran lástima. Papá ¿de qué estoy hecha? Te juro que no le tengo odio sino lástima. Pero más lástima debería tener de mí misma ¿verdad? Papá... te siento tan lejos. Como si no me comprendieses.

CAPÍTULO VI

La nueva sensación de la pantalla, también conocida como la mujer más bella del mundo, se debatía en su cama presa de una fiebre altísima. A lo lejos parecía oírse un llanto de niña. Quiso incorporarse, no pudo despegar la cabeza de la almohada, intentó estirar la mano para atrapar el mango de algún espejo cercano —vivía circundada de ellos— pero tampoco lo consiguió. Se llevó la mano a la frente, retiró los dedos despavorida, como cuando sin querer se toca una plancha hirviente, pero los dedos se le habían ya prendido fuego, se le consumían rápidamente, crepitaban al achicharrarse. El intenso dolor de las quemaduras la despertó, el reloj marcaba las cinco y veintinueve. Otra vez sus pesadillas, lo peor es que se le marcaban ojeras cuando no lograba descansar bien de noche, y la cámara se regocijaba en señalarlas. En esas ocasiones recibía mensajes amenazantes de la empresa, se la acusaba de ponerse a leer tonterías por las noches, en vez de dormir. Porque eso era lo único que podía hacer por las noches, en las actuales circunstancias, leer.

Un minuto después la campanilla sonó insolente como todas las mañanas y la actriz se levantó. ¡Buen día! se oyó croar a su dama de compañía, desde la kitchenette del bungalow. No le respondió, ya había acostumbrado a la cancerbera a su malhumor matinal. Recomenzaba así la rutina de cada día de filmación, de todos modos prefería ésta al programa que le esperaba entre una película y otra: las lecciones de arte dramático en la misma empresa, seguidas de gimnasia, de disciplinas balletísticas, de futiles intentos canoros. Se lavó la cara, se puso cualquier pantalón y cualquier blusa, un pañuelo en la cabeza. La odiada Betsy ya le tenía lista la taza de té. Vuelta al baño para mover el vientre, como era su constumbre después de unos sorbos de líquido caliente, y a continuación cinco minutos de gimnasia respiratoria en el parque frente al porche. En los demás bungalows todos dormían, tal vez algún marido joven —despanzurrado al lado de su consorte— soñaba con la actriz después de haberla vista esa noche en su último filme. Las coquetas cabañas estaban esparcidas sobre la ladera de una de las tantas colinas de Hollywood, las dos mujeres bajaron por un sendero zigzagueante hasta alcanzar la calle.

A las seis en punto llegó el chofer del estudio, "Buenos días, señorita estrella. Buenos días, señora Betsy". Las mujeres no contestaron, como era su costumbre con el chofer negro. Por el espejo la actriz y él cambiaron una extraña mirada. Betsy de inmediato abrió el libraco dactiloscrito y leyó en voz alta el diálogo de la escena a filmarse esa mañana. Como de costumbre la extranjera tuvo tropiezos con la consonante w, cuando seguida por vocal. A las seis y treinta y cinco entraron al estudio, ya en plena ebullición. La empresa exigía que las actrices desayunaran en casa pero ella no podía comer nada sólido hasta bien pasada una hora de haberse levantado. La empresa había transigido y se le servía un desayuno opíparo en el gran comedor. Afortunadamente a esa hora era la única luminaria allí presente y las demás no le envidiarían la ración de avena arrollada, huevos con jamón, leche, pan y mantequilla que la divina vienesa —como se la publicitaba— podía deglutir sin perder la línea.

A las siete en punto entró en su sala de maquillaje. Cada estrella tenía acceso a esta zona por pasadizos privados, pocas eran las que querían ser vistas apenas levantadas y sin afeites. Con la mujer más bella del mundo la operación llevaba poco tiempo, algo más de hora y media. Primero se le lavaba el cabello, después se le marcaba la célebre raya al medio y se le enrulaba las puntas de la melena. A continuación se aplicaban los diecinueve diferentes cosméticos con que su rostro desafiaría a los reflectores. A todo esto Betsy, sin prisa y sin pausa, continuaba leyéndole el diálogo. La escasa media hora que restaba antes de entrar al set de filmación, la empleaba en caminar hasta su camarín, ya dentro del mismo set de filmación, y en vestir lo que requería la escena primera.

A las nueve en punto llegó adonde se erigía el decorado de un café oriental. Vestía un traje de saco a la europea, pero la cubría un leve velo negro, largo hasta media pierna y colocado directamente sobre el cabello. Su belleza arrancó ayes de admiración. La miraron —satisfecho— el director húngaro y —celoso— el galán recio. Después de un breve saludo general ella, grave error, se puso a hablar en alemán con el director. El galán recio, que sólo hablaba californiano, como protesta rompió el pocillo de café contra el piso. Vestía uniforme blanco, de oficial de algún arma indeterminada. Las salpicaduras del café le alcanzaron el inmaculado pantalón, pero no importaba porque en la primera toma la cámara lo sorprendía detrás de una mesa a la que estaba sentado.

Ella debía entrar al tugurio buscando a su amante con expresión trágica. La sombra de un ventilador de aspas, colgando del techo, debía acariciarle el rostro perfecto, orgullo de la cinematografía mundial. La acción preveía que se sentara junto al galán, apesadumbrado también éste en la ficción, y algo ebrio. El argumento dictaba que ella había dejado a su legítimo esposo, un alto dignatario colonial, por amor al galán, pero el destino la había castigado al perder a su hijita en un accidente estradal. La desgracia se interpretaba como una condena a ese idilio adúltero y ella venía a despedirse de su verdadero amor porque el esposo, huérfano del cariño de la hija, la necesitaba ahora más que nunca. El director no aprobó la interpretación de la actriz en el primer ensayo, la consideró fría. Se volvió a jugar la escena, sin variaciones apreciables.

La actriz no se molestaba con tanta repetición porque la toma terminaba en que ambos se levantaban de la mesa, la cámara subía hasta tomarles medio cuerpo, ellos se abrazaban y se besaban. Ella encontraba a su coestrella insoportable profesionalmente pero atractivo en el aspecto físico. Durante los ensayos el recio ni la besó de verdad ni le dio seña alguna de excitación. El director decidió filmar la escena, con la esperanza de que al rodar la cámara la actriz se posesionase del drama, "¡luz, sonido, cámara, acción!". Ella cumplió sus movimiento con exactitud, pero ninguna emoción marcó su rostro, sólo pensaba en el desquite implícito en ese besuqueo, condenada como estaba a no ver hombre alguno hasta que los ejecutivos de la empresa lo permitiesen. Llegó a la mesa, dijo su diálogo sin dificultades fonéticas, se levantó para el beso y se dio el gusto de notar que al posesionado actor le sobrevenía una erección al besarla. El director ordenó repetir la toma, ella estaba encantada. Durante la segunda toma se atrevió a algo más, en complicidad con los pliegues del velo negro puso su mano sobre la zona del galán que más curiosa le resultaba. Éste reaccionó de manera imprevisible, le susurró entre dientes, como un gruñido, "Puta inmunda, yo no soy como tú, un mero objeto sexual, yo quiero atraer por mi intelecto". Para vengarse ella siguió actuando tal cual en cada toma, manotón incluido.

Después de la décima toma fallida tronó la furia del productor, disfrazado de sirviente árabe para que nadie descubriese su presencia en el set, "¡Si usted es una actriz, demuéstrelo de una buena vez!" Plantó un pie con estrépito haciendo temblar hasta los cimientos la carrera de algunos presentes, encendió su habano y salió. El director intervino, "No se altere, señora. Tal vez sea éste un tipo de emoción que usted nunca experimentó en su vida, por eso le cuesta expresarlo... Pero veamos, tal vez le sea posible recordar algo parecido, la pérdida de algún ser querido, o aún de un perrito faldero, o de un fino gato...".

Ella no pudo contener una explosión de sinceridad, "Yo sí experimenté una emoción parecida, justamente la misma, la exactísima pérdida de una hija... que me fue arrebatada, y no sé dónde está. No lo sé ni me importa ¿oyó bien? ¡No me importa! ¡jamás me acuerdo de ella!... y no me cuesta saber el porqué ¡porque su padre fue un traidor, y odio todo aquello que me lo traiga a la memoria!" El director sospechó que ese agitamiento anímico registraría bien en el celuloide y volvió a ordenar acción, luz, cámara. Ella no pensaba más que en su propia condición, se sumergió en sí misma e interpretó la escena con una misteriosa dimensión del dolor materno, más allá de lo humano. Los críticos no habrían de apreciar lo exquisito de su logro.

A mediodía se interrumpió la filmación para permitir que el equipo almorzase. Betsy la escoltó hasta el comedor. Ocuparon la mesa más aislada que encontraron. Betsy no hizo comentario alguno sobre la actuación cumplida esa mañana, la actriz lo interpretó como signo de desaprobación y por ende se regocijó. En efecto Betsy era de mediocrísimo gusto, se encantaba con el divismo visceral de las actrices de Warner Brothers. La estrella observó a sus iguales (?), ocupando diversas mesas. La esfinge, la máxima, no venía nunca al comedor. Luchando con recuentos de calorías que implicaban el conocimiento de las Altas Matemáticas, pudo ver a la mimada de la empresa —por disciplina y por magnetismo de boletería— con sus ojos saltones y su boca inmensa; más allá a la rubia barata de turno; más allá a la ex-mimada de la empresa, humillada ahora por el productor del habano en toda ocasión, puesto que se la servía por último, así como se la peinaba y maquillaba en el primer turno, para obligarla a levantarse más temprano. Qué mundo tan cruel, se dijo la más bella.

La cancerbera notó esa melancolía y para distraerla le mostró una revista de aficionados al chisme cinematográfico, aparecida esa mañana. La vienesa ocupaba la tapa y su artículo se anunciaba con grandes letras, "Me gusta trabajar porque así soy libre". Dio una ojeada a la entrevista falsa, preparada por el departamento de publicidad de la empresa. El texto parecía una burla, se hablaba de su espíritu independiente, del deleite que le proporcionaba trabajar y proveer a sus necesidades sin rendir cuentas a nadie, y por último de su felicidad en California, sólo amenazada por las sombras de guerra que se cernían sobre su patria lejana. Se preguntó a sí misma entonces si esos lectores no habrían preferido saber la verdad, que había sido manipulada toda su vida por fuerzas malignas infinitamente superiores a las propias, que había sido siempre colocada en vitrinas de lujo para el deleite de los paseantes, que había sido vestida y desvestida por manos frías que la respetaban tanto como a un maniquí. Desde lo más hondo de su ser imploró por la ayuda de quienes en otros momentos la habían socorrido, aquellos que desde el más allá se habían apiadado de ella en otras ocasiones negras como la presente. Pero no había evidencia de que alguien respondiese a su llamada. Las estrellas comían, sólo la ex-mimada de la empresa parecía tan triste como ella misma, seguía esperando que el mozo la sirviese, mientras una lágrima recorría su mejilla en cámara lenta.

Betsy la acompañó al set y allí se despidió hasta más tarde. Era deber de la acompañante volver a casa para tener la cena preparada cuando la actriz tornase, exactamente media hora después de terminada la filmación. De una de la tarde a seis se rodaron diferentes tomas. La actriz se cambió rápidamente para ganar minutos e incluso segundos, y sin quitarse el maquillaje —para ganar más minutos, más segundos— montó al coche que la llevaría de vuelta a casa. El chofer negro se aventuró a sonreírle por el espejo. Recorrieron rápidamente la ruta habitual, la cual incluía un corto desvío a una calleja sin salida, muy arbolada y solitaria, donde se estaba construyendo un palacete. Para entonces ya era de noche en Los Ángeles y los albañiles abandonaban el trabajo antes de oscurecer. El chofer poseyó a la bella a toda velocidad, si alcanzaban el orgasmo en cinco minutos de fornicación lograban después llegar al bungalow dentro del plazo establecido por la empresa.

A las seis y treinta y cuatro entró a su casa, después de recorrer el sendero zigzagueante. Se quitó lo que le quedaba de maquillaje después del abrazo prohibido, se duchó y a las siete y quince se sentó a la mesa. De ocho a nueve tomó su siesta. De nueve a diez repasó con Betsy los diálogos del día siguiente. Una calma chicha se desprendía de la ciudad, desparramada por lomas suaves y cordiales. No era ése el escenario propicio para un cambio decisivo en su vida, para la intervención de fuerzas extrañas. La ciudad de Los Ángeles, los ángeles, esos mismos ángeles que siempre la habían perseguido, insidiado, espiado, traicionado... "¡Basta, basta! ¿por qué se me castiga así? ¿qué mal he hecho en mi vida para merecer esta tortura?..."

Betsy fingió no oír, fue hasta el tocadisco y lo puso en marcha a todo volumen para acallar cualquier indis-

113

creción ulterior de la estrella. Violines se embriagaban de pasión tropical, tambores marcaban febriles el ritmo de una rumba hollywoodizada. Muy pronto se oyeron voces que coreaban el estribillo, pero no provenían de la grabación, eran las felices parejas habitantes de los otros bungalows de la ladera, que se unían al festejo asomados a sus ventanas. El cálido estribillo cedió paso a un crescendo de tambores y por entonces las parejas salieron a sus respectivos patios, para entregarse al embrujo de la danza. Vistos desde lo alto de la colina, donde correspondía estar a la mujer más bella del mundo, el conjunto de jóvenes bailarines abandonados a la sensualidad de esa música, configuraba un vistoso número musical, pleno de sugestión. Ellas vestían camisones trasparentes, ellos sólo el pantalón del piyama. La actriz confirmó que todos en el mundo eran felices y que a ella le tocaba ser la notable excepción que confirmaba la regla.

—Te pedí tres días para pensarlo, pero no puedo llegar a una conclusión, ¡hay tanto que no sé! ¿cómo voy a poder decidirme?

—Aclaremos todo lo que quieras, para eso estoy acá. Para eso me mandaron a mí, además.

—Yo veo una gran confusión en todo este asunto, de peronistas de izquierda, de derecha, y partido socialista por otro lado.

—Preguntame lo que sea.

—Bueno, veamos... ¿Cómo vos, un hombre de izquierda, te pudiste meter en el peronismo?

—Yo me metí en el peronismo, pero fue después que me hice peronista.

—No te pongas complicado, ¿qué querés decir con eso?

—Yo nunca te conté por qué entré en política.

114

—Algo sí.

—No, antes yo no quería hablar para no cargarte de información. Podía ser incómoda para vos, en el caso de que te interrogaran por mí, lo cual podía suceder.

—¿Qué es lo que no sé?

—Fue en la escuela secundaria. Durante el segundo gobierno de Perón yo era un furibundo antiperonista. Cuando lo sacaron yo tenía quince años, había entrado en la Juventud Socialista y en la Federación de Estudiantes Secundarios.

—¿Y eso qué era?

—¿No te acordás? La central de estudiantes secundarios antiperonistas. Pero cuando cae Perón me acuerdo que me sucedieron muchas cosas. Yo iba un día en un colectivo, el 229, y al acercarnos a Plaza Falucho, frente al Regimiento 1 había un grupo de obreros mal entrazados que lloraban y gritaban a los militares y manifestantes que pasaban en auto, celebrando la caída. Y en aquella época tener auto en la Argentina era de gente con plata. Y adentro del colectivo había una mujer que era evidentemente una sirvienta.

—¿De qué edad?

—Una típica morocha del interior. De unos 40. Nos empezó a gritar a todos. Yo ese día estaba feliz, pero me quedó eso. Me chocó eso. Me dio la idea de que había algo que no funcionaba, que yo iba a festejar con los oligarcas y que los pobres defendían al tirano. En el momento no lo elaboré, pero me quedó. El año 55.

—Sí, seguí.

—Ah, y otra cosa. Yo iba después, en esos días, en una manifestación por la avenida Santa Fe, arriba de un camión. Y con nosotros venía un obrero del Centro Socialista al que yo pertenecía. Un obrero que había luchado mucho, que se había jodido. Y mucha gente lo agredía, de los manifestantes que pasaban, "vos negro

115

debés ser uno de ellos", medio en broma medio en serio. Tuvimos que defenderlo. Y era increíble, a cada rato alguien se metía con él, porque se le veía que era un obrero. El tipo se cansó y se fue. Yo en la euforia no me acordé más.

—¿Y por qué por la avenida Santa Fe?

—Ahí eran las manifestaciones. ¿Por qué? Era el barrio de dinero, de los que ganaron. Nadie se animó a hacerlas en barrios obreros, ni aun en barrios de clase media. Y en seguida viene el revuelo en las Juventudes Socialistas, que empezaron a ponerse en posición contraria a Ghioldi.

—Esperá, ése era un socialista ¿no?

—Sí, pero que mantenía las posiciones más gorilas, más antiobreras, contrario al llamado a elecciones. Y te cuento más. Otro momento de choque de mi experiencia personal, respecto al peronismo. Había una junta consultiva que asesoraba al nuevo gobierno militar, y lo integraban los partidos políticos. De las Juventudes Socialistas fuimos enviados un grupo porque la Junta Consultiva preparaba un acto monstruo para demostrar que los militares tenían consenso popular. Nos mandaron a hacer propaganda en camionetas embanderadas —bandera argentina— con altoparlantes. Y era sintomático, si te tocaba ir por barrios de gente rica no pasaba nada, expresiones de adhesión pero no demasiado, en clase media podía haber algún incidente aislado, y también adhesión aislada. Pero invariablemente cuando se iba a los barrios obreros llovían botellazos, insultos y a veces hasta paraban la camioneta con cuchillos, para bajar a los tipos que íbamos. Me tocó recibir algún cachetazo, en Quilmes mismo, que en ese tiempo me dio mucha rabia. Había un problema de clases, evidente. La revolución contra Perón había sido un movimiento clasista. Y ya después viene la etapa Frondizi.

—El primer presidente que votaron después de Perón. Eso lo sé.

—El Partido Socialista por ahí me empieza a decepcionar, porque era un movimiento de clase media, y por ser democrático se dividía continuamente, se debilitaba. Ni línea tenía, ni fuerza política. El Partido Comunista, por otro lado, estaba con el asunto Hungría. Los comunistas argentinos justificaron plenamente la intervención soviética y eso me bastó. Comencé a creer cada vez más en las soluciones de tipo revolucionario, pero no en el stalinismo. Yo quería soluciones que rescataran el humanismo socialista, pero eso en ningún país comunista se practicaba. Y así me alejaba de los socialistas y de los comunistas, por antihumanistas. Eso me dejó flotando en la izquierda.

—¿Qué año es esto?

—La época de la campaña electoral del año 58, ahí entré en la Facultad de Derecho. Se me dio por estudiar y trabajar, no depender de mi padre.

—Pero la rotisería daba, ¿por qué no te dejabas ayudar?

—No me gusta pedir. No me gustaba entonces y no me gusta ahora. No sabés el esfuerzo que tengo que hacer para pedirte a vos, este favor.

—Eso, de que no te dejaras pagar los estudios me parece exagerado. Vos me parece que exagerás con el espíritu de sacrificio.

—Es que yo sentí siempre que tenía mucho en el mundo, mientras que hay gente que no tiene ni lo mínimo.

—Seguí con lo que contabas.

—De todos los grupos me atraía más Praxis, intentaba recuperar el humanismo socialista. Pero era un grupo de estudio, sin acción práctica, no había contacto con obreros. Pero me acerqué en la Facultad, a ellos.

117

Una época de gran confusión, por un lado la subida de Frondizi, y no nos olvidemos de la revolución cubana, hostigada por los comunistas.

—No es posible ¿contra Castro? Eso no lo sabía.

—Los trotskistas decían que Castro era un gorila. Los socialistas y Praxis lo defendían. Veían en él a un liberal que de algún modo luchaba por su país. Pero ése es el Castro del 59. Ahora esto quiero que lo tengas siempre presente: yo nunca perdí ni quisiera perder mi raíz socialista liberal, que es lo que me hace odiar la intolerancia, el totalitarismo.

—¿Y la violencia?

—Y también la violencia. Y por odiar la violencia es que me empiezo a acercar al peronismo.

—¿Y vos querés que me meta en ese lío de Alejandro, como si eso no fuera violencia?

—Eso es violencia concreta en una situación concreta.

—Pozzi, a mí no me hables así que sabés que no entiendo.

—En política como en la vida no se vive de utopías sino de realidades. Y a veces la realidad obliga a aceptar la violencia aun estando en contra de ella. Pero dejame que te siga contando, así vas a entender por qué ahora estoy delante de vos, pidiéndote lo que te pido. Frondizi fue una desilusión para todos.

—¿Por qué?

—Porque hizo todo exactamente al revés de lo que prometió. Llegó al gobierno a través de un pacto con el peronismo y en pocos meses había implantado el Plan Conintes, para perseguir a las organizaciones obreras.

—¿Qué querían, las organizaciones obreras?

—Pedían reivindicaciones salariales. Te pongo el caso de la huelga bancaria, todos presos. La huelga de frigoríficos, reprimida con los tanques. La creación de universidades privadas, que entregó poder a la Iglesia, porque permitió crear universidades católicas. Por entonces los de Praxis empezaron a ir a las villas miseria, tratando de hablar a la gente. Lo primero que nos preguntaban era si éramos peronistas. Pero no podíamos proponer nada concreto. En ese momento comenzó a joderme el extremismo de los trotskistas, ver que un estado proletario no tenía sentido en la Argentina, donde había ya un nivel de clase media. Con ellos lo que se iba a conseguir era una dictadura terrible, y poco más. En ese momento además el peronismo había perdido sus connotaciones más agresivas, frente a los jóvenes de izquierda. Frondizi lo había apaleado, lo había mandado a la oposición.

¿Pero qué había significado el peronismo, en pocas palabras, para vos?

—Dejame que siga. El peronismo, con todas sus contradicciones, se estaba trasformando en el símbolo de la resistencia popular.

—Pero no te entiendo si no me decís cuáles eran esas contradicciones.

—Las contradicciones básicas eran el carácter eminentemente obrero y popular de su composición, y las estructuras burocráticas que manejaba, y la ideología confusa.

—¿Nazi?

—No nazi, pero sí con una gran ensalada ideológica que no se terminaba de entender. Pero este análisis dejámelo para después. Hay dos conclusiones centrales que me llevan al peronismo. Primero, representa el único instrumento concreto para hacer política, para cambiar la realidad. ¿Cómo hay que explicárselo a una como vos?

—Una tonta, una tarada ¿no?

—No, una despolitizada. Si querés hablar en serio no

me jodas con esas cosas. Hacer política es un problema de fuerza. Política es igual a fuerza. Tienen razón solamente los que ganan, porque sólo ellos tienen la posibilidad de cambiar la realidad. Se puede ganar sin llegar nunca al gobierno, siendo oposición toda la vida, pero no se gana nunca teniendo razón desde la mesa del bar. Segundo, llego a la conclusión de que lo que necesita la Argentina, para la estructura argentina, lo que sirve es un movimiento interclasista, un movimiento nacional.

—¿Qué, nacional socialista?

—No, nacional nacional. Los que plantean esa cuestión que vos decís no tienen en cuenta que la Argentina es un país marginal, subdesarrollado, dependiente del imperialismo. Los ejemplos europeos de otras épocas no sirven, ¿por qué Perón nazi o fascista, y no un laborista de hemisferio sur?

—¿Lo decís porque laborista suena mejor?

—No, porque el laborismo está haciendo una experiencia que para Europa es también un modelo, la de los sindicatos que forman un partido y constituyen su columna vertebral. En Inglaterra el *Daily Telegraph*, que es un diario reaccionario, hizo un retrato político de Perón dibujándolo como un laborista del subdesarrollo. Lo que ocurre también es que no hay enfermedad más universal que el provincialismo. Se tiende a ubicar otras realidades con los parámetros de la propia realidad. Por eso es que los europeos entienden más el proceso chileno, donde había parecido a Europa Occidental, y no la Argentina, que no ofrece un espectro político reconocible.

—Pero definíme entonces a Perón con una palabra, o decíme con quién lo podés comparar.

—Ya que te gustan las etiquetas, ahí va la palabra: populismo. Era un caudillo populista, el jefe de un movimiento popular. Si querés un nombre, se me ocurre uno solo, Nasser. Pero ésa es otra historia.

—Pero me das vueltas y vueltas, y no llegamos a...

—¿No llegamos a qué? Te estoy contando.

—¿Pero era un tipo de derecha o no, para vos?

—Era un populista.

—Dale con eso.

—Sí, dale. Tenía una estructura mental formada por su educación militar y por las experiencias que vivió en la Italia de Mussolini, pero era ante todo un pragmático, es decir buscaba la fuerza allí donde ésta estaba. No interesa si él en el fondo era un derechista.

—Pero cómo no iba a interesar, ahí tenés lo que dejó de herencia, una presidenta de ultraderecha.

—Tenés razón, interesa, desde hace unos meses he comenzado a sospechar que interesa más de lo que yo creía. Pero no me abrumes. La herencia es un resultado, un *finale*. La política se ejerce por opciones, es igual que cuando vas a votar, tenés que elegir entre lo que hay. A mí me pasó lo mismo, y en distinto plano también me hice las preguntas que vos me hacés. Hasta puedo confesarte que no las tengo del todo contestadas.

—Yo lo que no entiendo es cómo te podés meter en un partido donde hay todos esos grupos de ladrones, y bien de derecha que son, puritanos y todo, como el que me tocó conocer de cerca por desgracia.

—Yo no entré en un partido, yo entré en el peronismo, que es algo mucho más grande que un partido. El peronismo es un movimiento: partidos, sindicatos, organizaciones empresarias, estudiantiles, tendencias ideológicas diametralmente opuestas. Sólo unificadas en la idea del movimiento nacional y en la figura de Perón.

—Y ahora que se murió ¿qué los unifica, me querés decir?

—Ahora que Perón murió, el partido como tal ya no puede existir más. Hoy le queda el gobierno y por poco tiempo. Después quedarán la clase obrera, la lucha y lo que vendrá. No quiero hacerme el filósofo pero me da la impresión de que va a venir una etapa de una gran derrota y que de ahí se van a construir las características de un nuevo movimiento, que de peronista tendrá sólo el nombre.

—Hubo una cosa que me dejaste para después, lo de la violencia.

—¿Fue violencia o no la proscripción electoral del peronismo para impedirle que ganara? El otro partido llegó a la presidencia con Illia en 1963, con el 27 % de los votos. ¿Eso no es violencia? Después en el 66 vino el golpe militar de Onganía que mandó de vacaciones a la política. Eso se creyó él al menos. Y demolió las universidades. Esa violencia de Onganía que cerró todas las válvulas de escape a la expresión popular... fue lo que fabricó la guerrilla. Es curioso que la guerrilla nace en la Argentina, cuando la experiencia de la revolución cubana ya había fracasado, por lo menos un año antes, con la muerte del Che. No te olvides que los Montoneros nacieron en 1968 con un hecho tan oscuro como el secuestro y asesinato de Aramburu, ¿o te creés que yo no pienso también en esas cosas?

—¿Qué cosas?

—Los Montoneros sabés lo que son, ¿no?

—Los guerrilleros peronistas, mientras que el ERP son los guerrilleros marxistas.

—Exacto, Anita.

—¿Y los Montoneros no son de tu simpatía?

—Digamos que no del todo.

—Pero yo sé de buena fuente, o no, qué buena fuente, para qué mentirte ¡me imagino nomás! que si sos peronista y te metés en este lío del secuestro ¿acaso no es con los Montoneros que estás tratando?

—Estoy tratando pero no soy.

—Pozzi, somos amigos ¿no? ¿por qué entonces no hablás como una persona y no como un político? Yo quiero saber la verdad, no ganarte la discusión.

—Dejame seguir. No hagamos todo tan racional, tampoco.

—Y una curiosidad ¿por qué te metés con los Montoneros y no con los del ERP, que son más de izquierda?

—Porque los Montoneros siempre afirmaron la preeminencia de lo nacional, y por lo menos en sus fases iniciales mantuvieron la concepción interclasista del peronismo. En cambio los líderes del ERP sostenían que de Argentina había que hacer un Vietnam, lo cual es un delirio, porque Argentina es un país con un nivel de vida y estructuras a medio siglo de adelanto con respecto a Vietnam.

—Seguí.

—La Argentina me hace acordar al lío entre árabes y judíos y a la guerra civil en Irlanda: todos tienen razón. Los militares dicen que la guerrilla trajo la violencia, los guerrilleros que ellos nacieron porque los militares habían implantado una dictadura. Los militares echan la culpa a los partidos, porque ellos tuvieron que hacerse cargo del poder debido a la ineptitud e ilegitimidad sustancial, no formal, ojo, de los partidos políticos, lo cual es cierto. El problema de fondo, es que Argentina no tiene clase dirigente, en todos los órdenes, empresarios, intelectuales, burguesía, proletariado, es un país sin cultura política. Carece de una regla básica de juego, ningún sector logra apoderarse de la hegemonía y entonces el país vive en un estado permanente de inestabilidad, nadie ha logrado construir un proyecto político válido.

—Sí, de acuerdo, pero mientras tanto estás colaborando con gente de lo peor.

—Dentro del peronismo hay gente de lo peor, pero si te da asco pertenecer al mismo movimiento les dejás el campo libre. Y yo desde el peronismo puedo intentar una acción, pero desde adentro. Desde afuera, como vos, como cualquiera no perteneciente a un movimiento, no se puede hacer nada. Y desde adentro puedo intentar lo que quiero, que es modificar el peronismo.

—Pero mientras tanto, aprobás algo horrible como la violencia, aunque sea provocada. Que no me importa que sea provocada o no.

—Si no se reacciona ante la violencia, la violencia de los que quieren mantener un estado de injusticia, lo único que se gana es más violencia y más injusticia.

—También yo me pongo a discutirle a un abogado...

—Un abogado que se la pasa defendiendo presos políticos, protestando por torturados, buscando desaparecidos con habeas corpus inútiles y presentando escritos más inútiles aún, para que se descubra el nombre de los asesinos de la Triple A, que en realidad son empleados del gobierno.

—El gobierno que vos votaste.

—Mea culpa. Pero hay que cambiar las cosas. En el 73 había que optar, la derrota de la dictadura militar se sintetizaba en el voto al peronismo, más allá de la personalidad de Perón. Nosotros no buscamos la violencia, nos encontramos sumergidos en la violencia.

—Y como todo náufrago que se está por hundir del todo me querés hundir a mí también.

—No seas insultante.

—Es la verdad, por eso te ofende.

—Mirá, lograste lo que querías, que me harte de tu estupidez.

—¿Qué? ¿te vas?

—Sí, que te vaya bien.

—Cerrá esa puerta.

—Me voy.

—Si te vas, acá no entrás más.

—Como te parezca.

—Te lo digo en serio, si te vas no volvés.

—Chau... Mejorate pronto.

—Y del asunto de Alejandro olvidate, jamás me metería en algo así.

—Está bien.

—Y por aquí no vuelvas más.

—Chau.

CAPÍTULO VII

Nuevamente burlada por las pesadillas, se decía la actriz en su cama, al mismo tiempo que no lograba despertarse cabalmente. Esta vez la trama del sueño le resultaba simple, de fácil interpretación. Se había visto ante un productor, de esos de la nueva leva y sucesores de su finado descubridor, para discutir un contrato. En un momento debía referirse a pasados éxitos para defender su cotización pero inexorablemente olvidaba los títulos, el nombre de cada director, de cada coestrella masculina. Tampoco podía recordar el nombre de sus choferes.

Un quejido extraño, o el llanto de una niña, la devolvió finalmente a la vigilia. Era en realidad el canto de un pájaro mexicano no identificado. Muy cierto que los siete años en la Meca del Cine no habían dejado huella importante en su vida, y sí una cantidad de nombres y fechas prescindibles; tampoco estaba orgullosa de su propio trabajo, la incomprensión de los críticos la había convencido de la banalidad de sus actuaciones. ¿Pero por qué las tinieblas del pasado en vez del presente diáfano que la tierra mexicana ofrecía?

Le agradó sobremanera ese coqueto dormitorio estilo colonial, lo veía por primera vez a la luz del día. Llegada a la hacienda fastuosa ya entrada la noche, con alivio había confirmado lo prometido por sus anfitriones generosos: estaría sola, rodeada de servidumbre discreta. El otro huésped del lugar ocupaba un pabellón alejado y, como la actriz, no quería ver a nadie. Se trataba también de una personalidad del celuloide, un joven y laureado argumentista estadounidense. Qué hastío, se había dicho la actriz al enterarse. El hastío. Se imaginó al hastío como un pavo real, según las palabras de una bella canción. Se asomó a su balcón enrejado y exponentes típicos de flora subtropical —bananero, palmera, ibisco, buganvilla— le ofrecieron profusión de diseño y color. Y entre ellos se paseaba, con la ostentosa cola desplegada, más de un pavo real. "¡Traen mala suerte!" se dijo la estrella y buscó inútilmente una herradura que tocar. "Bah... en otros lugares no había estos bichos y no por eso me dejó de ir mal."

Por teléfono ordenó el desayuno, dada la cantidad de platos a elegir y lo incomprensible de los nombres se le sugirió bajar al parque, donde estarían servidos diversos manjares: malos recuerdos estremecieron a la actriz. La escalinata de roble la llevaba a un salón del que no pudo notar más que el fresco deslumbrante que lo adornaba, en tríptico. Sobre el muro de la izquierda se alzaba una rebelión campesina, bruñidos rostros aindiados se enrojecían de furor, contrastando con el verde de los sembrados, la paja amarilla de los sombreros y el blanco de sus ropas típicas. No vio el muro central ya que la mirada le fue magnetizada por los lujos que explotaban a la derecha, la kermés de los ricos. Al acercarse para observar mejor ese tramo de mural, un dispositivo audiovisual se puso en marcha y le explicó en tres idiomas que se trataba de los enemigos del pueblo y de la vida. Por último indicaba que colocándose en cierto lugar estratégico, quien mirase notaría que los rostros de esos ornados personajes eran en realidad calaveras, y más aún, colocándose a pocos centímetros de cada uno de esos muertos quien los mirase vería reflejado su propio rostro. La actriz se acercó a la figura de mujer más importante, la dama muy celebrada que iba del brazo del presidente o generalísimo. Se vio entonces a sí misma, vestida de encaje negro hasta los pies, alhajada en perlas y platino. Decidió hacerse un vestido igual regresando a California.

El alegre repiqueteo de una campanilla le indicó el camino a la balaustrada con vista a una capilla churrigueresca invadida por la humedad y las hierbas trepadoras. Prefirió el paisaje de la mesa misma, ya estaba servido un desayuno multicolor. Le resultó inverosímil el rojo de aquellos mameyes ¿bermejo o coralino, lacre, punzó, granate, purpúreo o carminoso? y los aguacates eran verdemar y verdemontaña y verdinegro, se dijo, mientras que las papayas le resultaban o amarillo azufrado o caqui o canelado o azafrán, y los dátiles carmelita, pardo, aburelado, castaño o bronceado según le incidieran los rayos solares. La temperamental actriz sintió nostalgia del azul y miró el cielo: turquesado, añil, índigo, azul celeste u opalino, según entornara más o menos las internacionalmente aclamadas pestañas.

Había pedido estar sola pero el silencio la obligaba a escuchar su propia voz, "¿Qué será de mí ahora que no me ata contrato alguno? El mundo ha cambiado, el jefe de los Estudios ha muerto, en Europa la guerra ya se apaga, podría volver al viejo mundo y comenzar otra vida. Me resta tan sólo un filme que rodar, el más importante de toda mi carrera, el rol que codician todas las estrellas y hasta he recibido anónimos amenazando mi vida si ruedo ese filme. ¡Ja! no saben ellas los peligros que corrí en mi existencia... y digo justamente ellas porque son las demás actrices las que así pretenden asustarme. Pero no deberían preocuparse, porque después de este filme tal vez me retire, quién sabe, el destino dirá, creo que es inútil planear lo que sea...". No se atrevió a seguir, todo dependía de cierto día ansiado y temido, dentro de muy poco cumpliría treinta años, en menos de una semana.

Llevaba algunos minutos devorando platillos variados cuando una tonada pegadiza monopolizó su atención. Con vestido de organza blanca y capelina trasparente, de lazo al viento, se largó en busca de los músicos. Llegó así a una ribera de aguas casi cubiertas por flores flotantes. El coro masculino se hizo más y más potente, por un codo del riacho apareció una pequeña embarcación techada de más flores y conducida por un anciano barquero de sombrero enorme, detrás otra embarcación cargada de músicos canosos con atavíos blancos plenos de botones y alabardas. Bastó con una inclinación de cabeza para saludar, la actriz se embarcó encantada y su embeleso habría sido completo de haber comprendido la letra de aquella canción, le disgustaba que le ocultasen algo, sobre lo desconocido no podía evitar la proyección de miedos inútiles.

La barca se deslizaba veloz, los músicos prolongaban en variaciones la misma melodía. La actriz vio en la orilla derecha un ansiado paisaje de cactus y en inglés ordenó al barquero que atracara allí. El hombre hacía señas de que no, sobre su rostro curtido se cernieron sombras. Ella insistió, el hombre pronunció una palabra temible, pero como ella nunca había filmado un western no la comprendió..., ¡"bandidos"! La suma de roca, desierto y planta espinosa producía contraste violento con la presencia de ella. Insistió internarse sola por aquel sendero. Admiraba esos peñascos, las dunas inquietas, los cactus gigantes.

El paisaje de pronto se volvió totalmente rocoso, con subidas y bajadas que ocultaban lo que podría presentarse pocos metros más allá. En esa tierra no acechaba solamente el peligro de los bandidos, las serpientes atacaban con más exactitud y rapidez aún. Y una serpiente colocada estratégicamente en aquel desfiladero por una mano de hombre —¿o mujer? no se podía saber puesto que estaba enguantada— dejaba margen mínimo de sal-

vación. El oído finísimo de la actriz percibió leve casca-
beleo, su afición a pensar en desgracias hizo el resto.
Alzó las amplias faldas y salió corriendo. El propio ja-
deo le impidió oír las palabrotas de frustración que emi-
tió el reducido grupo de asesinos, exactamente dos, una
mujer y un hombre. Ella de acento extranjero y dicción
perfecta, él de tonada local y hampona.

Después de la exploración, la actriz decidió pasar la
tarde en sus aposentos de la hacienda. Debido al al-
muerzo copioso se sintió amodorrada, durmió unas horas. No soñó. Un silbido perfectamente afinado la despertó. Alguien silbaba una melodía conocida ¡la misma
de los ancianos! la que ella había tratado de recordar
antes de la siesta, sin resultados. Se le antojaba que era
una canción portadora de suerte. Desde el balcón no vio
a nadie, bajó rauda espantando a esas aves presunta-
mente agoreras. Tras una mancha enorme de buganvi-
llas —color cárdeno, morado, lívido o ultraviolado— parecía esconderse el silbido. Ella pretendía solamente
oírlo, no le importaba saber quién silbaba. Inadvertida-
mente pisó un palito y bastó ese crac para interrumpir la
música.

Muy pronto tuvo ante sí una sorpresa extraña. El joven que se abría paso entre gigantes hojas de bananero
se parecía mucho a alguien, "Qué raro parece verla sin
que antes se apaguen luces y se descorra un telón... De
todos modos, considero un raro privilegio el de admi-
rarla en carne y hueso", "Usted también pertenece a la
farándula, no debería impresionarle conocer a una actriz más", "Usted por supuesto no lo es, pero... ¿tal vez
se siente mal? ha empalidecido", "Y con razón. Se parece usted muchísimo a alguien que conocí. Hay fantasmas sin rostro, hombres que la memoria de una mujer
ha preferido olvidar. Usted acaba de devolverle el rostro
a uno de esos fantasmas", "¿Al más insignificante?",

"Al más amado y al más traidor", "Me parezco entonces a dos fantasmas diferentes...", "No, a uno solo".

Por primera vez en mucho tiempo, ella encontró placer en hablar con un ser humano, le contó su idea de abandonar el cine, "Usted piensa en su Europa y en dejarnos. Me alegro por usted y lo siento por mí. En efecto, se ciernen malos tiempos sobre la Fábrica de Sueños, y no me refiero solamente a su ausencia de usted, que desde ya estoy lamentando. Las fuerzas del mal se preparan para tomar por asalto la plaza, tan pronto sobrevenga la euforia del fin de la guerra. Ya hay demonios que confeccionan listas de gente marcada, y la acusación resulta una sola ¡quien piensa es peligroso! Nos tildarán a todos de Anticristo, se lanzarán a la cacería y en la misma Casa Blanca se elevarán las hogueras para quemar a las nuevas brujas. A mí ya se me persigue, porque preparo un importante manifiesto. Justamente me llegué hasta aquí para redactarlo, y espero haber despistado a mis perseguidores, aunque sombras extrañas se han proyectado sobre estos jardines en ciertos momentos. Si me dijese que también es perseguida por alguna fuerza del mal, pues, podría respirar aliviado y creer que es con usted que quieren encontrarse". La actriz fingió frivolidad, "No me extrañaría, hasta aquí mismo he recibido mensajes de muerte. Pero el motivo no podría ser más intrascendente. Simplemente quieren que renuncie al papel del año, no tengo necesidad de decirle cuál es, el mundo entero lo sabe. Y es todo tonta vanidad de actrices vacuas, que no tienen en la vida más que su carrera. Sobre todo hay una que se consume de odio, y no le diré quién es porque creo que nombrarla trae desgracia", "Déme tan sólo un detalle y la identificaré", "Muy fácil, es la que debe cubrirse el rostro con fina máscara de goma, para ocultar las huellas de la viruela", "Mujer famosa por su crueldad y determinación, le aconsejo cautela", "Ay mi buen señor, he tenido yo enemigos más temibles...".

La actriz notó, de improviso, que le bastaba mirar al joven para volver a oír la melodía favorita, y ya que le encantaba esa música no le sacó más los ojos de encima. La tarde empezaba a caer, el joven sugirió llegar hasta el estanque de nácar, llamado así porque a la luz del crepúsculo se sonrojaba. Ella aceptó, sin declararlo decidió mirar el paisaje sólo cuando éste se reflejase en los ojos de su acompañante. Y allí contempló un estanque de aguas rosicler, cisnes arrebolados y flores de grana. Él discurseó largamente, y a ella ya no le cupo duda, era un hombre muy fácil de amar.

Cuando se besaron, ella se mantuvo alerta y no cerró los ojos, y fue así que en los ojos de él se vio también reflejada ella misma, color rosa. Como si se las dictasen al oído, ella repitió palabras que ya había oído en alguna copla, "...que asesinen tus ojos sensuales, como dos puñales, mi melancolía...", a lo que él no supo qué responder. Prosiguió ella "...yo he perdido la fe, y me he vuelto medrosa y cobarde, el hastío es pavo real que se aburre de luz en la tarde..." y él entonces por fin declaró que "...como un abanicar de pavos reales, en el jardín azul de tu extravío, con trémulas angustias musicales... se asoma en tus pupilas... el hastío...". Esta vez ella no vio más nada, porque la intensidad del beso de él le obligó a cerrar los ojos. Y en la total oscuridad oyó de él un susurro entrecortado, algo acerca de la verba deshinibida, que su belleza inspiraba. Ella lo interrumpió para decirle que no era sino un poeta fantasma quien les dictaba la palabra exacta. Entonces vio él por primera vez la sonrisa de ella e intentó definirla "... asoma el carnaval tras el cristal... su larga y policroma carcajada, princesa de antifaz color de rosa, Señorita Sonrisa, majestad graciosa...", a lo cual ella, por primera vez comprendiendo lo terrible de la soledad, suplicó "... aparta de mi senda todas las espinas, alumbra con tu luz mi desesperación...", pero él no podía ya concebir que el dolor los volviese a tocar y no atinando a más que mirarla, la confundió con el cisne que en ese momento se reflejaba en sus pupilas, "... cisne que Dios pintó en cristal, dame el marfil... de tu perfil... ritual. Beso de luz, rubor nupcial,... nítido albor, pálida flor... del mal...".

¿Por qué del mal, ella que era toda belleza y trasparencia? Pero ni él ni ella se extrañaron de que esa palabreja se hubiera infiltrado en el verso. La actriz volvió a acordarse de los peligros de que la vida la había rodeado siempre, pensó en la fragilidad del amor y no pudo evitar que se le escapase una lágrima; pensó que nacía al mundo teñida de rosa, como rosado nace el nácar en el fondo del océano oscuro, lo cual movió a él a decir "... nácar, eres tú el espejo donde las sirenas se van a mirar, y en tu afán de llorar, convertidas en perlas... tus lágrimas brotan del mar...". Ella por primera vez en largo rato desvió la mirada del objeto de su nueva o vieja pasión, lentamente se alejó unos pasos, temía quedar sin respiración si seguía contemplándolo. Se arrepintió de haberlo hecho, puesto que cuando lo volvió a mirar ya estaba desnudo y totalmente nacarado. Una rutinaria reacción femenina la obligó a intentar alejarse del lugar, pero él la tomó fuertemente por el talle, al tiempo que le decía con reproche irónico, "...sólo una vez tu boca primorosa... iluminó con besos mi querer, fue un leve palpitar de mariposa... un capricho de tu alma de mujer..." y ella únicamente notó que el aire fresco le abrasaba las carnes, le extrañó sí que hubiese refrescado tanto de repente, pero no sospechó que él la estaba desvistiendo, distraída pensando en no sabía qué, y cuando él esparció la organza sobre la hierba para que ella se echase cómodamente, por temor a pasar por retardada mental o simplemente mujer fácil, no sabiendo cómo justificarse, con liviandad fingida alegó "... Señorita Sonrisa, con la brisa... mi vestido... se formó...". A lo cual él, después de prometerle no ser brusco, agregó, viéndola ahora cubierta por su sombra de él, que la abarcaba toda, "... la palidez de una magnolia invade... tu rostro de mujer atormentada, y en tus divinos ojos verde jade... se adivina que estás... enamorada..., se adivina que estás... enamorada...". Y así fue que no se oyeron más palabras, los cisnes y los jazmines contemplaron la escena, pensaron que la naturaleza seguía su curso, y que a esa hora el curso de la naturaleza era color escarlata, ¿o granate, o carmín, o encarnado, o punzó? De pronto se volvieron a oír palabras, pero no de labios de ellos, brotaban del aire mismo, "... un cisne se queja, la tarde se aleja... vistiendo de ¿rojo? ¿o colorado? su carro triunfal...".

Cuando por fin se hizo la noche, también se hizo la hora de los juramentos de amor. "Él", como ella prefirió llamarlo, sugirió visitar el lago de plata, no alejado de esos jardines y llamado así porque a esa hora la luna metalizaba sus aguas. Pero Él no pudo esperar y antes de avistar sus orillas empezó a volcar por el camino la amargura que lo colmaba. Quería que ella supiera todo de su vida. Le contó de su ex-esposa y de lo único que todavía ponía alguna ternura en su existencia, su hija, a la que sólo podía ver rara vez. La actriz quiso saber todo de esa niña. Él respondió que era un prodigio de inteligencia pero también de sensibilidad y que temía por ella, así de vulnerable como era habría de padecer mucho en el mundo. El sendero estrecho se hacía más y más oscuro, árboles frondosos lo bordeaban e impedían que la luna lo alumbrase.

La actriz de pronto se dio cuenta de la situación inquietante en que se hallaba: estaba caminando hacia lo desconocido junto a un desconocido. Dudó ¿convendría volver atrás, pretextar una jaqueca? No, ya era tarde, si él pertenecía a algún bando enemigo podría eliminarla allí mismo, en plena selva y con la complicidad de la noche. Hizo un cálculo más: "si durante toda mi vida la cautela me ha sido amiga, pues, es hora de enemistarme con ella, ¿qué felicidad me ha procurado tanta desconfianza para con los hombres?" Interrumpió una frase ardorosa de Él y le pidió perdón, "¿Qué es lo que habría de perdonarte?", "Que por un instante desconfiara de ti, allí al pasar por los palmares. Sabes... esas plantas me traen un mal recuerdo, y pensé que tú podrías haberme conducido aquí... para matarme". La abrazó y en la oscuridad ella no pudo ver que a él le caían lágrimas. Pero al besarle los ojos se dio cuenta. La fronda ocultaba la luna, nadie podía ver lo que hacía la pareja en la oscuridad. Para saberlo habría sido preciso tocar los cuerpos.

En algún momento de la noche reanudaron la marcha, se oía ya el oleaje calmo del lago cuando la actriz decidió contarle algo más de su vida. Su mayor vergüenza. Ella también tenía una hija. La empresa la había obligado a darla en adopción. Y ella no se había opuesto, aunque nada habría cambiado por más que se hubiese opuesto. Y no solamente había permitido ese crimen, sino que no le había importado. ¿Cómo era posible que alguien, ella misma, fuese capaz de tal bajeza? La actriz calló, Él por su parte no se animó a agregar nada, divisaron el lago, las orillas de fina arena blanca, las redes de los pescadores extendidas en el aire inmóvil. Ella suspiró.

Él le reprochó su inclinación a la melancolía. El espejo de plata, como ella llamó a las aguas, le devolvió una imagen de sí misma desacostumbrada; estaba despeinada, por lo tanto arrancó de su falda amplia un volado y se confeccionó rápidamente un turbante, con reminiscencias del mundo de la piratería, y para terminar con tristezas dijo burlona, "... yo nací... con la luna de plata, y nací... con alma de pirata...", y viendo luces que se encendían y apagaban en la hierba y también por sobre el agua agitó una espada imaginaria, para acabar con ellas. Se trataba de diminutos insectos fosforescentes, y su luz azul restallaba contra el negro del cielo. Él testimonió, "... hay en la laguna reflejos de luna, quietudes que sólo conoce el cristal...", y ella decidió que le tocaba ahora dedicarle algún requiebro a Él, "... divina ensoñación, cristal en que la vida mis ansias reflejó...", pero Él entonces, como un niño al que los mimos intimidan, cambió de tema, "... vibración de cocuyos que con su luz, bordan de lentejuelas la oscuridad...", lo cual la enterneció sin razón y la hizo abrazarlo con todas sus fuerzas. Ambos cayeron de rodillas, como dando gracias, y sin desprenderse volvieron la mirada al lago. Él dijo, "... son las redes de plata... un encaje tan sutil, mariposas que duermen... en la noche de zafir...", y ella, recordando el desborde emocional de Él en la fronda oscura concluyó, "... ¡cómo brilla la luna sobre el lago de cristal! así brillan tus ojos... cuando acaban de llorar...". En silencio tomaron el camino de vuelta a la hacienda.

Atenta como siempre a lo imprevisto, ella notó huellas frescas en la arena que no les correspondían en absoluto. Él no las vio, ella prefirió no perturbarlo, y calló. Pero para evitar el sendero que conducía a la casa le pidió tomar otro, abrir uno nuevo en la espesura. Él no pedía otra cosa que contentarla. Dejaron así el lago, poblado para entonces sólo de cocuyos. Y sólo los cocuyos pudieron prestar oído a esa voz que del aire brotó nuevamente, "... ¡Noches de serenata, de plata y organdí!...", y la voz se volvió poco a poco un lamento,

"... plenilunio de gloria, ¡historia que se va!... ilusión que se pierde... y que nunca volverá...".

La primera luz del amanecer despertó a los enamorados. Él se levantó a correr las cortinas. El cuarto quedó en penumbra, pese a lo cual ella detectó una sombra rara en la mirada de él. No tardó en enterarse del porqué, "Querida mía, un amor verdadero, como el nuestro, no tiene cabida para imperfecciones. Callar algo, no confiar en el otro, ya para mí es una grave imperfección, por eso es que quiero de inmediato confiarte una preocupación. Y es ésta: no comprendo cómo pudiste dar tu hija en adopción y después no arrepentirte. Yo me hubiese muerto de pena en tu caso. Y esa extraña reacción tuya me llena de temores, ¿acaso podrías un día también renunciar a mí y no recordarme más? Por eso te ruego que al volver a Hollywood vayamos a ver a mi analista. Poniéndote en manos de él llegaremos a develar la incógnita, incluso podríamos realizar un análisis conjunto, de pareja, así ya no tendríamos secretos el uno para el otro. Yo sabría todo, absolutamente todo, de ti, y tú de mí. ¿Me prometes que lo harás? De ese modo me darás una prueba definitiva de tu amor. Piensa que para un simple mortal como yo, el recibir el amor de una deidad como tú, puede muy bien parecer una ilusión imposible".

La actriz sintió helársele la sangre, conocía la perfidia y lo bien que sonaba con voz de hombre enamorado. Él seguramente quería ponerla en manos del enemigo, obligarla a revelar todos sus secretos a pretendidos médicos. Y si ella se resistía, supuso, allí mismo en la hacienda se ocultaban sus cómplices, las huellas en la arena les pertenecían. Fingió un enésimo arrebato de ternura y prometió darse al análisis. Él la premió con un previsible acoplamiento. Ella fingió placer, al tiempo que elaboraba un plan. Si permanecía un momento más junto a Él podría dar un paso en falso y revelar su desconfianza. Si Él se percataba la amordazaría para entregarla ya a sus cómplices, ocultos en la espesura.

Aquietados los ayes, la bella dijo tener un gran apetito, se le antojaba bajar a buscar algo de comer, pero quería que resultase sorpresa para Él, era su capricho imperioso adornar la bandeja del desayuno con jazmines del jardín ya visitado. Él aceptó pero le rogó que no tardase. Ella enfiló una bata y corrió descalza escaleras abajo, por desgracia había pedido a sus anfitriones cortar la línea telefónica y dejarla allí aislada del mundo. Pero recordaba que a no largo trecho, tras la arboleda de la capilla, serpenteaba una carretera angosta. Alguien pasaría y se haría acompañar hasta el pueblo. Allí alquilaría un automóvil.

Atravesó el patio, si él la espiaba desde el balcón ella podría aducir que se dirigía a recoger las flores, pero constató que la cortina seguía corrida. Se dirigió sin más a la carretera, estaba segura de que él era un enviado de alguna potencia, daba lo mismo de qué bando, dispuesto a raptarla para sucios fines. Sí, ponerla en manos de un analista, y mil científicos más, para viviseccionarla, arrancarle su íntimo secreto.

La carretera realmente era de orden secundario, posiblemente pasaría un vehículo cada hora, o ni siquiera eso. Pensó que tal vez había cometido un error, se echó a andar, para alejarse como fuese de aquella casa, de aquella trampa. Súbitamente le pareció oír algo, detrás, a cientos de metros. No, no era posible. Sí, era un motor. Se dio vuelta. Por el codo del camino pronto apareció un coche último modelo. Venían dos personas, un hombre al volante y una mujer en el asiento trasero. Les hizo señas de que se detuviesen. El vehículo en cambio aceleró. No, no era posible. El coche intentaba arrollarla. Se hizo a un lado y logró esquivarse. Alcanzó a ver que el rostro de la mujer estaba cubierto de marcas de viruela. El coche dio vuelta. La muchacha se echó a correr en dirección contraria, salió del camino. El coche también salió del camino, en pocos segundos la alcanzó, la reventó como a uno de esos pajarillos que a veces chocan contra el parabrisas. Agonizante, se dio tiempo para pensar en cosas tristes, unos pocos segundos que le parecieron eternos. Pensó que nadie lloraría por ella, nadie en el mundo. De esa pena se estaba impregnando cuando le pareció oír la voz de Él. En efecto, era Él que corría por la carretera llamándola con desesperación. En seguida se oyó el motor que volvía a arrancar, el chirrido de las ruedas contra el cemento, otro golpe seco, otro desgarrado alarido. No lejos de ella, yacía Él inmóvil, con los ojos abiertos.

Ella, antes de expirar, confirmó su temor, Él no la había traicionado, Él era inocente, Él la había amado de verdad, pero ni siquiera la había sobrevivido para llorarla.

CAPÍTULO VIII

—¿Se puede?

—Sí... entrá...

—¿Estabas descansando?

—No, no importa.

—Pero tenés la pieza a oscuras.

—Me molesta la luz.

—¿Estabas durmiendo?

—Ya te dije que no... Creí que ayer tomabas el avión.

—Me hacías en Quilmes, a estas horas.

—Sí...

—Ana, me parece que estás cansada. Mejor vuelvo en otro momento.

—¿Por qué no viajaste?

—Hubo lío, me llamaron por teléfono, y tuve que postergar.

—Sentate...

—Gracias.

—Contame.

—Anita, perdoname por el otro día. Pero perdí los estribos...

—La culpa fue mía.

—Me parece que tengo para rato, en México.

—¿De veras...?

—Llamaron de Buenos Aires. Porque me allanaron la casa, y parece que han hecho un destrozo bárbaro.

—¿Y tu familia?

—No, nada, el susto nada más. Ahora están en casa de mi suegra, cerraron todo y se fueron. Por eso es mejor, que por un tiempo yo no vuelva.

—Lo siento mucho.

—Pero no te pienso dar lata, no te asustes.

—Al contrario, y no sé si te habrán dicho...

—¿Qué?

—Estuve mal, Pozzi.

—Ah no, no sabía nada.

—Sí, parece que algo del tratamiento no me sentó. Están estudiando el caso.

—Qué macana.

—Sí.

—Vos estabas descansando, mejor te dejo tranquila.

—No te asustes, el cáncer no contagia.

—¿Qué estás diciendo?

—Un chiste, Pozzi. Te estoy haciendo un chiste.

—...

—¿Y por qué me acariciás? ¿por qué tan afectuoso?

—No me saques la mano así, parece que te diera asco.

—Mirá, en este momento lo que me das es envidia, que vos estés sano y yo no.

—No me hagas bromas pesadas, Ana, explicame qué dicen los médicos.

—Me dicen que es un error del régimen de comidas. Pero que el tumor era benigno y esto que siento ahora no tiene nada que ver con lo que me sacaron.

—Y será así, nomás, algo que pasa pronto.

—Soy yo la que pasa pronto.

—Qué decís, la convalecencia siempre trae alguna complicación.

—No me trates así, ¿o te creés que no me doy cuenta? Está bien que a ellos les tenga paciencia, cuando vienen con esas historias, pero a vos no te las voy a aguantar.

—...

—Me siento mal, me operan, y a las cuatro semanas

142

me vuelven los mismos síntomas de antes. Habría que ser muy tonta para no darse cuenta.

—¿A ellos no se lo dijiste?

—Sí, claro que se lo dije.

—¿Y?

—Me tranquilizan, me dicen que todos los enfermos se imaginan cosas. Pero soy yo la que siente los dolores. En fin... si no me creés no me importa nada, mirá. Así que para qué seguir con el tema.

—Como te parezca.

—...

—¿Querés que me vaya?

—No... Por favor, levantame un poco la cama, es ese botón... Así, gracias.

—¿Está bien así, o levanto más?

—No, ya así. ¿Y te pensás quedar en México?

—Y... si vuelvo allá ¿qué garantía puedo tener?

—Antes no te daba miedo.

—No, antes no. Pero se ve que ahora ya caí en una lista negra.

—Pero tu trabajo es legal ¿no? Un abogado que defiende a un preso, no significa que haya cometido el mismo delito.

—Sí, pero un abogado que no defiende más que presos políticos, y contrarios al gobierno, te podés imaginar que no les resulta muy simpático.

—¿Pero a vos acaso te pueden acusar de algo?

—No, en absoluto.

—¿Estás seguro de que no me ocultás nada? Porque yo estoy cansada de vueltas.

—Yo no te oculto nada. Claro, ellos se imaginan que tengo algún contacto con gente que está en la clandestinidad.

—Se creerán que de la guerrilla te pagan... Y tienen razón.

143

—No, yo siempre me arreglé con los otros trabajos que caen al estudio.

—¿Y el viaje éste, quién lo pagó, me querés decir?

—Bueno, esto sí, pero es la primera vez, y son los gastos nomás. Yo por la defensa de presos nunca cobré un peso.

—Pero lo mismo te acusan. ¿En base a qué?

—Ana, ¿acaso a vos te podían acusar de algo? y mirá lo que te hicieron.

—Te lo preguntaba por las dudas me hubieses ocultado algo.

—...

—Pero de todos modos este viaje a México les va a resultar sospechoso, ¿o no?

—Cuando vos te fuiste todavía las cosas estaban más calmas. Pero ahora ya se han organizado mucho más, una vez que montás una fuerza parapolicial ¿quién la controla?

—Y son tus peronistas mismos, los que la montaron.

—Si vuelvo tendría que entrar en la clandestinidad. Únicamente así. Entrar al país con otro nombre, todos los documentos falsos ¿te das cuenta?

—Sí.

—Una vez que te marcan, ya hay que cuidarse mucho.

—No podés volver, entonces.

—Así que estamos los dos en la mala, esta vez.

—No digas disparates. Soy yo la que está en la mala. Vos acá en seguida te vas a acomodar, sabés que los mexicanos ayudan mucho, en la Universidad seguro que te ofrecen algo.

—No sé, ...es terrible el asunto. Y después traer la familia.

—¿Los traerías a todos?

—Supongo. Ni bien los chicos terminen el año de es-

144

cucla. Y darle tiempo a mi mujer para que alquile la casa, a alguien de confianza.

—Ay Pozzi, sos siempre el mismo, calculás todo en un abrir y cerrar de ojos.

—¿Qué hay, te molesta?

—No, pero sabés, aquí la gente es diferente, y por contraste los argentinos me dan mucha risa, por la manía de prever todo, y controlar todo. Ya vas a ver acá, qué diferente es.

—¿En qué sentido?

—Que la gente se deja llevar más por el presente, no están planeando todo lo que va a venir, como nosotros. No se preocupan tanto.

—¿No es que son un poco irresponsables?

—Puede ser, pero así la vida tiene más sabor, como dicen ellos, hay más sorpresas, más espontaneidad ¿o no?

—¿Te enamoraste de alguien?

—No, por desgracia no. No me tocó. Mirá, no hay cosa más diferente, a vos sobre todo.

—¿En qué?

—En las borracheras que se agarran...

—¿Y qué gracia tiene eso?

—Bueno, quiero decir que se emborrachan, y pierden la chaveta ¿me entendés?

—Se descontrolan.

—¡Eso! Era la palabra que buscaba. Y es lindo, así podés conocer más a la gente. No están controlados todo el tiempo, escondiendo quién sabe qué.

—Estás agresiva, Ana.

—Estoy hablando de modalidades distintas, simplemente. Cada uno es como es, con su parte buena y su parte mala. A un mexicano le decís de encontrarte en un lugar a tal hora y nunca sabés si va a venir o no. Pero si viene es porque tiene ganas ¿entendés?

—Mientras que un argentino viene por compromiso.

—Exacto.

—Como gente responsable, adulta.

—Como sea, pero ustedes los argentinos me hartan con sus vueltas.

—Pero si no me equivoco, el primer día que llegué me dijiste todo lo contrario, que los mexicanos eran muy educados pero que no sabías nunca lo que pensaban.

—Sí, pero de otro modo. Ellos saben qué cosas te quieren ocultar, son más zorros. Y los argentinos ocultan por costumbre y se creen que eso es normal. Ocultan porque son reprimidos. Y no sé, no entiendo, al final todos ocultan entonces. Me contradigo.

—Así es.

—Pero eso me pasa con la gente que no quiere entender, como vos. Los cerrados, los que ya saben todo. Y que no consiguen más que confundirme.

—Ana, ni diez minutos duró la paz.

—Es que no me interesa mantener la paz. Te voy a decir lo que siento y basta. Ya me callé bastante toda mi vida.

—...

—Estoy decidida a no callarme más, y decir todo aunque caiga mal ¿sabés lo que estoy pensando ahora? que me da rabia que me haya tocado a mí, y no a vos, o a cualquier otro.

—¿Te tocó qué? ¿qué seguridad tenés de que estás tan mal?

—No me pueden engañar. Anoche mismo estuve mal, me llevaron a terapia intensiva.

—...

—Se me desniveló la presión, de golpe. Fue muy feo.

—Perdoname si te ofende lo que te voy a decir, pero yo te encuentro muy buen semblante.

—Estaba tan demacrada que me pinté, es por eso. Asustaba...

—Contame de lo geniales que son los mexicanos, así me enojo.

—Sí, es mejor que te lo tomes en broma, te conviene.

—A ver, contame.

—Por ejemplo, acá todos cantan, ¿en la Argentina quién canta? decime un poco.

—De la Argentina mejor no hablemos.

—¿Por qué?

—Si no puedo volver, no sé qué va a pasar conmigo.

—¿Tanto te importa?

—Sí.

—¿Por tu familia?

—No... a ellos los puedo traer. Es todo lo demás. Mi trabajo, la gente presa, Buenos Aires, todo.

—¿Buenos Aires?

—Sí, también. No se puede separar una cosa de la otra ¿no te parece? La gente y el lugar, no se pueden separar.

—¿Lo querés, a ese lugar?

—Sí, Anita, ahora me doy cuenta.

—Pero a vos se te ve muy bien, yo creo que te sienta México, nunca te vi mejor. Estás bárbaro.

—¿Por qué lo decís?

—Porque es cierto. Se te ve descansado.

—Debe ser que duermo. Hacía años que no dormía todo lo que me pide el cuerpo.

—Se nota.

—...

—Te envidio, Pozzi. Que quieras tanto volver. A mí de allá no me importa nada, y de acá tampoco.

—...

—Te quedás callado.

—¿De veras, Ana, no pensás en volver allá?

—En un cajón, pueda ser.

—Y a Clarita ¿no la querés ver?

—Está mejor allá.

—¿Y a tu mamá?

—Para qué las voy a molestar, allá están mejor las dos.

—¿De veras ningún tipo aquí, que te haya gustado?

—Será posible que no te entre en la cabeza, que no todo tiene que girar alrededor de un hombre...

—No quise decir eso.

—...

—¿En qué pensás?

—Pozzi ¿de veras me encontrás bien de cara?

—Sí.

—¿Qué es lo que encontrás bien?

—No sé, te veo bien.

—¿Pero qué? ¿la piel?

—Sí.

—¿Y las ojeras no me quedan mal?

—No estás tan ojerosa.

—¿Y la mirada? ¿no tengo mirada de enferma?

—No diría.

—...

—Ana, yo tengo que volver, no me puedo resignar a quedarme. Con las cosas que están pasando allá. Me siento... me parece... que está mal quedarme acá, en vez de ir a hacer algo.

—Para mí este gobierno es el peronismo verdadero, de matones y nazis.

—No es el peronismo por el que yo trabajé, y vos sabés cuánto trabajé.

—Pozzi, vos te imaginaste el peronismo a tu antojo, y te casaste sin conocerlo. Y es ahora que la fiera te muestra los dientes.

—Eso se lo oíste decir a alguien.

—Claro, me creés incapaz de pensar por mi cuenta, una hueca como yo.

—...

—¿Seguro que es cierto lo del allanamiento?

—Claro, ¿por qué preguntás?

—Porque puede ser que te estés quedando para convencerme, de que les ayude en el asunto de Alejandro.

—Vos estás delirando.

—Tengo miedo de que sea ésa la causa.

—Por mis hijos, te lo juro. Lo de Alejandro ya está descartado.

—¿De veras?

—¿No me oíste? Te lo acabo de jurar. Es un insulto lo que decís.

—No es un insulto. Te digo lo que siento, ya no me importa más quedar bien con la gente. ¿Para qué voy a quedar bien con vos? ¿qué me podés dar? La salud no me la podés devolver, y eso es lo único que me importaría.

—Anita, ahora entiendo lo que te pasa. Vos no creés que te vas a morir. Si de veras estuvieses convencida, no tendrías aliento para decir una palabra. Lo que estás es con rabia por algo, contra vos misma, y no sabés cómo desquitarte, como un chico.

—Sí, y vos sos muy adulto. Muy argentino y muy adulto. Lo que sos es...

—Decime, te escucho.

—Lo que sos es... un inocentón, un iluso, que te metiste en todo este lío por qué sé yo... por romántico. Igual que yo me metí en el lío de casarme con un hombre que no sabía quién era. Y sos también un irresponsable, porque colaborás con gente que toma las armas sin saber lo que hacen. Tan irresponsable como yo, que traje al mundo a mi hija porque sí nomás. Así que somos los dos iguales, unos ilusos y unos irresponsables.

—Ya te expliqué muy bien cuál es mi opinión al respecto, si no la entendiste, lo siento mucho.

—Pero es mejor que te diga lo que tengo en la cabeza. Porque ya se acabó eso de creer en soldados heridos de la trinchera, y la enfermera de la cruz roja. Y los ciegos mártires que salen de la cárcel, y yo vendándoles los ojos, para que no se les vea la cicatriz.

—¿De qué estás hablando?

—Yo me entiendo.

—Pero yo no.

—Es una cosa muy triste, y para qué te voy a deprimir más todavía. Triste para mí sobre todo. Si ya uno no se puede imaginar algo lindo ¿qué le queda? Si en este mundo no te imaginás las cosas lindas estás perdido, porque no existen.

—No estoy de acuerdo en eso, perdoname.

—Mejor para vos.

"Cuatro de la tarde + árboles pelados + luz mortecina + caminata hacia el trabajo + sensación grata de ropa abrigada + sensación de día que se va para nunca más volver + temor de encontrar paciente desagradable + sensación de que va a ocurrir algo o muy bueno o muy malo." La muchacha marcó las premisas en su computadora portátil pero retomó la marcha sin oprimir la tecla que al cabo de pocos segundos le daría la respuesta requerida. El parque se veía desierto, atravesándolo en diagonal llegaría muy pronto al edificio gris y cuadrado que desde hacía un año frecuentaba, por obligación, cinco veces por semana. La muchacha reprochó mentalmente al arquitecto responsable la falta de alicientes visuales de la "Casa del Ciudadano". Estaba de acuerdo en que el Supremo Gobierno no contaba con presupuesto suficiente para gastos superfluos, pero tal vez esos innumerables cristales ahumados casi negros podrían haber sido verdosos, o hasta rosados, por el mismo precio. De todos modos habrían impedido ver desde afuera lo que sucedía adentro. También era discutible que el lugar debiese parecer un hospital, cuando se trataba de otra cosa.

La muchacha, de matrícula W218, agregó una premisa más a las ya marcadas, "insatisfacción ante la inútil severidad de los edificios públicos", y apretó el botón de la suma final. Respuesta: "natural inseguridad ante desafío que el buen cumplimiento del deber presupone". W218 respiró hondo, desde el diafragma se le impuso un bostezo amplio, el mismo que se le producía cada vez que lograba una cabal satisfacción, física o moral. Estaba en buenas relaciones consigo misma, cosa ya frecuente en las jóvenes nacidas antes del año cero de la era polar. Un método educativo acertado había permitido que se recuperasen, a quince años de los hechos, elementos humanos seriamente dañados. W218 resultaba un buen ejemplo de ello, puesto que había nacido antes de la Gran Vuelta de Página, como se llamaba a ese año cero, quedando así clasificada en el último lustro de la era atómica, sección problemática del Registro.

Lo que alargaba el camino era el rodeo que las muchachas en servicio debían dar para entrar al edificio. Restos de falsos pudores de épocas superadas. Los dirigentes en cambio afirmaban que el anonimato de las conscriptas agregaba encanto a su desempeño. Junto a su tarjeta semanal encontró la orden del día. Le tocaba presentarse de inmediato al vestuario número 3. Con alegría punteó su tarjeta en el reloj de control, era su quinto y último día de servicio semanal. El vestuario número 3 significaba ropas a la moda de 1948, o sea pacientes de sesenta a sesenta y cinco años, los más jóvenes admitidos para las curas de la Sección A. Era un tipo de ropa que solamente una figura espigada como la suya podía llevar con elegancia, debido a la amplia falda extremadamente larga, y al calzado sin tacón, inspirados en las zapatillas de las bailarinas clásicas; un pequeño casco de flores en broderie blanco haría las veces de tocado. La orden del día también estipulaba que su nombre de la jornada sería Dora.

A las cinco de la tarde W218 debía entrar en la sala 12 y así sucedió, puntualmente. La sala 12 simulaba un salón de té de luces tenues, y la profusión de bordes blancos de mampostería ondulante, en muros y palco orquestal, recordaban el uso decorativo del merengue en repostería. No obstante, lo que se perseguía era una reminiscencia de 1948, y en la mesa tercera de la segunda fila esperaba a la joven un representante del sexo opuesto con quien —según la orden del día— se había dado cita telefónica sin conocerse. Para ser identificada llevaba un clavel rojo en la mano derecha, enguantada de broderie blanco. La música ambiental reproducía una selección de canciones de Charles Trenet. El señor se puso de pie al verla acercarse y caballerescamente le acomodó la silla para sentarse, "Nunca había hecho una de estas citas a ciegas, y ahora que la veo... me arrepiento, de haber sido tan pusilánime". W218 lo miró, rara vez había notado tanta tristeza expresada en un modo de peinarse, esa vuelta que hacía dar a los cabellos desde la nuca hasta la frente para cubrir la calvicie.

"Sabe señorita, ...¿o puedo llamarla por su nombre? Es Dorita ¿verdad? Pues... déjeme que le cuente de mí. Estoy en el último año de abogacía, bueno... no es que sea tan precoz, ya tengo veinticinco años." W218 no recordaba bien cuál de sus dos pacientes del día era éste, había leído ambas fichas atentamente la noche anterior pero había olvidado repasarlas esa tarde antes de salir de casa. Recordaba que uno de ellos era un viudo de sesenta y dos años, solo en el mundo, y sí, en efecto, se trataba de un abogado. El otro era un hombre de campo, de sesenta y cinco años, con la esposa internada en un hospital de cancerosos y sometida a larga cura. "Me encanta esta música nueva, Dorita, se ve que Francia no está muerta, porque música tan pegadiza y alegre indica que ese país resurge de las cenizas de la guerra ¿no le parece?" La muchacha trató de recordar de qué fecha databa la viudez del anciano, y al fracasar se sintió culpable de no haber preparado debidamente su tarea del día.

"Mire Dorita, estas orquestas son siempre así, hacen esperar horas entre pieza y pieza. Y la gente no se anima a salir a la pista a bailar con discos. Yo tampoco, le debo decir, aunque no soy mal bailarín, sobre todo llevo bien el compás en el fox, y no soy como otros jóvenes que le tienen miedo al vals. Yo no lo considero pasado de moda." Lentamente las componentes de la orquesta de señoritas subieron al estrado, una vez acomodadas adoptaron sonrisa leve y ensoñada, al primer golpe de batuta atacaron con brío la guaracha *Cumbanchero*. "Debo decirle que es usted liviana como una pluma... Dorita. Cuando vi lo alta que era, bueno, dos o tres dedos más que yo, no tanto ¿verdad? Cuando vi que era así de alta... no creí que nos lleváramos tan bien en la pista."

Media hora más tarde W218 consideró que ya el tiempo transcurrido era razonable, se había logrado plenamente la ilusión de sano galanteo juvenil y era hora de pasar a la consabida segunda parte del programa. "Nicolás, perdone que le diga... el baile está muy lindo pero yo tengo que volver a casa. Es que espero una llamada telefónica importante, y no puedo quedarme más tiempo. Bueno... mi casa está aquí cerquísima, si usted quiere podemos charlar un rato más, mientras espero que me llamen ¿qué le parece?" La mirada del señor se volvió algo más sombría de lo normal en él, los bonos pertinentes cubrieron el precio del té con masas y en el pasillo tomaron el ascensor al quinto piso. La habitación simulaba ser departamento de un ambiente, decorado con banderines estudiantiles, una raqueta, un par de maracas cruzadas y un almanaque dedicado a muchachas en traje de baño tan detalladamente dibujadas que parecían fotografías. "Tal vez a usted le parezca mal que una chica deje entrar a su departamento a un muchacho, no habiendo más gente quiero decir..." El largo de su parlamento dependía de la osadía del paciente, y según término promedio, el de turno la interrumpió con un beso apasionado ni bien ella colgó los abrigos. Lo invitó a sentarse, se sentó a su vez y con suspiro previo bajó la vista. El reglamento exigía que el encuentro terminase a dos horas de haber entrado al fingido departamento, "Qué va a pensar usted, de una chica que cede así, en la primera cita... Nunca debí hacerlo entrar al departamento, porque... ya al bailar, al sentirme en sus brazos de hombre, empecé a perder la cabeza..."

El desempeño del paciente pudo ser considerado según la calificación "promedio 62", o sea lo correspondiente a un individuo de sesenta y dos años, de modo que W218 no debió esforzarse demasiado para que su pareja lograra la tan ambicionada satisfacción sexual; la muchacha incluso decidió saltear parlamentos establecidos por considerarlos de ribetes ridículos, tales como "sos muy fuerte, me hacés mal, ¿nunca te han dicho que tenés músculos de acero? sé suave conmigo..." y sobre todo "no, no, me da miedo, no tengo experiencia casi, no te aproveches de eso..." En cambio usó con muy buen efecto los siguientes parlamentos, también sugeridos por el reglamento con el fin de establecer una atmósfera de medio siglo veinte, "nunca había sentido lo que vos me hacés sentir, nunca, nunca...", "ahora que conseguiste lo que buscabas, quién sabe si me vas a querer ver otra vez..." y "jurame por favor... que no se lo vas a decir a nadie, ni siquiera a tu amigo más íntimo... esto que ha pasado entre nosotros..."

A las ocho de la noche volvió a entrar W218 al salón de té. La orden del día establecía que el segundo y último paciente de la jornada iba a estar sentado en la primera mesa de la última fila. La muchacha lo habría reconocido aun sin ese dato porque su condición de hombre de campo era evidente; sobre todo el rostro curtido por la intemperie y la incómoda relación con ropa algo estrecha para su corpulencia lo distinguían entre los concurrentes, "Usted es una preciosa muchacha y yo un viejo de sesenta y cinco años, para qué nos vamos a engañar... Otros prefieren hacer la comedia, yo no". La orquesta atacó esta vez el bolero *Cobardía*, "Yo sé que a usted le debo dar bastante asco, y por eso le agradezco que disimule y no me haga sentir como un viejo verde... Pero la verdad es que los viejos sentimos también ganas, de estar con una mujer. Y yo tengo a mi señora, que es más joven que yo, tres años, pero la pobre está internada en el hospital, y tiene para rato, si es que sale viva, la pobre... Y yo estoy con una pena terrible por eso, pero lo mismo me viene esta gana bárbara, que me viene... de estar con una mujer, y cuando me presenté al Ministerio no creí que me iban a aceptar, pero se dieron cuenta que sí, que también yo tengo derecho. Realmente hay que admitir que este gobierno funciona, ya se han solucionado todos los problemas económicos, nadie es pobre y nadie quiere ser rico por los problemas administrativos que acarrea. Todo marcha. Y ahora, que se ocupen del alma de la gente me parece muy justo".

La muchacha no se molestaba por el abrazo estrecho

con que su pareja de baile la conducía, si es que mantenía las mejillas pegadas y le hablaba al oído en vez de cara a cara, sensible como era al mal aliento de sus interlocutores, "Yo sé que otros le dirán piropos, y quién sabe cuántas sonseras. Y no es que usted no se los merezca. Pero yo conozco a ese tipo de viejo reblandecido, en el fondo lo que piensan es que usted es una... prostituta, como las que ellos conocieron cuando eran jóvenes, eso es lo que creen. Pero yo no, yo entiendo los tiempos modernos, y que el sexo, como le dicen ahora, no tiene nada de malo. Y ustedes lo que hacen es una gran obra, las conscriptas del valle de Urbis. Claro que las feas se salvan y las mandan a trabajar al campo, pero ustedes nos devuelven la vida, mire, ni más ni menos, a los pobres viejos nos devuelven la vida". W218 consideró que la inserción de alguno de sus parlamentos reglamentarios sería inútil y se limitó a dar las gracias cada vez que era el caso. Una vez en la habitación, su tarea por lo contrario se vio entorpecida por las maneras brutales con que fue tratada, y debió amenazar al acompañante con llamar a los guardias. Despechado, el señor se empezó a vestir, pero en seguida recapacitó y pidió disculpas a la joven. Ésta se compadeció y permitió que el paciente completara el tratamiento, considerando que esa agresividad se había debido al miedo a la impotencia. En efecto el desempeño resultó accidentado y al atrapar por fin su huidizo orgasmo el paciente no pudo reprimir una interjección negativa, "¡Puta, puta!"

El señor se vistió en silencio, W218 entró al baño para retocarse el ligero maquillaje y sobre todo el peinado. El señor golpeó con los nudillos a la puerta, "Perdone lo que pasó... ya me voy, y no salga que yo me acuerdo dónde está el ascensor". Se oyeron pasos y la puerta al pasillo general, que se volvía a cerrar. W218 se vio abocada entonces a un problema de conciencia. En tales casos debía presentar una queja detallada en la misma hoja donde calificaba al paciente; los de la sección A tenían derecho a un encuentro mensual y si no se comportaban debidamente se les reducía la cuota o, como ella creía en el caso presente, se los privaba de servicio. La alternativa era muy clara, si explicaba lo sucedido muy posiblemente el sujeto no recibiría más terapia sexual, y si no lo denunciaba exponía a alguna colega suya a un ulterior ataque del agresivo paciente. W218 se dijo a sí misma que era tal vez demasiado comprensiva, pero segundos después atribuyó su bondad a la pereza de redactar un informe que presentaba dificultades de formulación bastante evidentes. Faltaban veinte minutos para las once de la noche, su hora de salida, pero debido al informe se le haría tarde.

La calificación resultó ser "subpromedio 65" y el informe le llevó más de media hora. El parque estaba bien iluminado por las noches, la muchacha lo recorrió tratando de superar el malhumor que le causaban los retrasos. No consultó a su computadora porque la situación carecía de misterio, lo que la irritaba era que los clientes problemáticos aparecían casi siempre en el segundo turno y la obligaban así a salir tarde. Tratando de conformarse recordó que le faltaba menos de un mes para cumplir la primera mitad de conscripción, mientras que el segundo año lo cursaría según reglamento en las secciones B y C, o sea la de jóvenes lisiados y la de jóvenes deformes respectivamente, todos ellos como es debido beneficiados por el estatuto de servicios sexuales. Pasados esos trece meses, pues, habría terminado su conscripción y podría otra vez entablar relaciones personales, lo cual le estaba absolutamente prohibido mientras tanto. Se comentaba que las muchachas salidas de ese tipo de servicio gozaban de gran prestigio entre los varones de su edad, pero W218 temía que se tratase de uno de los tantos bellos preceptos, difundidos por el Supremo Gobierno, que no respondían a una realidad. Por ejemplo desconfiaba que el hijo del campesino de esa noche difiriese mucho de su padre.

Llegada a ese punto de la argumentación siempre se decía lo mismo, que dada su extrema belleza física y su carácter amable y expansivo no podría menos que, en circunstancias normales, encontrar a un hombre de quilates. Un hombre de verdad. Un hombre que justificase todos los sacrificios realizados, un hombre que la comprendiese, al que no fuese necesario explicar nada, alguien que le adivinase toda su enorme necesidad de afecto y a la vez toda su inseguridad. Alguien que la iluminase en los momentos de duda. Un hombre superior a todos los que había conocido hasta entonces. Un hombre ¿por qué no? superior a ella misma. Él podría ser el cerebro de la pareja, mientras que ella aportaría su buen carácter, y claro está, su tan celebrada belleza. Y no estaría más sola.

¿Qué significaba para ella, no estar más sola? Ante todo usaría menos la computadora, la consultaría únicamente en casos de verdadera emergencia; era preciso tener en cuenta la advertencia del Supremo Gobierno respecto al recargo de trabajo que tantas consultas significaban para la Asistencia Electrónica Central. Lo consultaría a él, le hablaría de todos sus problemas, que su compañero escucharía con tanto interés como ella habría de escuchar los de él. Y sabría aconsejarla, porque W218 no quería a un bonito manequí a su lado, pretendía un ser de gran inteligencia. También debería ser bien parecido, porque así le haría olvidar tanto hombre desagraciado que había debido medicar. Y muy inteligente ¿qué definiría ante todo a un hombre muy inteligente? W218 se dijo que en seguida lo identificaría porque tales personas tienen el don de comprender a los demás hasta en sus menores repliegues espirituales, adivinando así sus más recónditos deseos. Lo único que ese hombre no podría adivinar sería sus pesadillas, tan recurrentes, reflexionó la muchacha, pero claro está, ella se las contaría. ¡Finalmente alguien a quien confiar tan delicados secretos! y tan inquietantes.

¿Por qué era visitada en sueños por esa mujer desamparada? Sin darse cuenta había empezado a pensar en ella como en su mejor amiga, pero al mismo tiempo era doloroso no poder ayudarla, por más que se lo propusiera estaba más allá de sus posibilidades socorrerla. Una mujer de otra época, y otras tierras, ya desaparecidas. En efecto, lo que más angustiaba a W218 durante sus pesadillas era no saber donde había vivido esa mujer, porque el paisaje en que se le aparecía había sido borrado para siempre con la inundación polar de años atrás. Y el Supremo Gobierno había prohibido la difusión de material geográfico prepolar, no quería que los ciudadanos se sumergiesen en la nostalgia y frustración consiguientes, así como las tierras tropicales y demás habían sido sumergidas por los hielos semiderretidos. Los sobrevivientes de mayor edad relataban que antes el planeta había sido mucho más bello, y en cuchicheos castigadísimos por el Estado describían plantas lujuriosas y atardeceres encendidos. Había bastado una variación en el eje de rotación del planeta para que los colores vivaces desapareciesen de la naturaleza, y para que las nuevas tierras emergidas sólo conociesen el invierno. W218 veía en sus sueños paisajes que coincidían con los de esos relatos de gente vieja. Seguramente esos mismos relatos habían originado su desborde imaginativo, llegó a pensar, y con pena recordó que faltaba aún más de un año para hallar al hombre con quien comentaría todo eso.

Su departamento era pequeño pero perfectamente

caldeado, un cuarto cuadrado donde todo el mobiliario se elevaba a no más de un metro del suelo, el resto lo ocupaba la cuádruple pantalla de teletotal. La encendió de inmediato para deshacerse de sus pensamientos depresivos. Sentada en la silla giratoria que ocupaba el centro geométrico de la habitación, se descalzó y encendió un cigarrillo. Ya había empezado un documental de viajes, uno de los géneros que más se adecuaban a las posibilidades teletotales puesto que daban al teletotalespectador la ilusión de estar metido en un país extranjero sin salir de casa. Había sectores del Supremo Gobierno que criticaban el efecto aislacionista de la teletotal; se argumentaba que como cada ciudadano gozaba de un departamento monohabitación, prefería permanecer solo después de las horas de trabajo para poder girar su silla teletotálica en libertad, sin encontrar cabezas por delante que le dificultaran la visión.

W218 muy pronto se dio cuenta de que se trataba del publicitado documental sobre la ciudad sumergida y muerta de Nueva York, visitada por un submarino turístico. Sorprendía ante todo cómo los faroles potentísimos de la nave lograban iluminar la ciudad a cientos de metros bajo el mar: desde la borda panorámica del submarino los turistas podían observar la ex-metrópolis de los rascacielos, sus barrios elegantes, sus ghettos y sus ahora acuáticos parques. Uno de los puntos culminantes del paseo lo constituía el ingreso —por un inmenso boquete circular— a una sala cinematográfica, la más grande del mundo, de bóveda inconmensurable, donde como curiosidad estrictamente histórica y no nostálgica se proyectaba una película de la época correspondiente. W218 giró su silla noventa grados para observar mejor la imagen, se trataba de una oportunidad única para ver un film prepolar, prohibidos como estaban por sus efectos antisociales. Y a pesar de lo borroso de la proyección subacuática, a pesar de la distorsión que suponía el enfoque oblicuo de la cámara teletotálica en esa toma particular, a pesar de los filtros de color posteriores, a pesar de todo... pudo reconocer el rostro de esa mujer bellísima que en el film prepolar visitaba la casbah de la desaparecida ciudad de Argel. Era el rostro de su amiga de las tinieblas, de las tinieblas densas y frías de sus acongojadas pesadillas. El filme se proyectaba sin sonido, o el sonido no había sido registrado por los documentalistas, de modo que la voz de la amiga misteriosa no se dio a conocer.

El documental, por desgracia, pasó rápidamente a otros aspectos de la ciudad sumergida, tales como sus ex-aeropuertos y ex-estaciones ferroviarias. W218 apagó el dispositivo, plegó el sector de pantalla que ocultaba una ventana a la calle, se preparó algo para comer que deglutió con dificultad, y trató de dormir. Era ya la madrugada cuando logró conciliar el sueño, había dejado la ventana descubierta pero la luz del alba polar resultaba muy tenue y no la despertó. W218 volvió a ver a su amiga, pero en paisaje diferente al del filme, un paisaje de vegetación abigarrada y colores estridentes; la actriz tardó algunos minutos en salir a escena. En ese mismo decorado se veía primero a un hombre, de espaldas siempre, al acecho detrás de un árbol, un hombre joven y ágil. Tenía una computadora en la mano izquierda y con la derecha marcaba premisas: "niña abandonada + matrícula W218 + paradero desconocido + señas particulares belleza perfecta + herencia materna ya referida"; apretaba el botón final y surgía la respuesta: "atención, muchacha peligrosa, equipada con víscera electrónica en vez de..." Pero el hombre no tenía tiempo de leerlo todo porque en ese momento se oían pasos y W218 y él veían a la actriz aparecer, desesperada, por una vieja carretera tropical. La actriz corría y llamaba a alguien, no por su número de matrícula sino por un nombre, como en épocas superadas, "¿Dónde estás? ¿dónde estás? hay peligro, desconfía de él ¡se acerca nada más que para reducirte a imagen de sus deseos! y sé que no podrás renunciar a él, yo tampoco puedo renunciar a él. Ay... si me pudieras oír... si de algún modo yo supiera que me oyes... qué tranquilidad me darías... pero no llega ninguna señal tuya... estás pensando en él, esperándolo a él, cocinándole a él, alguna tontería estás haciendo inspirada por él... y te crees muy lista, muy evolucionada ¡ja! pero eres igual que todas, si te tocan el punto flaco estás liquidada, ese punto débil, podrido, que tienes en medio de las piernas. ...De todos modos me das tanta pena... porque si no desconfías, te van a matar..."

W218 no podía emitir la voz para responderle y tampoco las piernas le obedecían para salir de su escondite. La actriz continuaba llamando a esa protegida que no se sabía quién era, con acentos cada vez más desgarrados, y en vano, ya que un automóvil ridículo por lo anticuado pero sí muy veloz se precipitaba sobre ella. W218 asistía impotente a la tragedia. En un primer plano culminante la actriz hacía un último llamado, rogaba que no se la olvidase.

SEGUNDA PARTE

—Escuchá esto, "Teatro Colón, Temporada 1972. Hoy Agosto 2, a las 20 horas *I Puritani* de Bellini, con Cristina Deutekom y Alfredo Krauss, dirección musical Veltri, dirección de escena Margarita Wallmann. Agosto 3, 18 horas, recital del pianista André Watts, obras de Scarlatti, etc., etc. y 20 horas recital de la soprano Victoria de los Ángeles, obras de Granados, Falla, etc., etc. Agosto 4, 20 horas *Nabucco* de Verdi, con Cornell Mac-Neil y dirección musical de Fernando Previtali. Agosto 5, 18 horas, concierto del pianista Claudio Arrau, obras de Bach, Mozart, Chopin, etc., 20 horas Ballet de la Ciudad de Buenos Aires, *El pájaro de fuego*, *Spiritu tuo* y *Petrushka*. Y para la semana siguiente *Manon* de Massenet con Beverly Sills y Nicolai Gedda.

—...

—Vos Pozzi eso no lo podés apreciar, pero son elencos de ópera que en Europa no sé si podrían pagar. Solamente en el Metropolitan de Nueva York.

—¿Y en el cine qué daban?

—Estrenos, a ver... En el Gaumont *El violinista en el tejado*, Monumental *Contacto en Francia*, y Loire ésta que nunca vi, *Nacidos el uno para el otro*, con Joseph Bologna que se te parece un poco. Y *Metello* de Bolognini...

—Casi todo cine yanqui.

—No es verdad. *Isadora* es inglesa y de izquierda, *Satiricón* de Fellini, *El evadido* con Delon y Simone Signoret, *Tchaikowsky* es rusa, y dejame ver las reposiciones, *La muerte en Venecia*, y el documental argentino *Ni vencedores ni vencidos*, sobre el peronismo. Y *Kanal*, polaca.

—En pleno gobierno militar, qué contradicción.

—Lanusse era así.

—Metió presa a mucha gente.

—Pero si ustedes le hacían lío ¿qué se esperaban de un gobierno militar?

—Y hubo tortura bajo Lanusse, así que cambiemos de tema.

—Oíme Pozzi, en el Arizona *Helga y los hombres*, hasta cine porno había. Y oíme la lista de conciertos fuera del Colón: en el Coliseo la English Chamber Orchestra, dirigida por John Pritchard, y se anuncian el Cuarteto Loewengath, la New York Promusica... En el Municipal *Yvonne* de Gombrowicz, y dejame contar... uno, dos, cuatro, seis, uhm... oíme... no es posible, treinta y cuatro teatros contando los experimentales.

—Y esa ciudad a vos no te atrae. No la querés. ¿No te das cuenta que era una maravilla única? en un país subdesarrollado y perdido al fondo del hemisferio sur.

—Yo me acuerdo de lo malo nomás, Pozzi. Admito que es un error. ...Pero yo soy así.

—Pronto vamos a volver, tengo el pálpito.

—Yo en cambio no, me parece que nunca.

—No te hago más caso. Hace unos días te estabas muriendo y ahora estás mejor que nunca.

—Está mal que bromees con eso. Se me fueron los dolores, y claro, se me pasó el susto.

—Nos habías convencido casi, de que estabas mal.

—Quien no lo haya pasado no tiene la menor idea de lo que es estar enfermo, de algo serio, como lo que yo tuve.

—...

—Al venir cualquier descompostura se pierde toda confianza, y no podés creer que te vas a mejorar.

—...

—Si después pasa, sí, ya les creés a los médicos, y hacés el tratamiento con todo cuidado.

—De veras hoy se te ve bien. Por suerte me llamaste.

—Cuando empecé a hojear este diario me dieron ganas de hablar con vos.

—¿Y de dónde lo sacaste?

—Venía adentro del paquete que mandó mamá, protegiendo unos frascos. Hasta es posible que ese día, 2 de agosto de 1972, hayas venido a casa.

—Sí, en esa época sí. ...Yo hoy estaba por llamarte de todos modo, parece que ya se arregló lo de la Universidad.

—¡Qué bien!

—Estaba esperando pasar a firmar el contrato, para llamarte. Pero ya es un hecho, por lo menos así dicen.

—¿Qué cátedra?

—Teoría social, es un seminario, para empezar. Voy a tener que prepararme, acá no tengo ni apuntes ni libros, está todo en Buenos Aires.

—¿Vas a necesitar los apuntes de aquel seminario famoso?

—Sí, también.

—Yo me olvidé de todo, lo que me habías enseñado.

—Ana, otra cosa increíble de Buenos Aires: Lacan apenas se estaba conociendo en Francia y ya nosotros le dimos toda la importancia que se merecía.

—¿Y en otras partes no es conocido?

—¿En el 70? No creo. Ahora está empezando a estudiarse en serio en Europa y Estados Unidos.

—Y para eso el caso de Bergman. Fue en la Argentina que se vio por primera vez, fuera de Suecia. Yo eso lo leí en una entrevista que dio él, "Juventud divino tesoro" fue éxito de público en la Argentina antes de que lo descubrieran en París, que es de donde lo lanzaron, eso lo cuenta él mismo. ¿No es fenomenal? Yo me acuerdo que era prohibida para menores y no podía ir, por el 54 más o menos, y me moría de ganas, porque la gente no hablaba de otra cosa.

—Y ese mismo país produce un tipo como Alejandro. Es todo muy contradictorio. No se entiende.

—Pero Alejandro es un enfermo, no es un caso típico.

—No estoy tan seguro.

—Vos, Pozzi, fijate en esto, si la Argentina tiene el más alto índice mundial de interés por la música sinfónica y la ópera, eso es porque tiene una clase media de nivel elevadísimo, no me lo vas a negar.

—...

—No pongas caras, a vos no te gusta la ópera porque no la conocés.

—Pero mirá, como ejemplo de contradicción nacional, nada más brutal que el caso de la psiquiatría. Hace dos años la Argentina tenía uno de los servicios psiquiátricos, gratuitos, más evolucionados del mundo. Fueron gente de la escuela inglesa de Cooper a estudiar el fenómeno, los de la Antipsiquiatría, lo más avanzado del mundo, y unos seguidores de Melanie Klein, unos franceses.

—¿Y cuál es la contradicción ahí?

—¿No sabías?

—No, no sé.

—Cuando me venía estaban desmantelando todos los servicios psiquiátricos de los hospitales, los gratuitos. Van a dejar los manicomios nomás.

—¿Y por qué?

—El gobierno dice que los psiquiatras son subversivos, que tienen orientación marxista. Así que de tener un servicio social modelo, y gratuito, ojo, pasamos a no tener nada. De un extremo al otro. Y las contradicciones no se pueden explicar porque sea un país de extremos sociales. Al contrario, es un país de clase media.

—...

—A vos Ana, ¿no te impresiona, que hayan quitado esos servicios?

—Cómo todo se puede ir al diablo ¿verdad? en un abrir y cerrar de ojos.

—Tan cerca que está todo eso... Y a la vez tan irrecuperable.

—Estamos como los viejos, añorando el pasado.

—Pero esto no es nostalgia, para mí es peor, Anita. Es como si hubiese soñado toda esa época buena, como si la hubiese soñado anoche.

—...

—O no... al contrario, es lo de acá que me parece estar soñando. La Argentina de hace un año me parece que es la realidad. Y esto el sueño. Recuerdo todo aquello tan claro que me parece más real que esta pieza de sanatorio en la ciudad de México, en la que no sé qué estamos haciendo. Todo aquello me parece más real, y al mismo tiempo... no sé... ido para siempre.

—Hoy no te saco la mano. Ya te habrás dado cuenta.

—Veo que tenés botellas para las visitas, pero a mí nunca me has convidado.

—Es que nunca tomabas.

—Ahora no me duermo si tomo un traguito, como en Buenos Aires.

—¿Será la altura de México?

—Recién ahora me estoy dando cuenta de muchas cosas. No podía tomar porque siempre andaba con déficit de sueño, y una copa me volteaba.

—¿Y qué más?

—Y allá no miraba a las mujeres casi. Y acá las miro a todas. Es que allá no tenía energías de más, al contrario. Trabajando tanto.

—Y estudiando. Escuchame, Pozzi, ¿vos qué te acordás del seminario? ¿cómo era aquello del espejo?

—Tengo que repasar, todo eso.

—Pero más o menos.

—Tengo olvidado, como empezaba el planteo.

—Lo que te acuerdes.

—Bueno, empezaba, digamos, con que el bebé no puede tener conciencia de que sus pies, sus manos, su espalda, forman parte de un todo, que es su cuerpo. ...¿Y qué más? Ese concepto del todo se lo dará el espejo. Pero ahí se dice espejo para significar otras cosas.

—Como ser...

—Bueno, antes está el asunto de que el bebé puede vivir con angustia que le desaparezca un pie, digamos, una mano, bajo una sábana, por ejemplo. Porque es una parte familiar, conocida, de él mismo, pero sobre la que no tiene control, porque aparece y desaparece. Y a eso, a esa sensación se la llama "el fantasma del cuerpo disgregado", si más tarde en su vida reaparece, como una forma de angustia ¿ves?

—Sí, ya me estoy acordando.

—Como ser cuando se pierde control sobre algo, o sobre una persona, que inconscientemente se consideraba parte de uno.

—¿Y lo del espejo, entonces?

—Sí, se dice espejo, pero como un símbolo. En realidad lo que te devuelve tu propia imagen es la mirada de los demás. Es en los ojos de los demás que uno se ve reflejado por primera vez.

—Pero la mirada de los demás no siempre es objetiva.

—Más que eso, te pueden ver del modo que les convenga, y moldearte como quieren.

—Y deformarte como quieren. Sí, era de eso que me quería acordar. Es lo que más me impresiona.

—Pero tendrías que ver más a fondo todo eso. Lo que te digo no es más que un comienzo. A mí me gusta lo que dice Lacan del inconsciente, que está estructu-

170

rado como un lenguaje.

—Sí, de eso también algo me acuerdo.

—Antes se interpretaba que el inconsciente era como una bolsa de gatos, donde todo cae y se mezcla.

—Sí, ahora me acuerdo, que ahí todo se clasifica y archiva, como en una computadora.

—No, Anita... esperá un momento.

—A mí eso me gusta, porque yo soy así, tipo computadora. Y no me tiene que dar vergüenza.

—¿De qué?

—Eras vos que me acusabas de calculadora. Y ya ves, todos tenemos la maquinita de calcular adentro.

—No banalices. Ésas son historias tuyas, no tiene que ver con lo que te decía.

¿Por qué?

—El inconsciente no es una memoria de donde se pueden sacar las fichas como de un archivo. Hay un modelo de funcionamiento, pero que no puede ser captado concretamente, sino a través de la ficción del lenguaje.

—¿Cómo es eso?

—Es un modelo homólogo a un lenguaje, que funciona como un lenguaje, pero al que no se lo puede conocer en su totalidad.

—No te entiendo.

—Es un poco complicado. Más que nada hay que seguir con cuidado la terminología.

—¿No me lo podrías decir con palabras más claras?

—En este caso es fundamental usar una terminología rigurosa.

—...

—No se puede pretender entrar en Lacan de cualquier modo. La terminología es importante. De lo contrario lo banalizás. Vos lo estás banalizando.

—...

—Y aquello de que el inconsciente es lo otro, lo Otro

con mayúscula, no sé si te acordarás.

—No, eso nunca me lo explicaste.

—Sí, cómo no. Él dice que el yo es aquella parte del ser sobre la cual cada uno tiene control, o sea la conciencia. Luego aquella parte sobre la que no tiene control, o digamos el inconsciente, pasa a ser ajena, pasa a fundirse con el universo circundante. Es lo otro.

—Seguí.

—Pero parte de lo Otro, de lo ajeno, es tuya realmente, porque una parte tuya te es ajena, porque está fuera de tu control. Y a la vez toda tu visión del universo está filtrada por el inconsciente. Y así parte de vos misma te es ajena, pero el universo entero es proyección tuya.

—Es confuso.

—No tanto. Siempre dos cosas en juego, ¿me seguís? Por eso según estas teorías nunca se está solo, porque dentro de uno mismo hay siempre un diálogo, una tensión. Entre el yo consciente y lo Otro, que es, diríamos, el universo.

—Qué difícil.

—Todo es difícil para vos. O lo querés ver difícil.

—Me pierdo, con tanto vericueto.

—¿Te mareás?

—No, me pierdo. Marearse es feo, es otra cosa. Marearse da náuseas, vómitos.

—...

—Perderse no es feo.

—¿Pero qué pavadas decís? Perderse sí, y marearse no. ¿Qué es eso?

—¿No se puede fantasear un poco, acaso?

—Pero estábamos hablando de algo serio. Y con vos no se puede.

—Ay, Pozzi, me doy cuenta de una cosa, de un defecto tuyo.

172

—¿Qué?

—Te gusta estar por encima. Te gusta tener razón y que los otros no.

—...

—Y ahora me doy cuenta que es una cosa muy de allá, de Buenos Aires. Les gusta no estar de acuerdo.

—¿Qué es eso?

—Vos no te das cuenta porque has estado siempre allá.

—Aclará.

—Si allá, la gente si te lleva la contra está más contenta. No les gusta estar de acuerdo.

—Les gusta ganar una discusión, eso es lógico, humano.

—No, esperate.

—¿Qué?

—Esperá un momento, que piense.

—Pensá todo lo que quieras.

—Allá les gusta ganar una discusión. O no. Es peor. Les gusta derrotar. Les gusta derrotar a alguien.

—Yo no soy así.

—Me parece que sí.

—Es un delirio tuyo, Anita.

—Yo no soy ninguna intelectual, ninguna lumbrera. Pero es que mirando al país desde afuera habría que ser muy tonto para no darse cuenta de ciertas cosas.

—Yo por lo menos no soy así.

—Sí, vos también, y creo que eso te quita categoría.

—...

—Mejor cambiamos de tema ¿no?

—Para que veas que ando con ganas de estar de acuerdo, y no de ganar, te voy a contar algo que va contra mí.

—A ver...

—Yo no sabía si contarte o no, de que mi mujer sabía

de vos. En aquella época.

—...

—Yo a mi mujer le contaba algunas cosas sí y otras no. Y de vos le conté desde el primer momento.

—No te puedo creer.

—Sí, en esa época estábamos saliendo de una crisis, y yo trataba de contarle todo.

—A mí nunca me lo dijiste. Ni de la crisis tampoco.

—...

—Perdoname, pero no me hace ninguna gracia.

—No me animé a decírtelo, nunca.

—¿Y para qué me lo decís ahora? ¿Para darme rabia?

—Se me ocurrió, nomás. Porque nunca te lo había contado.

—¿Y a ella cómo te animaste a contarle todo?

—Hubo una época en que yo andaba siempre de mal humor en casa. Me desquitaba de todo con ella, las cosas de la oficina.

—Eso es clásico, el hombre perro en la oficina es corderito en la casa, y viceversa.

—Cuando yo me di cuenta de que era tolerante en la oficina y perro en casa, reaccioné. No había derecho a darles esa vida, sobre todo a mi mujer.

—¿En qué forma eras perro?

—Mal humor, todo me caía mal. Y lo pensé y me di cuenta de lo que era.

—Mala conciencia de ocultarle aventuras.

—Al revés. Yo no tenía relaciones fuera de casa, y por eso estaba de mal humor, porque las necesitaba. Y se lo dije, y lo comprendió.

—Esperá un poquito... antes de que me olvide: ¿cómo te diste cuenta de que te habías vuelto perro en casa?

—Porque me pareció que me empezaban a tener

miedo. Y cuchicheaban por detrás mío. Como hacían con mi viejo cuando yo era chico. Y antes de casarme yo también fui perro con mi vieja.

—¿Y ella de qué te privaba?

—No sé, tal vez porque me tenía demasiada paciencia y eso me ponía nervioso.

—Y a vos si te tratan bien te sentís culpable, confesá.

—No, es que mi vieja no quería que me casara antes de terminar la carrera, y a la futura nuera la trataba con distancia.

—...

—Una cosa me gustaría saber ¿te acordás cuando te llamé a la oficina esa mañana, después de pasar juntos la primera noche?

—Sí.

—Ahora te lo puedo decir, lo que te iba a decir ese día.

—Me acuerdo perfectamente de esa mañana. Llegué tarde a la oficina porque no habíamos dormido casi. Y esperé tu llamada.

—Te llamé a la una en punto, Anita, como habíamos quedado.

—Yo sabía que esa llamada era importante. No pude hacer nada en la oficina, hasta que llamaste.

—Yo tampoco pude hacer nada.

—Me dijiste cosas maravillosas.

—No te acordás de nada.

—Sí que me acuerdo. Que la mujer más mona...

—Hermosa.

—...hermosa, la más interesante, y hasta creo que me dijiste la más inteligente, pero en otras palabras, para que sonase más creíble.

—Lo más importante fue lo que no te dije.

—Yo me di cuenta que estabas por decirme otras cosas, por eso me puse rara.

175

—Anita... yo estaba entregado.

—Me acuerdo que dijiste que no sabías qué habías hecho de bueno en la vida para merecerte algo como yo. Y mientras me decías todo eso yo tenía delante mi programa de actividades del mes, casi todas las noches tomadas, por compromisos del teatro, todo eso que me estaba dando tanta satisfacción, todas mis cosas de trabajo.

—Y por eso no quisiste verme esa misma noche otra vez.

—No, me pareció que si me mostraba disponible te ibas a cansar de mí.

—¿De veras eso pensaste?

—Sí, este tipo me va a tratar como un juguete, pensé.

—Yo ese día te iba a pedir de irnos a vivir juntos. Por una vez en la vida me descontrolé totalmente, y fue por vos. No podía concebir la vida sin vos.

—¿Hasta ese punto?

—Sí. Pero cuando me dijiste que esa noche estabas ocupada, y la otra, y la otra, fue como un baldazo de agua fría.

—Y quedamos en que yo te llamaba si me podía desocupar. Y te llamé dos días después, y eras vos el ocupado entonces. ¿Vos te acordás de esa llamada?

—Más o menos, Anita.

—Yo sí me acuerdo. Fue la vez que pasamos revista a los compromisos de uno y del otro. La noche que yo estaba libre esa semana, la única, vos no podías, y quedaste en que me llamabas si podías arreglar algún horario especial.

—¿Y quién llamó la vez siguiente?

—Vos, me propusiste ir al seminario.

—De eso ya me acuerdo menos.

—Yo en cambio creo que fue el momento más lindo, cuando hablamos hasta tarde y vos...

—No sigas, Ana.

—¿Qué pasa?

—Nos vamos a deprimir.

—A mí no me hace mal. Al contrario, me hace bien aclarar cosas.

—...

—¿A vos, Pozzi, te hace mal?

—Sí, acordarme de lo bueno me hace mal. Acordarme de cosas malas no me hace nada.

—Todo tiempo pasado fue mejor. Tal vez sea que recordando todo parece más lindo.

—No, en el caso nuestro es así. No es un espejismo. Es como si la vida hubiese quedado atrás, y no nos... perteneciera más.

—Yo espero sanarme, Pozzi.

—...

—Poné la cabeza acá, así te puedo acariciar el pelo. Acá sobre mi hombro.

—...

—Pozzi, hay que tener un poquito de paciencia. Las cosas van a cambiar.

—No quiero pensar, Ana, así estoy bien, sintiendo tu calor, y tu camisón.

—Te crece muy rápido el pelo.

—Seguí acariciándome.

—¿Te gusta sentir mi camisón contra la oreja?

—Sí, la tela está fresca, pero debajo... se siente que está tibio.

—¿Te gusta mi perfume nuevo?

—Sí.

—Tenés buen gusto. Es el más caro del mundo. De esencia de violetas, aunque parezca mentira. Nunca me había animado a comprármelo, pero la semana pasada, se lo encargué a Beatriz. No me quería morir sin haberlo usado.

177

—...

—Y hace un rato me lavé los dientes, después de tomar un remedio que me deja la boca amarga.

—...

—Pozzi, me apretás tan fuerte...

—Me da miedo que te me escapes.

—¿Yo escaparme, en camisón, adónde?

—...

—Te dije que me lavé los dientes...

—¿Y si viene alguien?

—Nos encontrará besándonos, como colegiales.

—Pero si te beso, yo no te voy a soltar.

—Apretando esa perilla, se enciende la luz azul en el pasillo, quiere decir que estoy durmiendo, y nadie puede entrar.

—¿Y pasador no hay, por dentro?

—Nunca me fijé.

—Sí, Anita, hay pasador.

—Yo antes de dormir, corro las cortinas. Queda la habitación casi a oscuras, apenas una penumbra que te deja ver algo lindo.

—...

—Casi siempre hay alguna flor, que me hayan traído ese día, o el anterior. Pero tienen que estar muy frescas. Ni bien se empiezan a marchitar pido que las saquen.

CAPÍTULO X

"Matrícula W218 + conscripta Sección A de Tera-
péutica Sexual del Ministerio de Bienestar Público + fe-
licitada recientemente por superiores + belleza física re-
conocida + tendencia pesadillas + equipada con dispositivo electrónico en vez de...". La muchacha marcó las
premisas con decisión pero dudó antes de oprimir el
botón de la suma. Estaba haciendo antesala en la administración del Instituto donde prestaba servicio, debía
aclarar un error de su último cheque semanal. Respiró
hondo y apretó el botón decisivo, pero en ese preciso
momento se abrió una puerta y tuvo que levantar la
vista antes de leer la respuesta. Junto a ella pasaron sin
prestarle atención un grupo de funcionarios que acom-
pañaban a un visitante, seguramente extranjero por las
ropas.

W218 no podía dar crédito a sus ojos, de haber podido dibujar al hombre ideal no lo habría logrado representar tan cabalmente. Nunca lo había visto en sueños, pero estaba segura de que así era el hombre que su
corazón ansiaba. ¡Su corazón! aprensiva miró la computadora: "respuesta imposible, una de las premisas
mal enunciada o incompleta, carente de sentido". La
conscripta exhaló un fuerte suspiro de alivio, evidentemente era la pesadilla de la noche anterior la que carecía
de sentido, y por lo tanto no debía preocuparse más por
fantasmas sombríos, no significaban un aviso al que
prestar atención especialísima. En cambio ese hombre
tan bien parecido no era un fantasma, y menos que menos sombrío, pero había pasado de largo por su vida y
no lo vería más. Otro suspiro ¿pero no le había dado al

menos la satisfacción de que existía un caballero a su entero gusto? W218 estaba muy adiestrada en el juego de extraer conclusiones positivas de cada experiencia.

El parque se veía cubierto de nieve esa noche, ni siquiera se podían oír los propios pasos. Menos aún se habrían podido oír los de otro caminante, pero por razones desconocidas la muchacha se dio vuelta para ver si alguien la seguía. Nunca a esa hora se encontraba con alguien, no tenía sentido su gesto. Observó atentamente el camino andado, los árboles muertos y los faroles de mercurio, las sombras respectivas, sus propias huellas solitarias en la nieve. No se divisaba absolutamente nada inquietante, no se oía tampoco nada, excepto su propio grito de horror, al devolver la mirada hacia adelante. Un desconocido le estaba interceptando el paso, junto a un farol que en vez de iluminársela le arrojaba sobre la cara la sombra del ala requintada del sombrero.

"Perdone usted, no fue mi intención asustarla", dijo con timbre sonoro de barítono. La muchacha temblaba, no podía dar un paso más. Para colmo de males ese hombre hablaba con acento de un país vecino, el mismo donde había nacido ella. Era un acento que sólo le recordaba desgracias, la gran catástrofe de los hielos, la pérdida de sus familiares, el orfanato, la travesía con otros niños tísicos hasta las tierras altas de esta nación limítrofe. El hombre se quitó el sombrero y W218 estuvo a punto de lanzar otro grito, no de horror esta vez. Ante ella, sonriente e inclinando la cabeza a modo de saludo, se erguía el hombre de sus sueños.

Le resbaló de los dedos la computadora, el caballero la recogió, con sus manos enguantadas le quitó la nieve adherida y la alcanzó a la joven balbuciente, "No... no fue susto, só... sólo sorpresa..." El compatriota sonrió, "Disculpe mi atrevimiento, me hallo en viaje de estudios, enviado por mi gobierno para aprender las técnicas del instituto que usted honra con su colaboración. Al oírla hablar me di cuenta de que éramos compatriotas y no resistí el deseo de esperarla aquí, para intercambiar unas palabras fuera de todo protocolo". Ella inquirió dónde la había oído hablar, "Durante la recorrida por las distintas dependencias tuve oportunidad de escucharla, en diálogo íntimo con un cliente". Estaba absorta en la visión del emblemático ser y no prestó atención a esas palabras, ella le recorría una a una las facciones y no hallaba modo de mejorarlas con la imaginación: la frente era espaciosa pero no demasiado, los ojos —verdes, condición imprescindible— sombreados por pestañas espesas pero no por eso de mirada lánguida, la nariz aguileña pero sólo lo suficiente para prestarle fuerza, los bigotes espesos pero sin llegar a cubrir el abultado labio superior, el labio inferior proporcionado al superior, los dientes perfectos pero no postizos, el mentón fuerte o no pero cubierto por el requisito fundamental de la muchacha o sea una barba en punta, el cabello negro y ondulado pero con toques plateados de canas leves, los anteojos comunes pero suficientes para dar el preciso toque intelectual, los hombros anchos pero no como los de un brutal jugador de rugby, las piernas largas pero en armonía con el talle largo, y finalmente las manos que por estar enguantadas presentaban la mejor de las ventajas al poder la muchacha imaginarlas a su antojo.

"Debo agregar que estoy muy bien impresionado por el funcionamiento del instituto." Recién entonces W218 reaccionó, ¿cómo era que el visitante había podido oírla tras puertas cerradas? "Como usted sabrá, agraciada compatriota, algunas de las paredes de los cuartos permiten visión y audición de lo que ocurre entre paciente y conscripta, conveniencia que los médicos instrumentalizan para estudiar las alternativas de la terapia administrada." La muchacha no lo sabía y trató de disimularlo, evidentemente el visitante acababa de cometer una indiscreción grave, "He sido muy bien recibido por las autoridades competentes, y se me está brindando toda clase de asistencia, pero al verla y oírla surgió en mí este deseo de una charla informal..." Ella creyó oportuno informarle sobre la imposibilidad de establecer relaciones íntimas fuera del instituto, "Ya lo sé, y no es eso lo que pretendo, sino una simple camaradería. Supongo que eso no le estará prohibido, ¿o prefiere consultarlo con la computadora? Sabe una cosa... me resultan algo pintorescos los usos que se le dan aquí a esos artefactos". La muchacha replicó que todos los extranjeros reaccionaban así, porque sospechaban que el Supremo Gobierno de ese modo se enteraba de todos los secretos de la población, "¿Y acaso no es así?".

W218 rebatió que si el ciudadano no quería que su pregunta quedase registrada en la Asistencia Eléctrónica Central bastaba con oprimir un botón más apenas leída la respuesta, pero atención, no después de dos minutos porque entonces sí era archivada en la Central; para concluir agregó que quien, como ella, no pretendía esconder nada al Estado, dejaba pues que sus preguntas pasaran al Archivo Gubernamental, para ilustración de la problemática nacional. "¿Y usted cree que la Central no se entera de todos modos, oprima botón o no antes de esos dos preciosos minutos?" W218 adujo que ése era uno de los argumentos principales de los ciudadanos disidentes, al cual ella respondía con un simple acto de fe en el Supremo Gobierno. La discusión cesó allí, y después de fijar cita para dos días más tarde, o sea la jornada libre de la conscripta, él se quitó el guante derecho para estrechar la mano de W218. Ésta pudo entonces apreciar que la diestra del compatriota era sensible como la de un pianista, áspera como la de un leñador,

confiada como la de un amigo de infancia, férrea como
la de un boxeador, sensual como la de un enamorado,
velluda como la de un oso, manicurada como la de un
actor, y por ende perfecta como la del hombre de sus
sueños. El cual respondía al nombre o sigla de LKJS.

✳ A las siete de la tarde señalada el compatriota llamó
a la puerta de W218. La muchacha lo esperaba vestida
con un mameluco azul, su plan era llevar al turista a un
restaurant popular del gremio de los electricistas, entre
los que contaba con amigos. Pero el atavío de LKJS resultaba un inconveniente: zapatos de charol, smoking
con solapas de raso, al cuello moño blanco, capa negra
de paño forrado en satén, sombrero de copa. W218 le
comunicó su desconcierto, "No hay problema, muchacha, ya está todo previsto. Me habría interesado mucho
cumplir con el programa suyo, pero esta mañana recibí
—de una dependencia gubernamental— toda una reta-
híla de bonos para consumo inmediato, y como usted se
dará cuenta, no me es posible desairar tan gentil invitación. Se trata de... uhm, veamos, en primer término cocteles en cierto lugar, a continuación comida con baile en
otro, y... pues nada más. Ya sé, ya sé, habrá problemas
de vestuario de su parte, pero también eso está previsto,
dentro de breves minutos vendrá un mensajero con
todo lo necesario". W218 se sintió contrariada, su plan
había sido el de volver del restaurant popular a su casa
con algunos amigos para un ponche, y así prevenir el
peligro de terminar la noche sola con LKJS.

El timbre de la puerta de ingreso sonó estentóreo.
Un mensajero portaba cajas grandes y pequeñas envuel-
tas en papeles extraordinarios cuya existencia W218 ignoraba hasta ese momento. Ya ese lujo le parecía excesivo. LKJS lo notó, "No, W218, si usted se encuentra
molesta con este cambio de programa, dejemos las cosas
como estaban. No la quiero forzar". La muchacha se vio

183

obligada a mirarlo en los ojos, y ese instante de renovado deslumbramiento le fue fatal. Sin responder empezó a desatar el lazo de seda de un paquete de los grandes y, mientras luchaba con el nudo le volvieron a la memoria impresiones imborrables de la niñez, como ciertos vestidos largos de noche vaporosos en chiffon plegado ¿de qué color? entre lila y zafíreo, trasluciendo, acariciando una silueta longilínea de mujer como la suya. Por supuesto que ya no existirían más, dedujo.

La caja contenía un vestido largo de noche, en chiffon plegado color más lila que zafíreo, diferencia atribuible tal vez a la luz de una lámpara coloreada de la monohabitación. Ese modelo iría bien con aquellas sandalias de acrílico transparente incoloro con taco altísimo que se usaron hacia el final de la era atómica, pensó la conscripta en una minicrisis de insubordinación. Las buscó en una de las cajas medianas y las encontró. De allí se lanzó a la faena de abrir el paquete mayor, tratando de recordar el nombre de una piel prestigiosa, la más cara de todas, una piel de pelo corto que iba del gris oscuro al gris claro en costosísimas oleadas. "Se llama chinchilla, son muy pocos los ejemplares en existencia", explicó LKJS sosteniendo el abrigo largo hasta los pies que la muchacha se disponía a calzar sobre el mameluco, en prueba precipitada. Quedaban dos paquetes por abrir, los dos de poco tamaño. W218 imaginó una cartera de canutillos morados que nunca había visto en su vida, y abrió el paquete con la certeza —justificada, a estas alturas— de encontrarla. Se equivocaba, "Este perfume parece que era famoso por lo caro, el más caro de todos. En mi país guardamos cantidades en bodega gubernamental, junto a vinos y licores, botín de las sucesivas expediciones a la sumergida nación de Francia. El hecho de que todo ese botellerío estuviese herméticamente encorchado salvó a los exquisitos productos. El botín incluía la obra escultórica de grandes artistas y algunos vitrales góticos". La muchacha abrió el frasco y le bastó aspirar la fragancia para sentirse diferente, por primera vez en la vida hundió los dedos en su melena alborotándola, gesto típico de hembra frívola. Sin más tomó vestido y zapatos y se dirigió al baño, "Le falta abrir un paquete, y perdóneme la observación, pero le ruego que cuide todo esto, se trata de un préstamo de mi embajada". W218 retrocedió para abrir el último paquete, cuyo contenido era una cartera de canutillos morados. Sonriendo entró al baño con su dudoso cargamento. Al salir estaba pálida y seria, verse en el espejo tan desmesuradamente bella le había quitado la embriaguez, le había hecho entrever una dimensión sobrehumana en su persona. "¿Por qué me mira así, muchacha? ¿se siente desconforme? Por supuesto que el atuendo no está completo…" y procedió a extraer del bolsillo interior de su chaqueta dos estuches chatos de terciopelo negro, "Esto no lo puede trasportar un mensajero porque su valor es excesivo". El estuche cuadrado contenía un collar y un par de aretes, con profusión de brillantes engarzados en platino a la moda de 1930, y el estuche alargado una pulsera y una sortija, también en brillantes y platino, y de diseño según estilo similar.

El desperdicio de gasolina estaba mal visto por el Supremo Gobierno, pero al visitante eso no lo atañía y en el automóvil puesto a su disposición enfilaron a toda velocidad con rumbo inconfesable. Se alejaban de la ciudad, situada en un valle de gran altitud enteramente rodeado de montañas, y la caída de la tarde gris parecía acelerarse llegando al pie de esos macizos de piedra marrón y negra. Ella tenía especial debilidad por las puestas de sol, pero se debía contentar con verlas por teletotal, arrumbada como estaba la ciudad en el fondo de ese cajón sin tapa, el valle de Urbis. El automóvil subió la cuesta y W218 preguntó si el local de expendio de cocteles se hallaba allí sobre la ladera oscura, "No, en el centro de la ciudad. Lo que quiero mostrarle ahora es otra cosa". Ella no le había mencionado su deseo ¿sería posible que le hubiese adivinado también eso? Llegaron a la cima y de la casi noche pasaron a la luz rosada de la ladera opuesta, el color gris había desaparecido, también el negro y el marrón, W218 sólo entonces admitió lo mucho que los detestaba. Para disimular su goce preguntó cualquier cosa al visitante, "Sí, me voy muy bien impresionado por el funcionamiento de la institución a la que usted pertenece. De tener más tiempo entrevistaría a toda esa otra categoría de conscriptas, las que cumplen servicios en el campo, tareas de las cuales ningún ciudadano quiere ocuparse, supongo". Se divisaban otros grupos, parejas en la mayoría de los casos, esparcidos por el paisaje. Todos vestían galas exclusivas, "Sé que los ciudadanos de su país no tienen acceso a estos paseos, por restricciones de bencina. Pues bien, quienes usted ve son o diplomáticos extranjeros o funcionarios del gobierno local, sobre todo estos últimos".

Descendieron del coche, W218 portaba el atuendo suntuoso como la más distinguida mundana de la superada era atómica, intuitivamente colocaba los hombros a desnivel y miraba a quienes la rodeaban como si no viese a nadie. Para volver al tema oficial la joven explicó que también se realizaban tareas en la ciudad bajo el servicio civil obligatorio, mucho menos publicitadas, tales como la limpieza de casas y el cuidado de niños, "Sí, lo sabía. Ahora bien... ¿no le parece a usted, W218, que es injusto tener en cuenta las necesidades sexuales sólo del sector masculino descalificado? ¿acaso las mujeres de edad, las jóvenes lisiadas y las deformes no tienen las mismas urgencias?". Ella respondió sin titubear, explicó que el Supremo Gobierno tenía en programa una reforma de ese tipo, pero pasarían todavía algunas décadas antes de su realización, antes venían otras emergencias, como la defensa de fronteras, lo cual absorbía a todos los conscriptos varones de la nación. De todas maneras, la terapia sexual para mujeres estaba programada, y vendría después de los servicios de cirugía estética gratuita, previstos para un futuro no lejano. Acto seguido, y con decreciente convicción, añadió que después de estudios sesudos, se había llegado a saber que las necesidades sexuales de la mujer eran mucho menores que las del hombre. Esas palabras, que tantas veces había pronunciado en el escenario gris, marrón y negro de la ciudad, sonaron a sus propios oídos como engañosas, allí en la falda rosada. Por último W218 se vio obligada a bajar la cabeza, con temor a ofender masculló, "Mi opinión personal... es que las mujeres pueden prescindir de esas actividades porque tienen más recursos espirituales, sobre todo a edad avanzada. Además, muriendo tantos hombres en las guerras ¿qué otro remedio les queda a las pobres?"

Decidieron volver a la ciudad antes de que el espectáculo empezase a decaer. Pronto llegaron a un edificio ministerial sombrío, atravesaron un pasillo desierto después de deslizarse por la consabida entrada lateral. Un ascensor silencioso los condujo a un cabaret oculto en la terraza que simulaba, o era, un palmar de cocoteros bajo cielo estrellado y tropical, al son de maracas y bongós. W218 debió tomarse del brazo del compatriota porque sus piernas se habían aflojado de emoción. No pudo menos que preguntar si ese decorado se basaba en algún paisaje de los planetas recientemente visitados. Él prefirió no contestar para evitarle un momento penoso. Por el acento la muchacha descubrió con estupor que la mayoría de los presentes eran nativos del país, miembros del gobierno. Se bebía en general champagne. Tras la primera copa ella miró al compatriota en el verde de los ojos, "No tienes necesidad de decirme nada, querida W218, o mejor dicho... dime que sí... que tú también quieres quedarte aquí y no ir a otro lugar..." Era exactamente lo que ella deseaba, y bailar, ensayar pasos desconocidos al compás de esos ritmos nunca escuchados. Él le explicó que eran de años anteriores a 1940 y por ello fuera del repertorio de la "Casa del Ciudadano". Se pusieron de pie sin más, "El lugar que debíamos visitar a continuación ofrece un ambiente más sofisticado, pero se me ocurre que tú tienes como yo fobia por la carne de cacería, y allí sólo ofrecen eso, jabalí, liebre, faisán, ciervo". También sus fobias compartía ese hombre singularísimo, pensó W218, y de inmediato pasó a echar una ojeada a las demás danzarinas para aprender el paso que debía dar la mujer. Tras la segunda copa sintieron hambre, y ella no podía creer lo que veía, un mozo llevaba una enorme fuente de tallarines, algo que no comía desde su primera infancia porque el Supremo Gobierno los había prohibido. Se los consideraba deformantes, además de atizadores de la gula.

Imposible comer tallarines sin desbaratar el maquillaje de la boca, y hasta del mentón en un descuido; W218 logró sustraerse por breves minutos a la presencia del compatriota, a sus palabras inteligentes, a su mirada hipnótica, para ir al baño de damas. Una extravagante matrona se empolvaba la nariz frente al espejo inmenso, W218 comprobó que el propio mentón estaba engrasado. Abrió la cartera de canutillos para extraer lo necesario cuando descubrió que inconscientemente había deslizado allí la computadora. La matrona salió impecablemente blanqueada y W218 extrajo el oráculo moderno, "caballero extremadamente bien parecido + caballero inteligente + caballero comprensivo + caballero de total afinidad espiritual + caballero ardiente + caballero extranjero". Sin dejar pasar un segundo oprimió el botón de la suma, "cautela y desconfianza, será preciso actuar racionalmente y controlar toda emoción". Con rabia oprimió el botón correspondiente al borrado, decidió que todo lo aducido por los disidentes contra el sistema de asistencia estatal tenía una razón valedera. De un zarpazo quitó el poco de tuco y aplicó el lápiz labial, se incorporó decidida a luchar por sus nuevas convicciones y abrió las puertas que conducían a la selva de cocoteros reales, o figurados en metal cromado, le daba ya lo mismo. Tuvo que asirse a la manija para no tambalear, tal era el poder de lo que se ofrecía a sus ojos: LKJS. W218 exhaló suspiro de profunda satisfacción y bendijo a sus padres, que nunca había conocido, por haberla traído a un mundo de deleites insospechados.

Amanecía. Ella dormía, una sonrisa seráfica iluminaba su rostro más que la luz tenue y mortecina del alba polar. A su lado yacía, despierto, el hombre de sus sueños. Lo que ensombrecía el rostro de él, era, más que la expresión de los ojos, el rictus amargo de los labios. Con sumo cuidado, para evitar todo ruido, estiró la mano y extrajo de su pantalón allí tirado sobre la alfombra, un estuche que contenía dos pequeñas planchas de vidrio de las utilizadas en análisis microscópico. Las ocultó dentro del puño cerrado de la mano izquierda, por si la muchacha se despertaba. Muy suavemente introdujo el dedo índice de la mano derecha en el sexo de ella, en busca de secreción vaginal. La muchacha tuvo una sensación grata pero no se alcanzó a despertar. Las cejas de él se enarcaron al modo de Mefistófeles y sus ojos se enrojecieron pero no de lágrimas: ya se podría completar el análisis detallado de la personalidad de la muchacha, iniciada en base a estudios zodiacales, a análisis de su saliva dejada en copas y cubiertos, a observación de sus cabellos cortados y sigilosamente recogidos en alguna peluquería. El compatriota sacó el dedo y untó de líquido una de las planchuelas, a la que cubrió de inmediato con la otra. Así pegadas las guardó en el estuche diminuto. Por fin pudo abandonarse al sueño, seguro de que la policía secreta de su país se enorgullecería de la misión cumplida.

Viernes. Cuántos días han pasado sin abrir este cuaderno. Pero es útil escribir, para ordenar un poco los pensamientos, y ver cuáles son los problemas verdaderos. Estoy decidida a evitar preocupaciones que no vienen al caso, no me tengo que asustar, y lo estoy logrando. Esta mañana amanecí con el dolor y de todos modos no me asusté como la semana pasada, porque ahora sé que es parte de la evolución de una enfermedad, no, qué feo suena, una evolución de la convalecencia. La semana pasada estuve tan mal y después me compuse, así que esta vez va a pasar igual, además esta vez no me ha atacado el dolor así de fuerte. Indudablemente la cosa va bien. Y hasta es posible que el dolor me atacó porque ayer me tomé esa pequeña libertad con el tratamiento. Vaya manera de decirlo.

Más tarde. Interrumpí porque el dolor aumentó y tuvieron que darme calmante. Y después esta siesta de dos horas que me ayudó también. Hacía días que no me atacaba tan fuerte. Qué error fue lo de ayer. Yo creí que me iba a hacer bien, que me iba a hacer circular mejor la sangre ¡que esperanza! Con el médico nunca se habló de suspender las actividades sexuales, lógicamente, si no había nada que suspender. Tanto tiempo que no tenía una experiencia. No sentí nada. Tal vez haya sido por culpa de los medicamentos. ¿Por qué habrá sido? Recuerdo muchas malas experiencias, pero ésta fue diferente, no sentí rechazo, no sentí placer, no sentí absolutamente nada.

Lo raro es que no me tuve que forzar para hacerlo. Sentí deseos. Sentí una ternura tan grande por él en ese momento, parecía tan apaleado el pobre. Si estaba en mis manos poder confortarlo un poco ¿cómo no lo iba a hacer? Después se fue de lo más contento. Aunque no es cierto que lo hice por ternura. No, hubo un momento en que sentí ¿qué fue? un vértigo, un deseo de él muy fuerte, unas ganas de dejarme caer ¿dónde?, se abrió un abismo, y me vinieron ganas de lanzarme a lo desconocido ¿él, desconocido? ¡no! ¿qué habrá sido lo desconocido en este caso?... Pero qué estado tan desagradable queda después, cuando no se siente nada. Verdaderamente me lancé al vacío, al vacío que se me produce adentro mío. Tengo que admitirlo, fue un error, que no se va a repetir. ¿Pero volveré alguna vez a sentir esa maravilla de otros tiempos? Nunca más lo voy a hacer si no estoy loca de amor por alguien.

Alguien. ¿Existe? Sí, sobre eso mejor no dudar, porque si no morirme ya. Sin esa esperanza ¿Pero dónde está? Habría que buscarlo, no esperar que aparezca. Qué horrible lo que se me acaba de ocurrir: estoy esperando al príncipe azul. Como las chicas de quince. Si en vez de decir que espero al príncipe azul dijese que busco al príncipe azul, ya sonaría un poco mejor. ¿Pero dónde lo busco?

Más pienso en la propuesta criminal de Pozzi, más rabia me da. No se me había ocurrido que de ese modo podía yo poner en peligro a Clarita, por ejemplo. Si yo aceptaba enredarme con ellos, el gobierno argentino podía descubrir mi intervención y tomar represalias con mi hija, o incluso con mamá. Sobre todo con mamá, que la pobre tiene ya antecedentes, gracias a Belcebú, ¿de qué no serían capaces estos peronistas mafiosos que nos gobiernan o desgobiernan? Así que yo, por favorecer a un movimiento tan dudoso, como el peronismo de izquierda, iba a poner en peligro a mi familia. Lo primero que le voy a echar en cara a Pozzi cuando se aparezca es eso.

Y que no me harte más con sus tonterías sobre Buenos Aires, la Reina del Plata. Estoy harta de esa reina. Claro que es el edén de los espectáculos, o era, ahora no creo que les quede dinero para el presupuesto del Colón, con todo lo que están robando estos sinvergüenzas. Antes no se sabía por dónde empezar, conciertos, óperas, películas, teatro. Hasta la televisión tenía cierto atractivo, con tantos políticos diciendo mentiras a toda hora del día, cuando Lanusse levantó la censura. Espectáculos y más espectáculos, para pasarse del día a la noche mirando espectáculos, viendo lo que hacen otros, el trabajo de otros, de actores, de cantantes, de músicos. Ésos son los grandes momentos que se viven en la Reina del Plata. Sentada en una butaca, bueno, ¿o en la cama haciendo el amor? a oscuras. ¿Eso también puede ser un gran momento? Qué casualidad, nunca lo había pensado, porque durante los espectáculos también las luces están apagadas.

Pero qué espectáculos. Qué calidad. Qué variedad. Y qué momentos inolvidables. Wagner cantado por elencos dignos de Bayreuth. Verdi digno del Teatro Reggio de Parma. Y películas y más películas. Para elegir. No hay que ser injusta, los mejores momentos de mi vida, con la excepción de aquella época con Fito, los he pasado en un palco del Teatro Colón. Y como yo casi todos los demás, estoy segura, viendo películas de amor. Pero qué disparate digo. Son las mujeres las que se pasan viendo telenovelas y películas de amor, no los hombres. Bueno, pero ellos también son espectadores ¿no? de pinches partidos de fútbol y peleas de box. Qué asco el mundo de los hombres, gustarles esas peleas en que dos energúmenos terminan con la cara ensangrentada. Qué asco los hombres. Y yo que digo que mi vida depende de encontrar un hombre, el adecuado. Qué loca estoy. Qué estúpida. Y lo peor es que ésa es la verdad. Sin esa ilusión no me importa vivir un minuto más. ¿Por qué soy tan tonta? ¿quién me habrá metido eso en la cabeza? ¿o es que está en nuestra naturaleza esa necesidad de romance? ¿qué romance, si ninguno dura?

Entonces, pensándolo bien, puede ser un gran hallazgo de los argentinos, o de las argentinas, mejor dicho, meterse en los espectáculos, ya que no se puede tener en la vida esas historias de amor tan fantásticas, por lo menos en la imaginación. Aunque está mal juzgar todo de acuerdo a lo que me pasa a mí, hay mujeres más fáciles de conformar. Hay mujeres que no tienen que imaginarse cosas raras para sentir placer. ¿O no? ¿o todas están en las mismas que yo? Porque cerrar los ojos e imaginarse una cosa mientras un hombre las está abrazando, es como estar viendo un show, es siempre lo mismo, ¿o no? lo mismo que ser espectadora, digo yo. Debe ser por eso que el sexo es mejor en penumbra, porque entonces el cuarto es como un teatro. Pero tal vez sea ésa la verdad, que siempre en la vida hay que ser espectadora. Pero no, ese es mi caso, o el caso de muchas, pero no es posible que sea ésa la verdad de la vida ¡tiene que haber algo más!

Me da vergüenza ser espectadora, pretendo algo más. Lo comprendo a Pozzi cuando dice que entró al peronismo porque desde adentro puede hacer algo por cambiar lo que no le gusta. Así por lo menos está tratando de hacer algo en la vida, de entrar en acción. O se hace la ilusión de estar en algo. Pero yo no podría hacerme esa ilusión, poniéndome en su lugar. Porque no les creo a esos tipos, por más que quiera. Es tan confuso todo lo que proponen. ¿Cómo piensa él que va a modi-

193

ficar todo eso? Se tiene fe, es muy luchador. Modificar el peronismo desde adentro. Vaya la tarea. Yo ni puedo modificarme a mí misma. Ni modificarlo a él, a mi gusto. Eso no estaría mal. ¿Qué es lo que le cambiaría? Yo creo que si él tuviese ideas políticas que me convenciesen, que me entusiasmasen, lo respetaría más. ¿Pero cuáles ideas políticas que a mí me entusiasmasen si yo no tengo ninguna? Me gusta el marxismo por la idea de la igualdad, pero después en la práctica parece que es un lío. Me gustaría que la Argentina progresase, que el nivel de vida subiese, que hubiera entonces mucho para repartir. De algún modo es lo que Pozzi quiere, un socialismo nacional dice él, ¿pero cómo se asocia con gentes de tan malos antecedentes para eso? Modificarlo a Pozzi, ¿pero la gente a cierta edad acaso se puede modificar? ¿quién hubiese podido modificar a Fito? Ya son así ellos, y no hay nada que hacerle. Mamá tiene razón, hay que aceptarlos como son, porque perfecto no hay ninguno. Y una mujer que acepta a Fito tiene que seguirlo a todas sus comidas de ejecutivos, y una mujer que acepta a Pozzi tiene que meterse en el lío de colaborar con terroristas. Qué lindo que es ser mujer, cuántas alternativas agradables se nos presentan, o doblegarse para un lado o doblegarse para el otro. Si queremos vivir en pareja con un hombre que nos haga felices a la noche, no haciéndonos sentir nada. Qué lindo programa. Qué justicia. El energúmeno que se duerme después de haber gozado como quiso, y la noble sacrificada que se duerme con la satisfacción de haber sido útil, aunque no haya sentido una reverenda nada.

Sin querer he confesado todo mi egoísmo. Como tengo problemas ya estoy deseando que todas las mujeres estén en la misma situación. Ojalá que no, pobres diablas. Ojalá que por lo menos puedan imaginarse que las rapta un sultán malo, y todas esas historietas que nos ayudan a veces. Y que así puedan ser espectadoras de alguna aventura romántica. Pero pensándolo bien, cuando una se imagina cosas, mientras está haciendo otras, no es totalmente espectadora. Qué confusión me hago. Beatriz dijo otra cosa, que más bien es representar un papel, un personaje que una se elige porque le gusta. Un personaje donde una se siente cómoda. Si yo estaba con Fito y me imaginaba que él era un hombre grande y me raptaba a mí que era una chiquita, en ese momento yo más que espectadora era una tramposa, me hacía pasar por quien no era. Bueno, estoy exagerando, lo que haría sería jugar la comedia, como una actriz. Esto me hace acordar de esa cuestión de Fito, la impresión que da de estar siempre actuando en un escenario. Pero él está tan contento con ese personaje. El pobre es una nada absoluta, se conforma con poco, con un personaje de morondanga. ¿Él entonces en el fondo no es así? ¿él es una cosa y el personaje otra? Vaya a saber... También puede resultar que en el mundo cada uno es una nada que tiene que elegirse algún personaje que le guste. Para entretenerse en algo, llenar las horas, o el vacío que tiene adentro, qué se yo. Y ahí estará la viveza de cada uno, de saber lo que quiere. ¿Será eso? Si quiere una careta azul o una verde. Para mí no hay cosa peor que cuando me dicen que no sé lo que quiero. La mataría a mamá cuando me dice que no sé lo que quiero, que mi error en la vida es querer ser diferente. En este mismo momento se me sube la sangre a la cabeza de sólo acordarme. Ella está segura de tener razón, que soy yo la tonta que no sabe lo que quiere. Claro, ella lo que está diciendo, en otras palabras, es que yo soy la tonta que no encuentra su personaje. Porque todos lo encuentran menos yo. Pero es cierto, Pozzi es el izquierdista, el sacrificado, y está encantado con su personaje. Beatriz es feminista, y encantada. Mamá es señora dedicada a sus amistades, otra que triunfa en la vida. ¿Y Alejandro? él me parece que está como yo, no sabe lo que quiere. Pero eso no es cierto, yo sé lo que quiero, ¡quiero un hombre digno de respeto! Entonces mi personaje es el de la mujer que busca un hombre digno de respeto. Pero posiblemente ése no es un personaje, ¿o sí? pero qué personaje que me da poca gana representar. ¿Entonces la viveza está en qué? ¿en no pensar? ¿en no representar más que ciertos personajes? ¿en encontrar un personaje que dé ganas representar? Pero yo no he sido capaz de encontrarlo. Me acuerdo de lo que pasó con Pozzi ayer y me da tanta vergüenza como acordarme del beso grasiento en el restaurant. No hay nada peor que arrepentirse de haber hecho algo.

Pero yo digo una cosa, ¿no sería más lindo que cada uno fuera como es, sin representar un papel? ¿no sería más espontáneo todo, más divertido? Pero está visto que no, porque a los que representan la comedia ya les pasé lista, y son los que están encantados de la vida. Los dos que la pasan peor somos el pobre Belcebú y yo, los que se quedaron sin papel, los que llegamos últimos al reparto de caretas. ¿Y soy justa si digo que Beatriz representa un papel? No, ella es más flexible. El problema es con los argentinos, me parece. Con los mexicanos es otro el problema, ¿usan también careta? No, aquí eso es curioso, porque hay gente completamente fuera de papel, yo los veo y no me puedo imaginar qué son, si son guitarristas, si son senadores. Y hay guitarristas que parecen senadores y senadores que parecen guitarristas, y por ahí hasta alguna trapecista que parece dama de sociedad y al revés. Acá es otro el problema. Pero es cosa de ellos. Y tienen el buen gusto de no ser agresivos, eso hay que reconocérselo. Con ellos el problema es que todos tienen la misma expresión, la de la cortesía, de la generosidad, casi diría que de la lástima. Les doy lástima

porque estoy exilada ¿o les doy lástima porque estoy enferma? ¿pensarán que me voy a morir? Me ven adelga-
zar y cada vez tomando más calmantes, es lógico que
piensen mal, ellos no tienen por qué saber que estoy en
tratamiento especial.

CAPÍTULO XI

"Ojos llenos de lágrimas + extraño peso en el centro del pecho + espera interminable de carta + ...", en vez de continuar con las tristes premisas decidió oprimir el botón rojo que cancelaba la consulta. Iban en aumento sus sospechas respecto a la discreción del centro de Asistencia Electrónica. Iba en aumento su necesidad, ya desesperante, del compatriota. La tarde era normalmente gris y fría, allí dentro del departamento todos los cristales estaban empañados por la calefación y del marco superior de las ventanas brotaba una que otra gota que iba a rodar por la superficie lisa del vidrio, como sobre una mejilla. Faltaba una hora para salir rumbo al trabajo, había pasado la mañana esperando al cartero que finalmente no trajo nada para ella, y desde entonces había empezado su espera del correo del día siguiente.

Encendió un cigarrillo, prohibido durante los dos años de conscripción, y contó los días que habían pasado desde la súbita partida de LKJS. Había sido llamado por su gobierno debido a causas ignotas, interrumpiendo así su visita de investigación. Pocos días antes del hecho la muchacha había presentado al Ministerio de Bienestar Público, del cual dependía, una solicitud de permiso para ausentarse del país un fin de semana, en rápido viaje a la nación vecina, donde había nacido. ¿Era posible que su pedido hubiese originado sospechas? Porque su plan, y el de su enamorado, era el de no retornar. La sospecha de una deserción podría costarle un proceso, y hasta años de cárcel. No, se dijo a sí misma, estaba cargando las tintas inútilmente, a nadie se podía condenar por una simple mala intención no llevada a la práctica. ¿O sí? Había reformas en el código penal que ella desconocía, muy atacadas por el sector disidente.

Para colmo de males le había dicho el sorpresivo adiós por teléfono, desde el aeropuerto, y debido al tono evasivo de LKJS la muchacha había colegido que él no podía hablar libremente. El único punto positivo de la conversación había sido la promesa de un regreso, costase lo que costase, para completar su investigación, y para verla. W218 pareció aliviarse, podía respirar mejor, sin esa congoja en el pecho. Tal vez el cigarrillo mentolado le había abierto las vías respiratorias, pero ya era el último que le quedaba, se los había olvidado allí su amado. No, volvió a corregirse, era pensar en él que la reconfortaba. Sí, esa luz que se hacía en su cerebro se la producía el recuerdo de él, y nada más, arguyó. La muchacha no sospechaba que ese tabaco contenía buena dosis de la insidia enemiga. De pronto pudo recordar hasta el último detalle cualquier momento compartido con él. Momentos mágicos todos ellos. Y la explicación según ella era tan simple: a la innegable atracción de ese cuerpo de hombre apolíneo se sumaba la calma, la distensión, la satisfacción de saber que todo lo que a ella le gustaba le iba a gustar también a él. No habría diferencias de opinión, ni discusiones, ni renuncias, ni sacrificios por parte de uno de los dos. Todo lo que proponía el uno era fuente de deleite para el otro, el capricho del uno era descubrimiento de nuevas formas de placer para el otro. A partir del segundo día de romance ya habían desistido de consultarse antes de tomar decisiones porque toda conjetura sobraba.

"Es increíble, pero cierto. Yo hombre, tú mujer, o sea dos concepciones diferentes de la vida, yo pensamiento y acción, tú sensibilidad y... y más sensibilidad, y a pesar de todas las diferencias... en todo coincidimos.

¿Recuerdas cuando me dijiste que tú como yo preferías los instrumentos de cuerda? pues bien a partir de allí empecé a conocerte. ...Querida, lo primero que haremos al llegar a mi país será escuchar músicas desconocidas para ti. Aquí dicen que la música no es censurada y mienten, mi amor, mienten. Así como vibraste con esos ritmos tropicales de nuestra primera noche, que tus hipócritas altos funcionarios se reservan para sí, igualmente vibrarás con un género musical que no conoces, el cantado, que aquí prohíben porque contiene parte narrativa. Ah, qué felices seremos en aquella tierra maravillosa..." Ella entonces había procedido con suma dulzura a revelarle subsuelos insospechados de la realidad nacional, "Amor mío, debes tener en cuenta la trágica esencia de este país. El hecho de que emergiera antes de las aguas no impide que sea el más frío y desolado. Lo atestiguan esos espectrales ramajes de árboles muertos, el último testimonio de una vegetación extinguida. ¿Acaso no estarías de acuerdo en que los quitasen? A mí me acongojan, por la misma razón que el Supremo Gobierno decidió prohibir toda manifestación artística prepolar excepto la música, puesto que no es figurativa. Incluso la literatura pinta cuadros del ayer, y por eso también está prohibida. Para nosotros, tesoro mío, todo lo que nos recuerde el pasado resulta nostálgico y por lo tanto pernicioso. Debemos construir una nación nueva sobre bases nuevas, no nos conviene tratar de imitar el pasado, porque no lo lograremos".

W218 tragó otra bocanada de humo y en su memoria volvió a resonar la voz estentórea de él, "¡Cómo te adoro! tanto como tu belleza me deslumbra tu inteligencia. Y esto a un hombre le resulta difícil admitir. ¡Cómo comprendes y amas a esta tierra!... pero tienes que ver si ella te ama y te comprende a ti en la misma medida..." Las ventanas empañadas ocultaban las calles.

El cigarrillo había ardido casi enteramente, debió apagar la colilla en el cenicero. A los pocos minutos su grata exaltación empezó a ceder hasta desprendérsele y serle ajena, en cambio ese nudo en el centro del pecho fue apretándose más y más. W218 trató de concentrarse en los recuerdos buenos, "Querida... tú me preguntas cómo es que puedo saber todo de ti. Sé todo de ti por la misma razón que tú sabes todo de mí. Y esa razón... no se nombra... ¿para qué? ¿acaso no la conocemos? Como a ti, a mí de mañana no me gusta hablar hasta bien pasada una hora de haberme levantado. Como a mí, a ti te gusta hacer todo aquello de importancia menor —como ir al banco, al correo, a la peluquería— por la mañana. Como a ti, a mí me gusta descansar un rato después de almorzar, sacarme los zapatos, echarme encima una manta y dormitar mi buena media hora. Como a mí, a ti te gusta enfrentar las tareas de mayor enjundia durante la tarde, cuando tu potencial creativo es mayor, lo cual se debe simplemente a un problema de baja presión. Como a ti, a mí me gusta salir un rato por las noches, o ver una buena emisión de teletotal. Como a mí, a ti te gusta el amor por las noches. Como a ti, a mí me gusta hablar durante el amor. Como a mí, a ti te disgustan las formas fantasiosas y rebuscadas del amor, prefieres la simplicidad del abrazo natural mirándonos en los ojos. Y yerro al decir simplicidad, porque lo infinito no puede ser simple: tú te reflejas en mis ojos y yo en los tuyos, y en el reflejo que de ti hay en mis ojos están tus ojos en los que a su vez estoy yo reflejado, el uno en el otro multiplicados al infinito, llenando así de nosotros el espacio, nuestro infinito ocupa el otro infinito, el de los demás, ya que no hay lugar para ellos, porque no los necesitamos". W218 en cambio no le había confesado sus sensaciones de esos momentos, simplemente el abrazo de él la volvía invulnerable, la elevaba por encima de peligros destinados a mortales: le bastaba con mirarle la perfección de las facciones para sentirse junto a un ser de otra índole, superior.

A continuación la muchacha trató de recordar la tonada de una de aquellas jubilosas rumbas. No, le fue imposible. Miró el sillón donde él prefería sentarse. Miró la caja de cigarrillos ya vacía, la tomó suavemente en sus manos y la besó como a un niño al que no se quiere despertar. Miró las ventanas llorosas.

En ese preciso instante tuvo la revelación. Si él no regresaba no podría sobrevivir a la pena. Después de haber conocido la dicha no era posible resignarse a perderla. Nadie podría jamás reemplazar a ese hombre, por lo tanto si él no regresaba la existencia habría perdido todo sentido. Si no se atrevía a matarse su vida se reduciría a esperar la muerte. De muy lejos llegaron los repiques de un campanario, le recordaron que era hora de prepararse para ir a trabajar. Bendijo esa obligación, no soportaba más la soledad de su cuarto.

"*Orden del Día*, Notificación Adjunta. Matrícula de la Conscripta: W218. Reparto de Servicios: Sección A. Fecha: 10 Glaciario Año 15. Texto: Se la notifica que en cuarenta y ocho horas deberá estar lista para traslado de duración tres días a la vecina República de las Aguas, como guía de grupo de jóvenes lisiados. Se ha decidido elegirla teniendo en cuenta su nacimiento en esa república, y la proximidad de su traslado a la Sección B, dado que durante el presente mes se cumple el año de su incorporación a los servicios de la Sección A. Se persigue de este modo que la conscripta entre en contacto con los futuros beneficiarios, promoviendo una familiarización necesaria para el futuro desempeño de sus tareas. Se ruega a la notificada firmar la copia color gris del presente despacho. Firmado, Jefa de Personal Sección A, R4562. *Miscelánea*: Querida colega, estamos contentos de poder así premiar tu tan feliz desempeño en la Casa. Por supuesto, también incidió en tu elección el pedido que habías hecho de licencia para viajar a tu república de origen un fin de semana. Como ves, también a veces podemos actuar así, como en familia. Que no digan esos necios disidentes que todo es mecánico y frío en nuestro Ministerio. Saludos, y buen viaje, R4562." La conscripta se tuvo que agarrar del reloj donde marcaba su tarjeta, temió caerse de emoción. Durante varios minutos no pudo parar su llanto de alegría.

Debió luego apurar el paso porque le llevaría tiempo maquillarse para los encuentros del día, a realizarse en determinado recinto que figuraba un baile de máscaras en el teatro de la Ópera, eficaz recurso que se empleaba para pacientes que por primera vez recibían tratamiento. Mientras vestía su disfraz de Colombina, la tonada de una de aquellas rumbas volvió a su memoria. Entre lágrimas y sonrisas danzó frente a los espejos de la sala de vestir. El maquillaje se le había corrido con el llanto y se acercó al espejo para rehacerlo enteramente. Soltó una fuerte carcajada al notar que el lunar pintado en su mejilla teñía de negro una lágrima. Tratando de controlar tanta euforia aspiró hondo repetidas veces. Al cargar el cisne de polvo blanco por primera vez halló las fuerzas para admitir un hecho: el último día transcurrido en los brazos de LKJS, si bien por breves instantes, se había proyectado una sombra extraña sobre el amor de ambos. Esparció el polvo níveo sobre su rostro, tomó el lápiz negro entre el pulgar e índice y con toda atención volvió a dibujar el lunar, "Querida mía, mírame en los ojos. Debo realizar un esfuerzo sobrehumano para afrontar este tema, pero es preciso que lo haga. Sí, absurdo como suena, después de estas horas sublimes de amor, tengo miedo de perderte. Tú sabes que yo te adivino todos los deseos, ¿no es así? y ello no me sorprende, porque quien ama lee el pensamiento de la persona amada. Pues bien, yo te lo adivino a tí, pero tú no a mí, y... eso me colma de dudas, de horribles temores... ¿significa acaso que tú no me quieres, o es una extraña coquetería la que te lleva a actuar como si no penetrases la pobre miasma de mi mente?''.

Con una peluca rosa de rizos cortos, y un sombrero violáceo de tres picos, quedó completo el tocado. W218 entonces se aplicó el antifaz, ¿por qué pretendía él que ella leyese su pensamiento? ¿qué era eso de que el amor permite adivinar los deseos del otro? Seguramente habría dejado sus señas en el Ministerio, en ocasión de su reciente visita oficial. Las siguientes cuarenta y ocho horas le parecieron eternas.

Avenida de la Aurora Boreal número 300, una dirección tan fácil de recordar que ni siquiera la había anotado. La muchacha estuvo tentada de pellizcarse para creerlo, ahora estaba allí, ante sus ojos, la placa blanca con el número inscripto en negro. Qué diferente se había imaginado el lugar. No era una casa, sino un enorme edificio gubernamental. Y qué diferente se había imaginado Ciudad de Acuario, nada tenía que ver con sus vagos recuerdos de infancia. Desde el aeroplano había tenido la primera y definitiva impresión, de entre la nieve emergían edificios grises, y el único contraste lo daban las manchas de humedad que ensuciaban de negro algunos muros. Hasta llegar frente a la fachada sombría se había mantenido calma, pero al traspasar el umbral su corazón empezó a palpitar desmesuradamente. Pensó que tal vez eran pocos los minutos y los metros que la separaban de su amado, dirigentes burócratas la encaminaron hacia la oficina de personal. Media hora después estaba de vuelta en la acera desolada y fría. Nadie conocía a LKJS, y se le aseguró que de ese ministerio, el de asuntos referidos a la salud pública, no habían enviado visitante alguno a la nación vecina. El frío de la calle la caló hasta los huesos, dio algunos pasos sin saber hacia dónde orientarse. En seguida cayó desmayada.

Cuando se despertó estaba en su hotel, un transeúnte la había recogido y por la documentación de su bolso se había sabido dónde llevarla. Quien la arrancó de su pesado sueño fue la camarera, al golpear a la puerta, con un plato de sopa caliente. Preguntó a la muchacha cómo se sentía. Ésta no respondió, estaba absorta todavía en su pesadilla. Como si no hubiese bastado el desencuentro angustioso de esa tarde, una espantosa voz la había torturado durante el sueño. Miró a la camarera sin verla, "¿Quién es la nodriza de la niña? Dígamelo, por favor ¿quién es?" La camarera respondió que no lo sabía y se retiró tan pronto pudo. W218 cerró los ojos, quería volver a dormir para no pensar en el incidente del ministerio, pero tenía miedo de volver a caer en la misma pesadilla. Una pesadilla ciega, en la total tiniebla una voz pronunciaba esas palabras que nada le significaban, una y otra vez, "la nodriza de la niña... la nodriza..."

Llegada la noche, toda actividad del grupo de lisiados cesó y la muchacha se escurrió por los pasillos hacia la salida de servicio del hotel. Había vuelto a su memoria algo —¿un embuste?— que su amor ¿o simplemente amante? le había dicho, "Desde mi ventaba veo un roble, perennemente verde". ¿Por qué había dicho algo así? Ante todo, el roble es un árbol de hojas caducas, y por último en Ciudad de Acuario toda vegetación había muerto durante los deshielos y la era polar no había visto crecer ni una brizna de hierba. ¿Por qué no había preguntado a LKJS la razón de tal fantaseo? Simplemente porque su presencia le había parecido suficiente para justificar cualquier desenfreno de la naturaleza. Si la naturaleza había sido capaz de crearlo a él, pues no debía sorprender que frente a su casa se irguiese el único árbol vivo de un continente.

Vio pasar un taxi, lo detuvo, pero el chofer era demasiado joven. Esperó varios minutos hasta que pasó un chofer de más de sesenta años. Antes de subir al coche preguntó si conocía bien la ciudad, "Como la palma agrietada de mi mano ¿adónde va la señorita?" Ella explicó que buscaba una casa frente a la cual crecía un roble perennemente verde. "Usted se burla de esta ciudad. Aquí no hay un solo arbol viviente. Los jóvenes ya no saben lo que la palabra significa, aunque en este país se haga un culto de la nostalgia, y se trate de mantener vivo el recuerdo del pasado. Pero como ésa es la actitud oficial, las nuevas generaciones reniegan de todo recuerdo que les resulte ajeno." La muchacha repitió al anciano las palabras exactas de su amante, "No sé qué responderle, señorita. Tal vez era un alucinado. Tan borrados están los árboles de nuestra frágil memoria, que hasta hay un barrio nuevo donde las calles tienen todas nombres como Sendero de los Pinos, o Alameda de los Alerces, o Callejón de los Sauces, para que el pueblo no los olvide". Ella preguntó si una de esas calles no hacía referencia a un roble, "Puede ser, aunque no la recuerdo".

Tardaron media hora en llegar al retirado barrio residencial. Eran todas casas espaciosas, con patio donde en vez de plantas había columpios, trapecios, subibajas y otros aparatos para juegos de niños. Cada calle en la esquina contaba con un poste que a dos metros de altura mostraba una chapa de madera. Allí figuraba el nombre de la calle y un dibujo del árbol correspondiente. Pronto encontraron una cierta "Callejuela del Roble", tenía solamente tres cuadras de largo. W218 despidió al chofer con generosa propina, prohibida en esa república pero siempre codiciada por todo servidor público. El anciano se ofreció a esperarla, allí le sería muy difícil encontrar otro medio de transporte para el regreso. La muchacha lo miró maliciosa, estaba segura de que en una de esas casas pasaría la noche, "¿Pero y si no encuentra usted a quien busca?" Se pusieron de acuerdo en que el coche esperaría cinco minutos estacionado en esa esquina. W218 estaba dispuesta a golpear a cada una de esas puertas, en algunas casas había luz, desde afuera se podían ver escenas familiares características. La muchacha reflexionó antes de emprender su inspección ¿por qué él había dicho que desde su ventana veía el roble? tal vez porque la casa estaba situada en la esquina, y podía divisar la chapa con el dibujo del árbol correspondiente. Miró de inmediato la chapa de esa esquina, y sí, el dibujo representaba un roble verde.

Vaya modo de glamorizar la realidad, pensó; ello demostraba que a él no le repugnaba mentir con tal de atraerla hacia su ciudad. Pero las casas de esa esquina tenían las ventanas cerradas, parecían deshabitadas. En cambio en la esquina siguiente había luces, y si no estaba él allí procedería a las siguientes esquinas, eran cuatro en total, la búsqueda se simplificaba notablemente. Hizo señas al chofer de acercarse, se hizo conducir hasta la esquina siguiente. Una de las modernísimas viviendas tenía las luces de la planta baja encendidas, los ventanales enormes habrían dejado percibir hasta el último detalle del interior, pero debido al frío estaban algo empañados. W218 divisó niños de corta edad y decidió no acercarse para ver mejor, evidentemente no se trataba de la casa de LKJS. Subiendo al coche para trasladarse a la esquina siguiente, echó al desgaire un último vistazo a la ventana empañada. Le pareció distinguir una silueta conocida, de hombre. Volvió a bajar, atravesó el primer patio, entre subibajas, toboganes y columpios. La nieve ahogaba el rumor de sus pasos.

LKJS jugaba con dos niños pequeños, una joven embarazada iba y venía. W218 no daba crédito a sus ojos, se acercó más aún para cerciorarse. Uno de los niños la vio y la señaló a LKJS. W218 corrió hacia el coche, la voz inconfundible tronó amenazante, "¿Puedo servirla en algo, señora?" Ella se detuvo, sin atreverse a darse vuelta y dar la cara. Apenas en un susurro le llegó otro tenso mensaje, "Te lo ruego, disimula. Estamos vigilados. La policía secreta..." La muchacha lo miró de frente por fin, fingió estar buscando la casa de unos amigos, "Debe ser en la próxima cuadra, señora, me parece haber oído ese nombre", y de inmediato agregó en susurro angustioso, "A las 10 de la mañana, en la Biblioteca Central, Sala de Lectura..." W218 dio las gracias y subió al taxi. Nunca había concebido que LKJS tuviese miedo a nadie, pero la voz había denotado terrores abismales. El chofer se felicitó de haberla esperado, "¿Y ahora de vuelta a su hotel?" W218 se preguntó si ese bondadoso anciano no sería un espía, "Perdóneme, pero si me mira callada y no se decide a decirme adónde quiere ir, yo no le puedo adivinar el pensamiento". ¡Adivinar, adivinar! otra vez esa odiosa palabra. Sí, al hotel, ¿a qué otro lugar podría dirigirse, en lo negro de la noche? La noche negra, todo era invadido por lo negro, las calles, el cielo, el interior de ese taxi helado. Negro. ¿Qué más era negro esa noche? ¿qué otra cosa había sido invadida por el color negro? No, no era posible. Pero sí, había sido eso lo que más la había espantado en su encuentro con LKJS ¡sus ojos habían dejado de ser verde claro, para volverse negros! Estaba segura, por eso la mirada era otra. Ojos no verdes sino negros. Negros como la noche, como el frío, como la soledad, como las lágrimas que un dolor excesivo congela adentro del pecho y no deja escapar. Lágrimas negras, encerradas, prisioneras.

A esa hora avanzada, la entrada de servicio del hotel estaba vigilada por un cancerbero que no la dejó pasar. Se dirigió a la puerta principal. Nevaba copiosamente. Bajo la marquesina, haciendo compañía al portero de librea, fumaba uno de los guardianes de su grupo. W218 volvió sobre sus pasos. Cruzando la calle se veía otro enorme bloque moderno, una de sus entradas estaba iluminada. Se refugió allí. Parecía una repartición gubernamental más. Los letreros indicaban "Sala de Préstamos", "Archivo General", "Sala de Lectura", y allí cesó de mirar, se dirigió a la sala más próxima y preguntó a una dama de avanzada edad qué era ese lugar, "Es la Biblioteca Central, señorita, donde esperamos a nuestros lectores a lo largo de toda la noche".

La viejita estaba vestida con estridentes colores, su peluca era rubia y lacia, "Pero señorita, ...Usted se parece tanto a alguien... Tal vez no lo sepa, pero hubo hace muchos años una actriz, la más bella de todas, que era muy parecida a usted". La sobreexcitación se apoderó nuevamente de W218 al enterarse de donde estaba, puesto que allí mismo volvería a ver —no importaba en qué circunstancias— a LKJS. Para disimular tanta emoción —le palpitaba el pecho y le aleteaban las narices— preguntó a la viejita quién era esa actriz de que le hablaba, "Solamente los más viejos podemos recordarla. Para mí es un rostro imborrable. Verá usted, todas las jovencitas de aquella época soñábamos con ser estrellas de cine, y yo no fui la excepción. Me teñí de rubia platinada y pese a que todos me dijeron que me quedaba bien, lo más cerca que estuve de la pantalla fue como acomodadora. Pero no en un biógrafo de barrio, no se vaya a creer. En uno de estreno. Niveles son niveles. Y con ella sucedía lo que con ninguna otra actriz... Al aparecer en su primera escena de cada película el público invariablemente lanzaba un 'ah...' de asombro. Era un rostro tan bello que no parecía humano".

W218 supo enseguida cómo pasar ese rato, hasta que el guardián descuidase la puerta del hotel. Se le indicó con toda amabilidad dónde consultar archivos, viejos periódicos y revistas. Un vetusto bibliotecario le aconsejó una serie encuadernada en cuero blanco y negro. De primera intención no encontró tal parecido entre ella y esa actriz, pero sí le resultaba una cara ya vista en alguna parte. No tardó en darse cuenta dónde, una de las fotos la mostraba lujosamente ataviada en visita por un barrio arábe. W218 sintió frío en los huesos. Se trataba de aquel filme proyectado en la ciudad sumergida, como parte del documental turístico visto por teletotal. Después se encontró con fotos de la primera juventud de la actriz, en sus pocos filmes europeos, y allí sí el parecido era innegable. Era un artículo que contaba la vida de la estrella nacida en un país de nombre Austria. Anécdota curiosa resultaba cierto capricho de la luminaria, por el cual había rechazado un millón de dólares para protagonizar una historia titulada "Yo adivino el pensamiento". Había muerto en México en un enigmático accidente de carretera y la había sobrevivido una hija, de la que se desconocía el paradero. A quien la hubiese hallado se habían ofrecido sumas millonarias como recompensa, procedentes de la sucesión de su primer marido, presunto padre de la niña.

La huérfana soltó el pesado volumen, como si estuviese cargado de electricidad. No siguió leyendo nada más ¿sería ella, W218, la hija extraviada? No, la actriz había muerto más de veinte años antes de su nacimiento. Corrió al bibliotecario y le rogó que la ayudase a buscar datos sobre una... nodriza, historias de nodrizas célebres, si las había, "¿La señorita no me podría dar ningún dato suplementario?" W218 aventuró que ésta podría haber estado implicada en una intriga internacional. El octogenario se dio sin más a la pesquisa, después de encogerse de hombros significativamente. Había algunas nodrizas peculiares, pero no internacionales, ¿le interesaría por casualidad una fulana sin nombre, dueña sólo de una inicial, con triste historial delincuente? W218 preguntó de qué nacionalidad era, "De una nación europea que se llamaba Austria".

La muchacha pidió leer todo lo que se encontrase al respecto. Fue hallada solamente una crónica policial, de tono piadoso, en la que se contaba cómo una nodriza, o simplemente doméstica, había intentado dar muerte a la niña de la casa, en el día de su duodécimo cumpleaños, suministrándole un veneno. La mujer, largos años al servicio de esa familia, cuyo nombre se omitía por razones de respeto, había actuado en un rapto de locura, luego de lo cual se había ahorcado, con su propia trenza, en la celda del manicomio donde había sido encerrada. Se transcribía como curiosidad el texto de la nota póstuma encontrada junto al cadáver de la desdichada: "Adiós, es mi destino, como el de mi pobre hermano, que me vaya de este mundo por haber perdido la razón. Uhm... ¡ja! eso es lo que se creerán, pero él no era más que un sirviente al que el Profesor, para encubrir sus fechorías, hizo pasar por sabio loco..." W218 siguió leyendo con miedo creciente: "... No había otra mujer que yo en la casa, el Profesor no había querido que nadie ocupase el lugar de su madre...", "... él había rezado para que se le permitiera pagar en el otro mundo por las faltas de la madre, la cual así encontraría por fin descanso...", "... el jardín de lirios blancos parecía una alhaja muy fina esa noche, pero cuando me di cuenta de que no estábamos solos, de que sombras heladas se arrastraban tras oleandros y jazmineros, ya era tarde, demasiado tarde...", "... una hija, concebida bajo los

212

peores auspicios, los del amor no correspondido...",
"... la niña más bella que jamás existiera. Pero hoy traté
de matarla, ya que no se trata más que de una hembra
¿y qué se puede esperar de una hembra? de ella hará lo
que quiera el primer sinvergüenza astuto que se lo pro-
ponga. Qué bochorno haber tenido una hija y no un
machito, que vengara todas las humillaciones que sufrí
en la vida, por tener ese punto débil entre mis piernas,
que me hace presa fácil del primer perro que sepa
olerme la insensatez. Y de lo único que me alegro es de
no haberla escuchado nunca llamarme 'mamá', porque
yo no la quiero a ella, y deseo que ella no me quiera a
mí. Sí, la desprecio tanto como me desprecio a mí
misma, sirvienta de un hombre y de todos los hombres..."

W218 volvió a plegar el papel y colocarlo en su sobre
de archivo. Sólo entonces descubrió otro recorte,
mínimo, en el fondo del sobre. Era un extracto de las
crónicas del crimen nazi, recogidas al finalizar la segunda guerra mundial. Según se refería, la búsqueda de
descendientes de la nodriza había constituido parte de
un complot infructuoso de la Gestapo, interesada ésta
en quien se había denominado "la bruja de la lectura
del pensamiento". La muchacha hizo un esfuerzo —sobrehumano— y se puso de pie. Abandonó la Sala del Archivo sin saludar al bibliotecario. Un cartel indicaba
cómo llegar a la Sala de Lectura.

Era allí que se encontraría con el hombre de sus sueños a la diez de la mañana siguiente, bajo una bóveda
iluminada al neón. Ya estaba convencida de que él sólo
ambicionaba hacerla feliz, porque sólo él podría ayudarla a salir de esa encrucijada de enigmas. La supuesta
lógica de tal razonamiento la terminó de tranquilizar.
¡Por fin lo comprendía, de ahí su insistencia en aquello
de adivinar o no el pensamiento de la mujer amada! Él

213

la quería tanto que había podido olfatear el peligro que la amenazaba. Sí, a él le confiaría todo, y él, iluminado por el amor que a ella le tenía, desbarataría toda intervención del Mal. Él la amaba ¿si no cómo explicar el modo en que por otro lado adivinaba hasta su menor deseo? Había sido por temor a perder el amor de ella que no le había contado la verdad sobre sus hijos, y su esposa, de la que seguramente ya estaría por divorciarse. Era medianoche, faltaban sólo diez horas para terminar con toda angustia.

Frente al hotel no había ya guardián alguno. En su habitación, bajo la puerta, encontró una nota anunciándole que la visita a Ciudad de Acuario se daba por terminada, debido al mal tiempo reinante y al mal efecto que éste había tenido en los desaventajados componentes del grupo; el viaje de regreso se había adelantado para la mañana siguiente, en el avión de las diez. W218, por enésima vez en ese día, debió agarrarse de algo para no perder el equilibrio.

CAPÍTULO XII

—¡Qué susto me diste!

—¿Tan cambiado estoy?

—Sos otra persona, Pozzi.

—¿Mejor o peor?

—No me gusta como te queda.

—¿Te puedo dar un beso, sin bigote?

—¿Y el pelo, por qué tan corto?

—Me voy a Buenos Aires.

—No te creo.

—Sí. Vuelo a Chile, y de ahí entro por Mendoza, en tren.

—¿Y no querés que te reconozcan?

—Me están haciendo papeles nuevos. Me voy a llamar Ramírez, ¿qué te parece?

—El bandido de *La fanciulla del West* se llama Ramírez, pero es el galán.

—¿Y yo no soy el galán?

—...

—¿Lo matan al final?

—Se salva, lo están por ahorcar y la chica lo rescata al final. La soprano.

—¿Cómo te sentís?

—Tengo dolores, todos los días, al rato de comer. Parece que por un tiempo me van a durar, es una consecuencia de la operación.

—Pediles calmante.

—Tengo que insistir mucho, ellos son contrarios a tanto calmante.

—Tenés que aguantarte un poco, entonces.

—La verdad es que nunca me imaginé que iba a ser tan largo.

—Si te ponés impaciente va a ser peor.

—Yo en el espejo me veo mal, pero no sé si será sugestión. ¿Vos cómo me ves?

—Un poco ojerosa, pero debe ser de tanto encierro.

—Es una locura que te vayas, Pozzi.

—No tiene sentido que me quede.

—Estaba segura de que a estas horas ya habías firmado el contrato con la Universidad.

—No, estoy intranquilo acá.

—Mucho peor es que estés corriendo peligro. Es una locura que te vayas.

—No hay que exagerar, Anita. Lo de los papeles es una precaución, para la entrada, nada más.

—¿Y después?

—Allá tenemos gente que sabe quién está vigilado, y si hay necesidad de esconderse.

—Y si se da el caso que tenés que esconderte ¿de qué sirve que vayas?

—Es que puedo seguir con el trabajo, de la defensa de presos. No hay necesidad de que yo me presente a Tribunales, puedo hacer toda la otra parte del trabajo, que es muy pesada, los escritos, por ejemplo. Y otro abogado los presenta como de él. Eso es todo, no me voy a meter en cosa de guerrilla, vos sabés que en eso no estoy.

—Lo que no me gusta es que ya estás fichado, si te allanaron la casa por algo es.

—A medio mundo le han allanado la casa, eso no significa nada.

—¿Vos creés?

—Claro, a la distancia se magnifican las cosas.

—Te admiro el valor. Yo que vos no iría.

—¿Cómo te sentiste... después de lo del otro día?

216

—No sé.

—Cómo no vas a saber...

—...

—Yo me sentí muy bien.

—Yo no. Me sentó mal, la verdad sea dicha.

—No puede hacer mal...

—...

—No me saques la mano... Tengo ganas de tocarte.

—No, Pozzi.

—A vos te gustaba el bigote.

—En serio, no me siento bien.

—Como quieras.

—Escuchame una cosa. Si yo hubiese aceptado tu propuesta, de llamarlo a Alejandro, ¿no era un modo de poner en peligro a mi familia? A Clarita, y a mamá.

—No creo.

—Yo sí creo. A mamá por lo menos la habrían interrogado. Y no te olvides que ya nosotros tenemos el antecedente de lo que nos hizo Alejandro, que no sé cómo habrá quedado registrado eso, en la policía.

—No, no creo que se metan con una mujer grande, y una criatura.

—Vos no creés, y con eso yo me tendría que quedar tranquila.

—Es sentido común, nada más, ¿qué pueden sacar de tu mamá o Clarita? Es obvio que son inofensivas para el régimen.

—Pero pueden pensar que yo sí estoy en algo.

—Ellos saben bien quién actúa y quién no. Y vos en este caso no harías más que llamar por teléfono a alguien que en otra época fue amigo, y en cierto modo protector.

—No estoy tan convencida.

—...

—¿Cuándo te irías?

—Mañana.

—No te vayas, por favor.

—Tenés la mano linda, fresca.

—Te haría bien quedarte acá, Pozzito. De veras, podrías seguir estudiando, vos tenés mucha cabeza, podrías hacer investigaciones de lo que te interesa, de Sociología, de todo eso.

—Pero es más urgente lo de allá.

—Yo me estaba ilusionando de que te quedases. Aquí ibas a cambiar...

—¿Por qué querés que cambie?

—Vos tenés porvenir, yo creo. Si te quedás más tiempo, verías las cosas de allá con otra perspectiva, y te cambiarían las ideas.

—Yo no quiero que me cambien las ideas, ¿qué estás diciendo?

—Sí, no te quiero ofender, vos tenés muchas cosas buenas, que te las respeto, de veras, pero esa cosa del peronismo... Si te quedás acá a lo mejor se te pasa...

—Estás loca.

—Y si te convertís en una autoridad, en tu materia, podrías volver dentro de unos años, y ser útil de otro modo.

—Tu planteo es totalmente irreal. El país me necesita ahora, y yo sé que puedo ser útil ahora. Y no te estoy hablando vagamente, son cosas concretas las que tengo que resolver allá. Gente que está presa, gente que está desaparecida, hay que ayudar a encontrarlos, a sacarlos de la cárcel.

—Pero si han asaltado bancos, o secuestrado a alguien ¿cómo los vas a poder sacar de la cárcel? ¿no son delincuentes comunes?

—Te hablo de casos muy diferentes. Periodistas, profesores, gente que piensa y que no se calla, y que por eso están presos. Y ésa es la gente que me espera, porque a fuerza de reclamos algo se consigue, a alguno logramos sacar de ese infierno.

—Sí, tenés razón, yo eso siempre te lo he respetado, pero...

—Siento que ésa es mi responsabilidad, Anita. No puedo desentenderme.

—Pero es que puede haber otra gente que lo haga, a ese trabajo. Que no estén en lista negra, como vos.

—No hay gente, somos muy pocos los que podemos hacer ese trabajo.

—Yo tengo miedo de que estés exagerando. Vos tenés demasiado espíritu de sacrificio, no me lo niegues. Desde siempre. No tenías necesidad de trabajar mientras estudiabas la carrera, pero se te puso en la cabeza que tenías que trabajar, ¿y quién te para a vos cuando se te mete una idea en la cabeza?

—Yo soy así, Ana. Mi sensación fue siempre ésa, de que tenía de sobra, y podía dar algo a los que tienen menos.

—Vos sos así ¿pero acaso no podrías cambiar?

—Ya te he dicho que no quiero cambiar.

—Claro, te gusta demasiado tu personaje, del sacrificado, del mártir.

—Para mí no es sacrificio, es sentido de la justicia, nada más.

—Si vos te quedases aquí podrías ser útil más adelante, muerto no les vas a servir de nada, ¿será posible que seas impermeable a todo lo que te digan? ¿no podés escuchar a los demás una vez siquiera?

—¿Vos acaso escuchás? Te he asegurado que lo de Alejandro sería fácil, sin riesgos, y harías un gran servicio a tu país.

—¿Si yo llamase a Alejandro vos te quedarías?

—Sí, claro...

—...

—Anita, sería formidable.

—...

—Podemos llamarlo tal vez mañana mismo, después que hable yo con Buenos Aires.

—No, Pozzi. Es por Clarita y mamá, que no puedo hacerlo.

—Estás loca, nunca se meterían con una criatura y una mujer grande.

—¿Qué no? ¿acaso no les serviría para extorsionarme a mí? ¡y hacerme hablar!

—No serían capaces.

—¡Cómo que no serían capaces! Vos sabés la gentecita que hay en este gobierno, los criminales que hay infiltrados ahí adentro. Y así y todo insistís, Pozzi. Vos estás actuando de mala fe conmigo.

—Es por miedo tuyo, nada más. Es por vos misma que no lo hacés.

—Bueno, es por mí. Me da miedo. Además si alguna vez quisiera volver a Buenos Aires, ya no podría.

—Anita, terminemos con los macaneos.

—¿Qué macaneos?

—Escuchame, esto es demasiado serio, hay vidas que dependen de lo que resolvamos, vidas valiosas, de veras te lo digo.

—Mi vida es importante. Y la tuya también.

—Mi vida es menos importante, Ana, que la de esos dos hombres que queremos sacar del país.

—Basta con esa historia tuya de los sacrificios. Ya es manía.

—Nada de eso, Ana. Ésa es mi verdad, no me importa lo que me pase a mí, si. es por algo que vale la pena.

—¿Y mi verdad qué? ¿querés que yo también me una al sacrificio?

—Sería un modo de hacer bien, mientras pudieses.

—¿Por qué mientras pudiese?

—Basta de macaneos, Anita, por favor. Vos sabés a qué me refiero.

—¿Qué? ¿te creés que me voy a morir?

—Vos lo sabés, mejor que yo.

—Yo no sé nada. Yo quiero curarme, eso es lo único que sé.

—Vos sabés que no te operaron. Abrieron y volvieron a cerrar, porque en las condiciones esas no se podía hacer nada.

—No es cierto.

—No estamos jugando, Ana. No somos adolescentes. Éstos pueden ser los últimos días que nos quedan para vivir, no podemos dejar de enfrentar la realidad. Si estamos a tiempo de hacer algo positivo... ¡tenemos que hacerlo!

—No te creí capaz de decir una cosa así...

—Pero es hora de hablar en serio, Anita. Por más que te diga mentiras no te voy a devolver la salud.

—Querés decir que no tengo cura.

—La probabilidad de salvarte es mínima. Te estaban tratando de poner en condiciones para otra operación, porque el tumor está en el estómago pero también en una parte del pulmón, ya está ramificado.

—...

—Pero de la última consulta salieron indecisos, creen que es inútil volver a operar.

—Para operarme necesitan mi consentimiento. Y a mí no se me ha mencionado nada.

—Ellos hablaron con tu amiga, con Beatriz. Y ella habló con tu mamá.

—¿Mamá sabe?

—Sí, y la autorizó. Y dio la garantía de los pagos.

—¿Por qué me decís todo esto? Es todo mentira tuya.

—Es terrible, Anita, pero es así, no podemos cambiar las cosas.

—Pero yo no lo sabía...

—¿De veras no lo sabías?

—No.

—¿Pero no te dabas cuenta que estás perdiendo peso, y que los dolores aumentan cada vez más?

—Yo no me daba cuenta.

—¿Y acaso no preferís saberlo?

—No, Pozzi.

—Pero así podés siquiera decidir, elegir, no sé cómo decirlo...

—¿Decidir qué?

—Lo que vas a hacer con tus últimos días. En unos días podés hacer lo que no quisiste hacer en toda tu vida.

—No me gusta lo que decís, Pozzi.

—Yo desde que lo supe tengo una inmensa tristeza, Ana. Vos sos parte de mí, la parte del placer, no sé cómo explicarte, del lujo. Vos eras mi lujo, Anita. Pero no está en mí cambiar las cosas. Lo único que puedo hacer es pedirte que aceptes la realidad, y hagas lo más que puedas con lo que te quede vivir. Y ojalá suceda un milagro, y todo se arregle. Pero...

—Y si te ayudo con lo de Alejandro...

—Decime...

—...

—Te escucho...

—Si te ayudo, mi muerte va a tener un sentido...

—No lo digas así. No sé, suena todo muy mal, pero me parece que es tu vida... que... bueno, no me gusta decirlo. Son cosas tan... importantes, me da miedo manosearlas.

—Sí, comprendo lo que querés decir.

—...

—Qué brutalidad, Pozzi.

—...

—Qué brutalidad la tuya.

—No lo tomes así.

—Te sentirás muy hombre siendo capaz de decir una brutalidad semejante.

—No me entendés...

—Solamente un hombre puede ser capaz de una brutalidad así.

—...

—Una mujer no sería capaz.

—Ves, lo que seguís es diciendo mentiras, engañándote a vos misma. Vos no tenés derecho a decir eso, porque a las mujeres las despreciás.

—No es cierto.

—Ni a tu hija la querés, ni a tu madre. Por esa misma razón.

—No es verdad, yo las quiero. Son lo único que tengo.

—¿Ves que no podés admitir nada que sea cierto? Ellas no están acá porque no las querés, no te gustan, las despreciás, porque son mujeres. Yo te conozco bien.

—No te quiero ver más, en mi vida.

—...

—Aunque me queden horas, lo que sea, por favor que no tenga que verte más.

—Yo no te quiero hacer mal. Te lo juro.

—...

—Creo que es mejor que sepas la verdad.

—Gracias, Pozzi.

—Después de que lo pienses, es posible que comprendas mi intención.

—Tu intención es buena, gracias.

—...

—Preferiría estar sola, si no te molesta.

—Sí, claro. Vas a ver que pensándolo...
—Ni una palabra más, te lo pido.
—Mañana te llamo.
—No, por favor, no quiero nunca más saber de vos.
—Yo te quiero mucho, Anita.
—...
—Hasta mañana.
—...

CAPÍTULO XIII

Lunes. A veces no hay cosa mejor que un buen susto. Cuando nos vemos enfrentados con un peligro serio, aunque no sea real, como en este caso, apreciamos las cosas que tenemos. Ahora sé perfectamente qué apegada estoy a la vida. Así que con todo gusto, feliz, voy a dejar de pensar tonterías.

Los médicos siempre dicen que si el paciente tiene una actitud positiva se cura más pronto. Y debe ser cierto, porque si una está deprimida empieza por no cumplir el tratamiento al pie de la letra. Yo ahora lo voy a cumplir con todo cuidado. Y con toda seguridad se va a acelerar el proceso. Es en los momentos de crisis cuando hay que mantener la serenidad. Y yo la voy a mantener. La cuestión es que pase este momento, por los dolores, que es lo que más puede asustar. Y después ya no le voy a tener miedo a nada, porque vendrá algún tratamiento incómodo, pero eso es lo de menos. Más se les pregunta a los médicos peor es, así que yo no les voy a preguntar nada, de semejante disparate que dijo el desalmado ese. Es un disparate que me tengan que operar de nuevo, ante todo me lo habrían preguntado los médicos, si estoy de acuerdo, si tengo el dinero para pagar. Sobre todo eso. No hay nada mejor que aclarar las cosas por escrito, porque pensando nada más uno se puede confundir. Mientras que anotando las cosas todo se aclara.

Eso de que hablaron con mamá no puede ser, además no creo que aceptasen la garantía de un pago, así nomás, de palabra. Y desde la Argentina, con las dificultades que hay para sacar divisas de allá. Todas argucias de él para que lo ayudase en su plan. Se ve que estaba

225

decidido a cualquier cosa, incluso a darme este susto
mayúsculo. Pero poniéndolo todo por escrito me ayudo
a ver más claro. Por tembleque que tenga el pulso lo
mismo alcanzo a entender lo que escribo. Y no tengo
que dejar de hacerlo, seguir anotando todo. En las pocas horas que estoy bien despierta, porque por suerte
este tratamiento tiene la ventaja de hacerme dormir
tanto. Al mismo tiempo que hago el tratamiento descanso, no siento dolor, es mucho mejor así, que lo
hayan intensificado tanto.

Lo único que lamento es que con tan pocas horas
por día de completo despejo mental, me queda poco
tiempo para pensar en todos los planes que quiero cumplir, una vez fuera de la clínica. Primerísimo de todo estar atenta a mi salud. Gimnasia, tengo que encontrar un
lugar donde me pongan a hacer gimnasia, y corregir la
tendencia a encorvarme. Y encontrar otro trabajo, poco
a poco acercarme más a lo mío, estar más cerca de la
música, aunque sea siempre la misma tarea de relaciones públicas. Y ver de qué modo ganar un poco más de
plata, para poder viajar. Y fuera de México comprar trapos, renovar un poco el guardarropa, porque con estos
precios de acá imposible vestirme como me gusta.

Lo que no debería es vender las alhajas, por malos
recuerdos que me traigan. ¿Me habrán traído mala
suerte? Es tonto pensar en eso, al contrario, puede ser
que me hayan traído buena suerte, y que por eso la operación salió bien. No las voy a vender. Al contrario, voy
a aceptar si me regalan más. Sí, está claro, viajes no me
voy a poder pagar yo con mi trabajo, mamá la pobre
con sus pesos devaluados no me va a poder pagar un
lujo así tampoco. Tendría que dejarme invitar por un
tipo. ¿Pero serviría yo para eso? Creo que nunca más
me voy a dejar tocar por un tipo, a no ser que se trate de
ese hombre superior. Que tarde o temprano llegará.

Hay que saber esperar. Ni bien salga de acá voy a empezar una nueva vida. Nada de preocuparme por tonterías, voy a ser siempre positiva, no le voy a dar importancia a cosas que no la tienen, como hacía antes. Con tener salud ya voy a estar contenta. Sí, hago esa solemne promesa, me voy a conformar con estar sana. Creí que iba a llenar más hojas, pero esta molestia dentro de un rato va a ser insoportable. Pero todo es pasajero, ya en unos pocos días más no voy a sentir ya dolor, va a disminuir, así como aumentó. Como cuando viene una gripe, va aumentando la molestia, la fiebre, una sabe que al día siguiente va a estar peor, y llega la fiebre a su punto más alto y de ahí ya viene la mejoría, una sabe que al día siguiente se va a sentir mejor, hasta estar sana. Y ya de saber que hoy él está tomando el avión para Buenos Aires, ya me siento mejor. Y mañana, de sólo saber que va a estar allá, a miles y miles de kilómetros, me voy a sentir mejor todavía.

Yo nunca los voy a comprender, para mí son seres de otro planeta. Cómo alguien puede llegar a bajeza tal, para mí está más allá de toda comprensión. Qué irresponsable, qué bestia. Yo he oído de casos de enfermos que se han suicidado al enterarse de que su mal no tenía cura, así que yo, si le hubiese creído esa mentira, hasta podría haberme suicidado. ¿No pensó él en las consecuencias de semejante acto? Es que ellos tienen una vanidad más fuerte que todo, y si una se les enfrenta son capaces de cualquier cosa. No saben perder, ellos se creen nacidos para conquistar al mundo, por eso se enojan tanto cuando una se les atraviesa en el camino y no los deja pasar. En ese momento les sale no sé qué furia de adentro, les sale como un buitre de adentro del pecho. A mí me dan miedo cuando están así. No sé por qué dan tanto miedo. Debe ser porque a ese buitre no le importa nada de nadie. Es un pajarraco que lo único que sabe es atacar, sin medir las consecuencias. Cuando le dije a Fito que lo dejaba, nunca me había imaginado que alguien pudiese enfurecerse de ese modo, me dijo todo lo que se le vino a la cabeza con el afán de destruirme. Nunca le había visto esa cara de loco que puso, o sí, algunas veces lo había visto enojado, pero no conmigo, cuando perdía el equipo de Independiente. Todos los domingos esa bomba de tiempo a las tres de la tarde, el partido de fútbol. Yo sabía que me convenía salir de casa a esa hora, especialmente si él se quedaba a escucharlo por radio o verlo por televisión. Si él iba a la cancha era mejor, porque en el viaje de vuelta ya se ventilaba.

Mejor llamo a la enfermera, unos minutos va a tardar en venir. En fin ¿y con un ser así una mujer tiene que compartir toda la vida? ¿y además quererlo? ¿qué tienen adentro estos tipos? ¿y una se tiene que sentir frustrada si no está al lado de un monstruo así? Y sí, cierto, nos sentimos frustradas si estamos solas. ¿Pero por qué? ¿de puro masoquistas? Y no es por ese placer de la noche, ¿qué placer? porque una vez que sabemos la porquería que es el tipo ya no sentimos nada más. ¿O las demás siguen sintiendo? Eso nunca se puede saber porque esas cosas no se preguntan. Y si una es tan grosera y atrevida que lo pregunta, ninguna otra mujer contesta.

Realmente no sé si es sugestión o qué, pero apenas aplicada la inyección ya esta vez me alivió. No quería dormir, quiero seguir un poco más. Creo que ellos ganan porque dan miedo. Y dan miedo porque tienen más fuerza, fuerza física. Papá era alto. Fito también. Pero el hombre que más miedo me dio en mi vida era bajito como un pigmeo, aquel profesor de latín y griego en la Facultad ¡qué sádico! ¡y qué histérico! Yo no le tenía miedo a los puños de él. Entonces no es la fuerza física. Bueno, sí, ellos también dan miedo por la fuerza física. ¿Entonces qué? creo que dan miedo porque una sabe que si no es con la fuerza de los brazos, es con el buitre de adentro que asustan a la pobre tonta que se les pone delante. Ellos ganan porque les viene la furia asesina mucho más fácil que a una. Sí, ahí estoy segura de que tengo razón, porque los hombres que están casados con mujeres enfermas de los nervios, histéricas, les tienen miedo a ellas. Porque gana el que se enoja primero. Entonces ellos ganan por histéricos. Una les tiene miedo por histéricos, ni más ni menos. ¿Pero entonces por qué razón es que una puede llegar a enamorarse? ¿será porque nos pueden dar una sensación de apoyo, de protección? ¿porque nos da lástima verlos tan histéricos? A mí no me dan lástima, me dan rabia. Claro que sí son dignos de lástima, si una piensa que tienen que vivir con ese pajarraco anidado adentro, entre la costillas.

Pero el mundo es de ellos. Hasta el Papa es hombre, los políticos, los científicos. Y así está el mundo. El mundo está hecho a imagen y semejanza de ellos. Todo tan deshumanizado, tan feo, tan áspero. Aunque papá no era así, no le gustaba el fútbol, ni las peleas de box con esas caras hechas bofes ensangrentados, ni que fuera época de gladiadores. Con papá en casa los domingos no había necesidad de irse, y escuchábamos música, la transmisión directa por radio de la matinée del Colón. Pero los domingos no siempre estaba él. Y esto es verdad, debo admitirlo: de vez en cuando le encantaba ir a cazar. Me quería llevar con él, se enojaba porque a mí no me gustaba.

Dormí un rato, siento la boca seca. Tal vez un caramelo me quite más la sensación de sed que tanta agua mineral. Una vez lo acompañé a papá. Con esa sola vez ya me bastó, apuntarles a esos pobres conejos, y después encontrarlos con el corazón todavía latiéndoles, con los ojos abiertos. Esa sensación de matar. Yo quise usar el rifle, y apreté el gatillo, pero sin la menor puntería, y me parecía muy divertido cargar la bala. Pero cuando por fin mataron al primer conejo, y lo fui a buscar, no me lo olvido más en la vida. Yo soy loca, y exagerada como dice mamá, pero me pareció que era como encontrar un herido en una trinchera, de la primera guerra mundial. Y una es hipócrita, porque después una se come con todo gusto una liebre. Pero es otra cosa. Y si hay gente que para ganarse la vida tiene que trabajar en un matadero, eso también es otra cosa. Pero que haya gente que se divierta matando a esos bichos, que lo haga por deporte, no me cabe en la cabeza. Y papá era uno de ellos.

Está clarísimo, si el mundo de ellos es ése, el mundo del fútbol, del box, de las cacerías... Pero no me expreso bien, cuando digo el mundo de ellos lo que quiero decir es... no sé qué palabra elegir, las imbecilidades que tienen en la cabeza, pero que no confiesan. El mundo interior de ellos, ésa es la expresión me parece. ¿Porque qué es lo que les gusta tanto del fútbol? Debe ser que se identifican con el que patea fuerte, con el que corre más ligero, con el que engaña con esas gambetas famosas. Para Fito gambetear era un verbo de dioses. Todo competitivo, ser el más gambeteador, el más esto, el más lo otro. ¿Y en el box? se identificarán con el que pega más, por supuesto, con el que castiga, yo he oído nombrar como castigadores a los campeones de boxeo. Y para qué buscar la razón del placer de los cazadores... Mejor ni pensarlo. Y ése es el bello mundo interior de los hombres. Su paisaje interior, el paisaje dulce de sus almas. Y la verdad es que se parece mucho al mundo real, lleno de guerras y violencias de todo tipo. El parecido es innegable, qué curioso. Pero qué estúpida soy ¡si son ellos

los que construyen el mundo! a su imagen y semejanza. Un mundo de guerras, de ataques histéricos entre países, de explotación de débiles. Porque son eso los gobernantes ¿qué diferencia hay entre Hitler y un marido histérico que llega a la casa borracho y maltrata a la familia, y se pelea con los vecinos? Es lo mismo.

Yo no me imagino un mundo gobernado por mujeres. Porque lo que tenemos nosotras en la cabeza es vestidos, y cortinas y manteles, y botas de Dior, y carteras de Gucci, y pañuelos de Hermès y relojes de Cartier, y bolsos de Vuitton, y tapados de leopardo y de ocelote y de potrillo y de visón y de chinchilla y de martas, y pulseras de platino y collares de esmeraldas y aros de cualquier cosa que sea carísima, y perfumes franceses, y alfombras persas y jarrones chinos y por favor me muero si me falta un biombo lacado también chino, y muebles antiguos coloniales si es una casa de campo. ¿Qué más tenemos en la cabeza las mujeres?

Lo pienso un poco y se me ocurren más cosas: poemas de amor, conciertos melosos de Rachmaninoff, y cuadros de Delacroix, y bossa nova que ya no sé si está todavía de moda, y el baile último que me encanta, el hustle, porque son ésas las cosas que nos llenan la cabeza, ¿y cómo sería un mundo hecho a imagen y semejanza de la mujer? Bien decorado estaría, por lo menos. Pero está mal que me eche tierra encima, como mujer. No solamente de esas tonterías estamos llenas, también de una real sensibilidad. Un mundo hecho por mujeres tendría que ser como un dúo de Fiordiligi y Dorabella en *Cosí fan tutte*, un mundo donde todo es gracia, soltura, liviandad. Nada como la música de Mozart para sugerir un mundo armonioso, al que se haya venido para gozar cada minuto de nuestra existencia. Si los hombres tuviesen más música adentro del corazón, más Mozart, el mundo sería diferente. Pero todo lo lindo nos lo acaparamos nosotras, a ellos les tocó todo lo feo, les hemos arrebatado todo lo bueno. Y ellos encantados con la basura que les tocó.

Pero Alejandro jamás ve fútbol, y odia el box, y todo lo que sea deporte violento. Uno de sus proyectos en el gobierno era proponer la abolición de las carreras de autos. Y adora la música, está lleno de música, adentro de él no cabe más una nota. Y sin embargo es lo que es. Eso significa que todo lo que he anotado en este cuaderno esta tarde, no tiene el menor sentido. Tengo que admitir que no entiendo nada de lo que pasa, ni a mí ni a los demás. Pero no pretendo nada, no pretendo entender nada, me conformo con la suerte que tuve, de que esta operación tan peligrosa que me han hecho haya tenido muy buen resultado.

Una amable voz sin sexo anunció por altoparlantes la salida del vuelo. W218 estaba al frente de su grupo, pálida y desgreñada. Había pasado la noche en vela, torturada por una duda: no pudiendo acudir a la cita de la diez de la mañana en la Sala de Lectura, puesto que para entonces estaría levantando vuelo hacia Urbis, la única manera de ver antes a LKJS implicaba una nueva visita a la calle del Roble, comprometedora para él. Fue al amanecer que tomó la resolución, agotada ya de oscilar como un péndulo entre dos posibilidades insatisfactorias. Según lo previsible en ella, decidió sacrificarse, soportar la angustia de no verlo y partir sin más.

Los pasajeros procedieron a embarcarse. La muchacha no tenía casi fuerzas para dar esos pocos pasos. Ahora no solamente echaría de menos su amor, también temblaría de miedo, privada de su protección. Todo la señalaba como descendiente de aquellas mujeres desgraciadas, la nodriza y la estrella de cine, y él sabía que ella estaba en peligro. ¿De qué otro modo explicar la obsesión de él con la lectura del pensamiento? Seguramente su amor por W218 le permitía intuir ese peligro inminente. Ella podía estar a punto de caer en alguna red de espionaje, tendida por gobiernos enemigos.

Tomó su asiento en el interior del aparato, cambió sonrisas de circunstancias con el contingente de excursionistas a su cargo. Aseguró el cinturón de seguridad y apoyó la cabeza contra el respaldo, buscando alivio a los músculos de la nuca, comparables a alambres retorcidos y tensos. Los pasajeros estaban ya sentados, solamente las azafatas permanecían de pie, una de ellas procedía a cerrar la puerta de acceso cuando el comisario de a bordo le hizo señal de detenerse. W218 se distrajo un instante mirando el rostro del comisario, éste a su vez la miró. W218 oyó dentro de sí una voz de hombre, "Guapa aunque tristona, le ofreceré una copa gratis para alegrarla, y a la llegada le pediré su teléfono". Era una voz desconocida para ella, y resonaba peculiar a sus oídos, como procedente de amplificadores. W218 decidió que por la falta de sueño oía voces inexistentes, como los locos y los santos. Volvió a mirar a la azafata. Ésta continuaba junto a la puerta y atenta a lo que sucedía fuera del avión. La azafata de pronto sonrió, evidentemente alguien se aproximaba, alguien que merecía una sonrisa muy esmerada. W218 cerró los ojos, le disgustaba el servilismo a que obligaban ciertos trabajos. Su propio trabajo era peor aún, pero se trataba de una tarea civil obligatoria, y de corta duración. Por directa asociación de ideas pasó a examinar fechas y recordó sólo entonces que al día siguiente cumpliría veintiún años, la mayoría de edad. Los últimos acontecimientos habían sido arrolladores al grado de hacerle olvidar en qué día vivía. Volvió a abrir los ojos. No era posible: además de oír voces ahora veía apariciones. El pasajero rezagado, a quien la azafata estaba indicando donde sentarse, era LKJS. O alguien idéntico a él, un doble. Idéntico pero sin ese brillo, o halo, o magnetismo que eran exclusivos de él. El caballero agradeció la atención de la comedida azafata, a continuación buscó con la mirada a alguien.

Al divisar a W218 los ojos del caballero se volvieron dulces como panales de miel, miel oscura y reluciente. En seguida pasó a simular la indiferencia correspondiente a un pasajero que viaja solo. Ella captó el mensaje: durante la travesía debían actuar como si no se conociesen, alguien podía estar vigilándolos. De todos modos no pudo evitar mirarlo de a ratos, sí, era bellísimo, pero... ¿era ése el hombre que le había arrancado el corazón, y que había llegado a estrujárselo, de tanto ceñirlo en un puño? Si bien ese hombre se parecía a LKJS como dos gotas de agua, su presencia no la conmovía, no la arrebataba, no la transportaba a mundos de ensueño. Algún requisito faltaba.

Pronto sobrevinieron turbulencias, el avión se sacudía, crujía el acero de su carcasa. W218 cerró los ojos, la turbulencia aeronáutica absorbió su turbulencia anímica y durante un momento solamente sintió miedo de morir en un accidente aéreo. El avión superó la espesa capa de nubes que producía las sacudidas y se reinstaló en el aire sereno. Ella reabrió los ojos, vio que él ahora los tenía cerrados. Ese hombre era LKJS, ahora no le cabía duda. De él se desprendía un hechizo irresistible, era inútil fingirle indiferencia, la muchacha sólo atinó a juntar sus palmas como en una plegaria, se mareaba en ese viaje fulgurante a que él la invitaba, él la transportaba a otros ámbitos, remotos y temibles esta vez, pensó que una hoja a merced del huracán conoce su aventura más preciada al mismo tiempo que el terror. Todo en él, cada pestaña, los caprichos de las líneas de su frente, cada poro, la subyugaban. De pronto él abrió los ojos, insinuó un guiño de complicidad. W218 deshizo su gesto de plegaria, volvió a ser dueña de sí misma, el hechizo había sido conjurado. Ese hombre no era LKJS. ¿O sí? Lo que veía era un muñeco perfecto, pero sin alma, de ello estaba segura. Una certeza inexplicable y a la vez total. Él seguía mirándola, ahora con expresión de desconcierto. Ella buscó el centro mismo de las pupilas de él, y como le había sucedido al mirar al comisario de a bordo, dentro de sí escuchó una voz, también esta vez como proveniente de amplificadores, en transmisión algo imperfecta. Y era la voz de LKJS, "¡Maldición! ¿será posible que haya olvidado de colocarme los lentes de contacto verdes? nada peor que un apurón, y esta imbécil es capaz de darse cuenta". La muchacha se desvaneció, pero sentada como estaba con el respaldo algo reclinado, y el cinturón de seguridad amarrado, daba la impresión de dormir.

Una azafata la sacó de su sueño, para anunciarle que ya habían aterrizado en el aeropuerto de la ciudad de Urbis. W218 miró de inmediato hacia el asiento de su victimario, él ya estaba de pie y le volvía la espalda, mientras acomodaba algo en su bolso de viaje. La muchacha no recordaba la causa del desmayo, ni el desmayo mismo, pero, aun sin saber por qué, la cercanía de LKJS la inquietaba negativamente. Al desatar el cinturón de seguridad, se percató de que alguien había dejado una nota sobre su regazo, mientras dormía. "Amada mía: disimula, por lo que más quieras, disimula. Supe que no acudirías a la cita, simplemente porque mi amor por ti hace que te pueda adivinar el pensamiento. Te he seguido porque no puedo con esta angustia de saberte sufriendo por mí. Sé lo que se agita dentro de ti, esa sospecha de haber sido burlada. Te he seguido para probarte que mi adoración por ti es verdadera. De todos modos te ruego que seas paciente ¡no me saludes, no me dirijas la palabra delante de la gente! Temo haber sido seguido por espías de mi gobierno, he caído en desgracia, ya te lo contaré. A la salida del aeropuerto los despistaré, sé cómo hacerlo. Por lo tanto poco antes de medianoche podré pasar a verte, ya sin miedo de que me sigan. Espera mi visita, te abraza y te besa, tu Amor."

Lo primero que hizo W218 al llegar a su departamento fue buscar en el botiquín del baño un tubo pequeño de color azul. Las conscriptas tenían la orden de llevarlo siempre consigo en caso de problemas con los pacientes, bastaba oprimir su base para que un fluido, apuntado hacia las narices del destinatario, lo atolondrase durante diez minutos. La muchacha seguía sin encontrar explicación a tal actitud defensiva, lo más lejos que llegaba era a pensar que un doble de LKJS podía presentarse a la puerta, con designios imprevisibles.

Eran ya las doce menos cinco de la noche cuando oyó pasos en la escalera. Estaba perfectamente peinada, maquillada, perfumada y ataviada desde las diez y media. Los veinticinco cigarrillos fumados desde entonces le habían enrojecido algo la vista y empastado la boca. Sonó el timbre de la puerta. Levantó la mirilla para ver de quién se trataba, de él o del doble. Ojos verdes la miraban con ternura infinita: W218 no pudo sustraerse a su poder y permaneció más de la cuenta contemplándolos, en esa postura incómoda. Estaba por quitar la traba de la cerradura, sin dejar de mirar como él esperaba callado, cuando se oyó nuevamente la voz aquella, la voz de él mismo pero mal trasmitida y por demás amplificada. W218 la oía dentro de ella, retumbando en su cerebro mismo, "¿Qué espera esta perra sarnosa para abrir? ¿esperará que le tire la puerta abajo? Estas hembras de la mierda Urbis lo que se esperan es machos a la antigua que las lleven por delante. Pues que no me in-

236

cite mucho hoy porque hasta le entro a golpes".

La muchacha abrió la puerta y de boca de él brotaron palabras de amor. Pero ella apenas si las distinguía, dentro de sí retumbaban otras y muy diferentes, "Sigue enamorada, no se dio cuenta del olvido de los lentes. Me bastará satisfacer sus ordinarias necesidades carnales una vez más, para tranquilizarla. Mañana volaré de regreso y con una vez por año que regrese a verla la tendremos controlada hasta que cumpla sus fétidos treinta años". La muchacha no sabía si aplicarle el fluido azul ya o permitirle que le hiciera el amor. Se decidió por esto último, justificándose con que así podría dar más tiempo al traidor para que desplegase los lujos de su insidia.

LKJS refirió que el gobierno de su pais habia considerado inmoral su comportamiento en Urbis, a causa del romance con W218. Por ello había sido llamado a reincorporarse a su trabajo habitual en Ciudad de Acuario, no obstante lo cual había tomado el avión esa mañana, impulsado por la pasión. Los relojes dieron las campanadas de medianoche, W218 puso el indice sobre los labios de él en señal de silencio, contó con fruición los doce toques. Acababa así de cumplir los veintiún años técnicamente. La voz que dentro de sí oyó a continuación, sonaba clara y sin interferencias, el dispositivo trasmisor ahora funcionaba perfectamente, "Solamente una mujer enamorada podría creer mis burdos embustes". La empezó a desvestir, ella le rogó que no hablase durante unos minutos, porque no había para ella música más sublime que la respiración de él, y sus eventuales jadeos.

Lo miró pues fijamente en los ojos verdes y prestó total atención al dictado de la verdad, "Vaya trabajo placentero el mío, me gustan las mujeres y me gusta mentir, así que estoy a mis anchas. Basta con que me esmere en mi prestación para que ella permanezca fiel todos estos años que faltan, nueve visitas en total, eso si mis jefes no deciden antes raptarla y ponerla bajo observación en alguna cárcel de Acuario. Por aquella remota posibilidad de que su poder mental se desarrolle antes de ese todavía lejano cumpleaños. Oh... placer sexual, tú eres el ámbito de mi trabajo, gracias a ti gano mi vida y sostengo a mi familia. Y si algo me reprocho es hacer víctima de este engaño a una colega, porque la pobre también se gana los garbanzos con sus partes pudendas. Y qué disciplina la de ella, jamás se me quejó de su trabajo, me ha dado un ejemplo aleccionador ¿será por eso que estoy cumpliendo tan bien mi misión? Qué peligroso sería que alguien pudiese leerme el pensamiento, es notable que tal cosa pueda suceder, la onda del deseo físico masculino como única conductora de ese rayo de luz que penetra la tiniebla de la mente, su mirada. Una mujer que leerá el pensamiento de todo hombre que la codicie sexualmente, y le permita mirarlo en los ojos. Un peligro para este planeta de hombres, mi planeta. Por eso hay que eliminarla, o por lo menos tenerla bajo control, un control de hombres. Incluso es posible que nosotros la podamos utilizar para nuestros planes de expansión territorial y económica. Será posible engañarla, a pesar de sus percepciones desmedidas. Pobrecita, cómo la estoy haciendo gozar, a veces me da lástima, pobre muchacha, qué generosamente me abre la vía que conduce a su propia destrucción. Y es tan bonita, y tan dulce, una ovejita mansa, qué pena me da conducirla al matadero. Ensuciar el sexo mío con su sangre... Pero le tocó a ella ser la víctima, la naturaleza es cruel y si no la someto a ella será ella quien me someta a mí. Mi ovejita, caricia tras caricia, embate tras embate, beso tras beso, te aconduzco al degüello... Déjame que te bese, así, sobre la frente, donde están guardados todos tus pensa-

mientos inocentes y buenos... Me das pena... mi pobre
hembrita... me recuerdas esa pobre muñeca que mis hijas arrojan constantemente al suelo, la muñeca de trapo,
la más sucia, la que nunca se rompe y por eso maltratan,
y cuando no la encuentran me piden que la busque, detrás de algún mueble donde ellas no alcanzan, mis po-
brecitas hijas, ellas también hembritas, mis pobres almas, mejor no pensar en eso, pero es por mi propio hogar, mi propia familia que debo sacrificarte, y porque
así lo he jurado... hace tanto años... junto a aquellos
otros varones escogidos... los más fuertes de cada aula
escolar... una noche señalada, cada niño elegido, de la
mano de su padre, vestido con prematuro traje de hombre, cuello duro, corbata, pelo severamente rapado, con
una vela en la mano entré a aquel recinto oscuro, cientos de velas ardiendo en la sala enorme, los niños-hom-
bre juramentados, que allí recibimos la doctrina, nuestra orden suprema de supervivencia, 'Niños de hoy,
hombres del mañana, machos del mundo, uníos. Ha-
béis sido elegidos entre los millares de niños de hoy porque sois el orgullo del país, los más fuertes, las vergas
arremetedoras y triunfantes del mañana. Pues bien, os
hemos convocado aquí para iniciaros en el ejercicio del
Mando, recibiros en el Cenáculo del Poder. Las instrucciones necesarias para vuestro comportamiento son sen-
cillas, y vuestro orgullo de seres superiores os las dic-
tará. Pero debéis ser implacables en vuestra misión, ante
todo jamás mencionaréis esta ceremonia, y después, primer mandamiento, propalaréis la doctrina entre vues-
tros hermanos los machos de categoría secundaria, y siguiente mandamiento, aplastaréis con el desprecio a la
enemiga natural, la hembra. Como toda criatura inferior, es resentida y taimada, pero las armas de ella serán
vanas si el brazo que las empuña tiembla de inseguridad
y miedo. Para ello es preciso actuar con la solidaridad

total del mundo macho. Para ello es preciso ponernos de acuerdo entre nosotros, y decretarlas indignas de nuestra confianza, sin el menor titubeo. Niño de hoy, macho del mañana: rebaja a la hembra, convéncete antes tú mismo de que es inferior a ti, y así se irá convenciendo ella sola. Despréciala por consiguiente, y así no tendrás necesidad de decirle que es inferior, y menos aún de demostrárselo. No es tonta la maldita, pero hazle creer que sí, porque si no de ella será el reino del planeta'. Los niños temblaban de emoción, las velas que sostenían arrojaban tenues llamas vacilantes, algunos pensaron en sus madres y hermanas, pero todo titubeo fue eliminado muy pronto, porque la Autoridad ordenó a cada padre poner la mano sobre el sexo del hijo y acariciarlo hasta despertar su ansia... Sí, juro... Sí, juro... Ah... ah... sí... ...sí juro... juro por este placer inmenso que te doy... ah... ah... y el que me das... mi oveja... el pastor y su oveja... solos, abandonados en la pradera oscura, adentro de esta choza... hasta que un día que haga mucho frío te voy a carnear, para abrigarme con tu cuero... y ni me das las gracias... yo que te acabo de dar lo mejor de mí, y tú ahí callada... como si todo lo merecieras... y como si acaso no merecieras que te degüelle un día y te arranque a tirones el cuero... y te pones a temblar ahora, vaya a saber por qué, pero me gusta verte temblar... por fin te veo temblar... de miedo... que es lo que toda hembra debería hacer ante su macho... temblar de miedo...".

W218 tenía el tubo azul escondido bajo la almohada, le echó mano.

CAPÍTULO XIV

—Me tendrás que perdonar, Beatriz. Son los calmantes...

—¿Pero si te hablo me oyes? ¿me entiendes?

—Sí, pero hablar yo... me cuesta... un poco.

—Pero estás aliviada del dolor ¿verdad?

—Sí. ...También estoy un poco atontada, por la noticia.

—¿Cuándo te llamó tu mamá?

—Un momento antes... de llamarte yo. Ni bien colgamos... te llamé. No podía estar acá... sola... con esa noticia.

—Hiciste bien en llamarme.

—Fue ayer, a ella la llamaron primero de la... administración, de mi departamento. ...Ayer a la tarde.

—Despacio, Anita, tú no te des prisa, yo te escucho.

—Ella no sabía si llamarme... Pero... al aparecer la noticia esta mañana... en Buenos Aires...

—Sí.

—Yo había querido alquilar... el departamento. No me acordaba... de que él... se había quedado... con un juego... de llaves. Porque ya un tiempo antes de venirme... para acá... nos habíamos dejado de ver.

—¿Qué departamento, Anita?

—El que tenía yo... en Buenos Aires.

—¿Cuándo?

—El departamento... es mío. Me lo compró... mamá... cuando me separé. Total... yo era su única... heredera.

—¿Y tú vivías allí?

—Sí... vivía sola. Y cuando nos veíamos... con Pozzi...

241

yo le di las llaves, hace años... ...Tengo la boca tan seca.

—¿Quieres algo?

—Sí... agua... de esa botella... Gracias.

—Yo también voy a tomar.

—Beatriz, a vos también te ha impresionado... esto... Se te ve en la cara.

—Y el departamento estaba vacío.

—No vivía nadie. Pero estaba... tal cual... lo dejé. Con mis cosas.

—¿Pero el plan de él cuál era? ¿a ti qué te dijo?

—Él me dijo que volaba a Chile... y de ahí por tren pasaba... a Mendoza, que está cerca de la frontera, y ya es Argentina. ...Donde empiezan los Andes. ...Pero seguramente cambió de idea, porque no sé cómo llegó... tan pronto... Seguramente lo siguieron, ...vaya a saber. ...Estaba él con dos más, que hicieron frente a la policía... mientras otros dos se escapaban.

—A ti entonces te compromete, en cierto modo.

—Beatriz, ojalá... me comprometa. Eso significaría... que voy a estar viva. Que la operación...

—Hay que confiar...

—Lo peor... es que yo... le deseé la muerte. ...Algún día... te contaré lo que me dijo... Me hizo enojar... tanto... Y mamá está con esperanzas, ella sabe todo, los médicos... la tienen... enterada. Llaman por teléfono, ...una vez por semana. A casa de Fito... ¿fuiste tú... que les dio... el teléfono?

—Sí, Anita. Los médicos hablaron conmigo.

—Mamá... quiere venir. ...Pero yo volví a decirle que no.

—Cuéntame más, lo que te dijo tu mamá.

—Ella... me llamó, porque si yo... me enteraba por el periódico... iba a ser peor. ...Hoy estaba todo en el periódico. Y lo calificaban... de terrorista, dijo mamá. ...Él me juró... por sus hijos... que no estaba en eso.

...Quién sabe cómo ocurrió...

—...

—Yo había querido alquilarlo... al departamento.
Total... yo no pensaba volver por mu... muchos años...
Pero mamá... mamá... se opuso. Y en parte, tenía... razón... porque allá es muy difícil desalojar... a un inquili-
no. ...Y ella... dice que ir a... ventilarlo... una vez por
semana, le da... la impresión... de que yo voy a volver...
pronto...

—...

—Yo... le insistí tanto... que lo alquilase... Pero ella
decía, que le daba... demasiada tristeza. Y nunca me hizo
caso... aunque cada vez el dinero... de papá, y las pen-
siones... le alcanzan menos, y menos.

—Ahora estoy entendiendo.

—Por eso ella... está en contacto con... con los... los
administradores... del edificio. ...Y yo creo... que a
Pozzi... lo siguieron... desde que llegó al... país. Ya sé...
que vos... a los peronistas... no los querés...

—De todos modos, me da pena.

—A mí... muchísima...

—Qué le vas a hacer, Anita. Fue también una elección, libre ¿no? de él.

—Pero es que su intención... era tan buena...

—¿Era terrorista, o no? ¿Tú tienes alguna seguridad?

—Él me juró... por sus hijos... que no... Pero yo
pienso... que inevitable...mente, tuvo que entrar en contacto... con gente... que sí... andaba... armada... y...

—No te esfuerces, te va a hacer mal.

—... Él... según mamá... se resistió... a la policía, si
no... tal vez... no lo hubiesen matado...

—...

—Según mamá... el diario dice... que él... estaba armado. Pero cuando quieren deshacerse... de alguien...

—Sabes Ana, también es posible que él no estuviera armado, pero los que se dieron cita con él, sí.

—Esa gente... de la administración, preguntó... a los vecinos... del departamento mío, y nadie había oído nada, ... pasos, o voces, hasta esa noche. ...Él me dijo que al llegar... había gente informada que le iba a decir, si tenía necesidad... de esconderse, o no. ...Y seguramente le dijeron que sí, y no sabría dónde ir, ... y se le ocurrió ese... lugar.

—¿Él ya había estado, después de venirte tú para aquí?

—¿Dónde... Beatriz?

—En el departamento.

—No... que yo sepa, no... Pero ahora todo... puede ser... Nunca, Beatriz... podré estar segura... de lo que pasó... con él.

—Pero tú, debes tener una sensación, casi una certeza, tuya, personal, de lo que pasó...

—No... Siento... una gran... confusión.

—...

—Yo... me conformaría... más, si supiese que él estaba armado... y que entonces murió... porque se la buscó, realmente. ...Pero si lo mataron... porque era un tipo decente... y defendía a esos presos... me desespera...

—Comprendo.

—Pero por otra parte... yo no lo quiero... recordar como un... terrorista... como decía el diario. Yo quiero... que él haya sido... como me decía a mí, que era.

—...

—Pero en ese caso... lo mataron... sin la menor razón... Es un mártir, entonces...

—Tú lo conociste bien, Ana. Deberías saber, de algún modo.

—...

244

—Deberías tener una intuición, profunda, de cómo era, en realidad.

—No sé... Beatriz. ...Me parece, que estoy... tan acostumbrada, a pensar a mi antojo, de la gente... de cada uno... que ya si quiero pensar en serio... no puedo.

—Yo creo, que esto es tan reciente, que el shock no te puede permitir, ver nada claro, por el momento.

—No sé...

—...

—Cómo se desmorona... ese país. Tantos esfuerzos... pobre Pozzi, tanto trabajar, tanto estudiar... para terminar así.

—...

—Tú no sabes, Beatriz... cómo es la mayoría... de la gente de allá. Qué esfuerzo hacen, qué ganas tienen... de progresar. La gente allá... se devora los diarios y libros... de política, y está... informada... de todo. Y muchos ya de grandes, ... después de los treinta quiero decir... siguen estudiando, trabajan y siguen estudiando...

—...

—Y tienen esa especie de... impaciencia, por salir de ese... subdesarrollo... Y lo mismo todo acaba mal...

—Es muy difícil cambiar las estructuras, Anita.

—Pero cuando el esfuerzo... es tan grande... debería verse... un resultado... Y en cambio... lo que se ve...

—...

—Hay tanta gente allá que tiene... dos empleos... Salen de la casa, a la mañana, temprano... Todo el día, ese afán... de vivir un poco mejor... y nada...

—Tu amigo era así ¿verdad?

—Sí... él mantenía a su familia, con el trabajo... de un estudio... de abogados, comercial, y después... defendía... lo que podía...

—Eso es extraordinario.

—Y estudiaba... estaba lleno... de curiosidad, por lo

que el mundo... iba... descubriendo... de nuevo...

—Tú me lo contaste.

—Pero lo mismo... en algo...

—Te escucho...

—... en algo... se equivocó.

—...

—... ¿o no?

—...

—Pero si fue error... fue uno solo... y con eso ya... ya bastó... para echar todo abajo.

—...

—¿Qué muerte va a tener... más significado? ... ¿la mía... o la de él?

—No debes hablar así.

—... ¿Qué hago yo... por mi país... aquí... tan lejos...?

—Anita, creo que está mal que te mortifiques. Ya con el tiempo se sabrá más sobre lo que él estaba haciendo, y lo podrás juzgar, con más fundamento.

—¿Te parece?

—Sí, verás que sí...

—Yo no lo quiero recordar... mal. Aunque fue tan... cruel, conmigo... Yo un poco... se lo perdonaba... pensando que... que era... un invento de él... que yo estaba mal... Para que lo ayudase... en sus planes...

—...

—Pero era cierto...

—No tienes que verlo así. Tu enfermedad...

—Al hablar hoy... con mamá... ella sin querer... me lo confirmó... Porque yo... yo le dije... que no había que alarmarse... por la primera operación... que no había dado resultado... porque no había sido una operación, habían... abierto... y nada más... porque no me habían... encontrado... en condiciones... de operar.

—...

—Y ella... pobre... no me lo negó... me dijo que lo sabía... pero que yo no me tenía que... asustar, y se le notaba... que... apenas podía hablar... del esfuerzo para que no se le notase la pena, ... y lo peor... es que me rogó que la... dejase venir...

—...

—Pero yo no... no quise, con la excusa... de que me la... vigilase a Clarita... Pero le prometí, que si había peligro... sí la iba... a llamar...

—¿De Clarita, te contó algo?

—Sí, que está muy bien... muy alta.

—...

—Cómo sigue lloviendo...

—¿No tienes ganas, de que venga Clarita?

—Beatriz, decime... ¿cuándo va a terminar de llover? Es un martirio.

—Tendría que haber terminado, a principios de mes.

—...

—Cuando yo venía en el carro para acá, por suerte llovía menos.

—Qué larga... la estación de lluvia...

—Antes no era así, Anita. Empezaba un poco más tarde, en junio, a finales, y terminaba en setiembre.

—...

—Y ya es octubre... y todavía sigue.

—...

—Antes no era así, llovía un rato en la tarde y era todo. Ahora empieza desde la mañana.

—Por suerte... de estos dos meses... de lluvia, me salvé, estando en cama.

—Tú sabes, Anita, aquí cambió el clima, antes era más caliente, porque las lluvias duraban menos.

—...

—Va a estar terrible el tráfico, de regreso a casa.

—...

—Pero yo creo que en dos semanas más, ya se termina la temporada.

—Cómo me gustaría estar bien... para entonces...

—A más tardar, serán dos semanas, yo creo, de lluvia diaria, y después va a aflojar.

—Beatriz... cuando mamá me dio la noticia... en ese momento...

—...

—A mí misma me cuesta... creerlo... pero me alegré de la muerte del pobrecito Pozzi...

—...

—Casi me dio risa... de que se hubiese muerto... primero él...

—...

—Y creo que es... bastante común, que la gente se alegre... con la desgracia de los... otros... Pero es un momento nomás, después ya se siente... tristeza.

—...

—¿Por qué es... que se siente algo tan... sin sentido?

—No sé, Anita.

—Lo primero, lo más... espontáneo, es alegrarse... de que le pasó a otro... y no a uno mismo...

—Creo que es lógico, después de la actitud última, que tuvo contigo. Es humano, reaccionar así, creo.

—¿Lógico...?

—Sí, Anita, y humano.

—A mí me da vergüenza... ser así...

CAPÍTULO XV

El proceso contra la joven acusada de asesinato no había suscitado interés especial por parte del gran público. Los palcos de la sala donde se le seguía juicio se veían casi desiertos. La aparición de los miembros del jurado —todos ellos hombres— con el veredicto, se esperaba de un momento para otro. La acusación era homicidio, pero había atenuantes tales como defensa propia y demencia momentánea. Solamente la homicida conocía la verdad, y la víctima por supuesto, todavía debatiéndose entre la vida y la muerte en un hospital de Urbis. La homicida vio entrar a los miembros del jurado, los precedía su portavoz, esgrimiendo un sobre que entregó al juez. Como en un rayo de la memoria, la acusada recordó todo lo sucedido e hizo un último examen de conciencia.

"Yo intenté matar a mi compatriota LKJS, pero nunca diré por qué. Si hay justicia en este mundo me dejarán en libertad, y en caso contrario prefiero ir a la cárcel en vez de ser colocada bajo el microscopio como una bacteria recién descubierta. Si algo he aprendido de toda esta historia es que en primer término está mi dignidad. Mi dignidad... aunque no sepa muy bien lo que esa palabra significa. Qué extraño fue verlo allí indefenso en mi monohabitación, yo había aprovechado sus minutos de atolondramiento, efecto del tubo azul, para sentarlo en una silla y atarlo de pies y manos, además de amordazarlo. Mi propósito era seguir escuchando la voz de su pensamiento, que él no podía acallar... 'Cómo me equivoqué con esta muchacha, la creí hueca y snob, y vaya la sorpresa. ¿Por qué la supuse así? ¿será porque

en el fondo de mí mismo desprecio a quien me quiere bien? lo cual significa que me considero indigno de un buen trato, que me desprecio, que ansío la condena reclamada por mi mediocridad. Ella se enamoró de mí, sí, excepción hecha del falso verde de mis ojos, fue de mí que se enamoró. También hubo otros trucos a mi favor, mas no fundamentales. Pero la odié por quererme bien. Sí, ella me lo dijo alguna vez, mi espíritu de sacrificio es enfermizo. Ella en cambio si la tratan bien reacciona favorablemente, y, punto importante, no es desconfiada, espera siempre lo mejor de la gente. Eso denota profundo sentido democrático, ya que no desea que los demás estén por debajo de su nivel; ella, todo lo contrario, se deleita en el ejercicio de la igualdad. Pero que no se llegue a dar cuenta de que la engañan, porque allí hierve su sangre de rabia, y qué mejor muestra de ello que mi actual condición de monigote amarrado a un sillón. Y vaya a saber qué piensa hacer conmigo... ¡si tan sólo pudiese leer su pensamiento! Cómo diablos habrá ella descubierto mi impostura no lo sé, lo achaco al tonto descuido de los lentes de contacto. Si tan sólo pudiera yo hacer retroceder las manecillas del reloj, entonces le confesaría todo a tiempo y ella me perdonaría: sin interrumpir mis arremetidas allí empapados por esa catarata incesante de nuestro placer yo le confesaría todo y ella sin interrumpir sus gemidos me perdonaría. Pero ya es tarde, imposible que ella ahora se percate del vuelco que ha dado mi corazón. Solamente si fuera capaz de leerme el pensamiento, pero para eso faltan muchos años, aunque no deja de ser un consuelo, saber que un día lejano ella descubrirá que la admiro y la respeto.' ...
Y esas últimas palabras de él fueron las causantes de mi arranque, no pude detenerme, corrí a buscar un cuchillo y... nerviosamente, jadeante, corté sus ataduras. Dejé caer el cuchillo sobre la alfombra. Qué impulsiva y

tonta, creí que de ese modo daba comienzo a una verdadera historia de amor correspondido. Por desgracia lo que entonces leí en su mente acabó con mi última ilusión, sí, ahora lo sé, esa brevísima ilusión, de pocos segundos fue la última de mi vida. Ni bien él recuperó la libertad su alma exclamó lo inevitable, 'No puedo traicionar a mi país y a mis hijos, debo escapar ya de aquí', y no, ni escapó ni escapará, porque a pesar de su salto de tigre —para empuñar el arma oculta entre sus ropas— yo seguía llevando las de ganar: a mis pies yacía el cuchillo y antes de que él pudiera volverme la cara le había hundido yo la mellada hoja en la espalda. ¿Despecho? ¿defensa propia? ¿demencia momentánea? ¿quién descifraría el enigma? vaya jeroglífico el de éste mi corazón de mujer...''

Los miembros del jurado estaban ya sentados en sus puestos, el juez hizo crujir el sobre innecesariamente al abrirlo, pidió a la acusada que se pusiera de pie. Ésta bajó la vista, repudiaba los sucios pensamientos que podían guarecerse bajo canas venerables. La sentencia no sorprendió a W218, se la condenaba a cadena perpetua pero se le concedía el pedido de ser trasladada a los lejanos hospitales de Hielos Eternos como conscripta voluntaria, en vez de cumplir la pena en una cárcel común. La voz del juez sonaba seca y altanera, terminando de leer la voluntad de los jurados ordenó a la muchacha que levantara la vista. Ésta se negó, dijo que le bastaba con oír. La voz del juez cambió, de pronto era compasiva y cascada, ''Muchacha de Dios, es tan insólito su pedido que me veo obligado a preguntarle si usted sabe realmente lo que le espera en las desoladas comarcas de Hielos Eternos. Allí solamente se confinan seres que han sido maldecidos para siempre por la sociedad o por la naturaleza. Me refiero respectivamente a presos políticos peligrosísimos y a enfermos altamente contagiosos.

251

Lo que usted nos propone es continuar su servicio civil obligatorio en un pabellón de estos últimos, pero cabe la pregunta ¿se da cuenta usted, desventurada criatura, que de ese modo se está condenando a una muerte inminente?" W218, sin levantar la vista del suelo, dejó oír un débil sí.

La estación de trenes se veía severamente patrullada, lluvia torrencial caía esa mañana del perenne invierno urbisano. Una de las salas de espera estaba cerrada al público; en un rincón, vigilada por dos guardias, languidecía W218 como única prisionera. Se oyeron pasos marciales, precedido por innumerables guardias entró un grupo de presos políticos, también destinados a Hielos Eternos. Lo componían hombres de diferentes edades pero de igual mirada, sin esperanza, sus ojos eran plantas secas. Uno de ellos en el pasado había tenido ojos verdes, ahora eran del color de la tierra yerma de algunas plazas de Urbis. Todo parecía gris oscuro en Urbis, todo lo que lograba emerger del cemento, el suelo rocoso y los troncos de los antiguos árboles quemados por la escarcha.

Uno de los guardias empezó a distribuir antiparras color azul, otro explicó a los condenados que a la mañana siguiente entrarían en la zona helada y no se podía mirar el paisaje sin protección puesto que todo era blanco enceguecedor durante ese mes, el resto del año no había más que noche. Un mes de color azul y once de color negro. El guardia que repartía las antiparras se encontró con un par de sobra y solamente entonces recordó que estaban destinadas a otro condenado. Le bastó dar una ojeada para individualizar al destinatario, semioculto por sus dos cancerberos. Tuvo que atravesar toda la sala para llegar hasta W218, el piso de tablones crujía bajo las botas militares. Todos lo siguieron con la mirada, se alborotaron como padrillos al descubrir a la yegua. LKJS, un condenado más, la reconoció de inmediato, pese a estar ella rapada y sumidos los ojos por el sufrimiento. Los condenados empezaron a lanzar obscenidades, de gesto y de palabra; los guardias celebraron con risotadas cada barbaridad. Uno de los prisioneros, el de más edad, susurró al oído de un guardia que bien estaría permitirles un adiós a la carne, faltaba una hora para salir el tren y podrían gozar de la moza uno por uno, incluso los encargados del orden. El guardia contestó con una negativa poco definida, miró al colega que tenía a su lado, se le dibujó una sonrisa en los labios partidos por el frío. Tras rápida reflexión se llevó la mano a la bragueta y en voz alta refirió al colega la deshonesta proposición.

LKJS alcanzó a oírlo y de inmediato cayó de rodillas, poniéndose a sollozar con la cabeza gacha. Hasta ese momento la algazara había ido en aumento, el gemir resultaba inaudible. Uno de los vociferantes condenados se agachó junto a LKJS para cerciorarse de lo que le parecía imposible, ¿un hombre llorando? hizo seña a otro de los forajidos y calló. Poco a poco los improperios disminuyeron, en la sala resonó el llanto de un hombre arrepentido. La muchacha, que hasta entonces no se había atrevido a mirar al grupo, descubrió por fin a quién pertenecía esa frente inclinada. Uno de los guardias tomó de un brazo al condenado y respetuosamente lo invitó a ponerse de pie. Él se desligó, elevó la mirada hacia ella y continuó de rodillas su plegaria silenciosa.

Solamente W218 pudo oírla, pese a ser la más distante, "No me atrevo a pedir perdón, porque sé que no lo merezco. Lo que pido es un poco de lucidez en este instante, para decirle a la pobre muchacha alguna palabra... que la ayude, a sobrellevar su carga. Yo voy a recibir mi castigo, una condena que me alcanzará hasta el último día de vida, pero sé que ella, generosa como es, no se aliviará con saberlo. Además si mi vida está acabada es porque me lo busqué, pero ella en cambio fue víctima del destino. ¿Qué palabra podría yo extraer de mi corazón amargo, que le hiciese olvidar aunque sea una sola de mis maldades? ¿qué puedo ofrecerle además de mi arrepentimiento? Es cierto que no la delaté a sus autoridades, que no mencioné sus poderes extrahumanos, pero eso fue simplemente para no implicar a mi país en el caso, a toda una red de espionaje. Me sacrifiqué porque mis superiores me lo ordenaron, y no por ella. Por esa razón y no por otra aparenté un drama pasional sin más móviles que el despecho de una joven burlada y la violencia de un turista donjuanesco. Y no hay lugar para despecho y violencia en esta sociedad moderna. De ahí mi enorme deuda, con mi pobrecita, querida, víctima. Por ella no he hecho nada, que no sea conducirla a su martirio. Una palabra, si tan sólo una palabra se me ocurriera, una palabra acertada, una palabra dulce, ya que va a ser la última entre nostros. No puedo decirle mentiras, no puedo decirle que la amé más que a nadie, porque más amo a mi esposa y a mis hijos, y a mi país. Por ella lo que experimento es otra cosa, el sentimiento que más denigra, tanto a ella como a mí... la lástima. Me da infinita lástima verla reducida de este modo, me da infinita lástima saber lo que ya lleva sufrido, me da infinita lástima lo que le espera todavía, y recordar su pena día y noche es volver a sentir la hoja del cuchillo hundírseme en la espalda, el golpe que ahoga y desangra, tal como ella me lo asestó. Aunque ahora ya no soy el hombre de entonces, he cambiado, no me alivia saber que también ella está condenada por siempre, no me alivia más como antes saber que otros sufren, algo en mí ha cambiado, no quiero estar por encima de nadie, no quiero que se alivie mi sufrimiento si el de los demás no se alivia, no quiero hacer más mal a nadie, no quiero explotar a nadie, no quiero ser superior a nadie, y eso, de algún extraño modo, ella me lo enseñó, ella fue la que me cambió. Pero si se lo dijese... no me creería...".

Los sollozos parecían aquietarse, pero no se sabía si él tenía conciencia de lo que había logrado, amansar a las fieras. Implorante la muchacha miró a sus dos guardias, éstos bajaron la cabeza como toda respuesta. Se acercó al hombre hincado, acarició su frente, le secó las lagrimas y al oído le susurró palabras en las que no creía enteramente, "No te culpo, hemos sido juguete de fuerzas superiores a las nuestras. Tú no eres responsable de las órdenes crueles que debiste obedecer..." y después agregó, esta vez sí con total convicción, "A pesar de todo, sigo recordándote como parte de la mejor época de mi vida, cuando trabajaba y esperaba al hombre ideal. Y si fui yo quien logró cambiar algo en tu alma, si crees que yo logré darte algo importante..." La muchacha no pudo terminar la frase, los guardias habían decidido reestablecer el orden, separaron a la pareja por última vez.

El tren blindado se abría paso entre la nieve, persiguiendo una noche que no lograba alcanzar. Por el contrario, el resplandor blanco aumentaba implacablemente. W218 había sido confiada a una carcelera especializada en transportes ferroviarios, y no debió temer más el ataque de los presos, apiñados en otro vagón. A medianoche se les ordenó colocarse las antiparras y todo se les volvió azul, como la piel de aquellos compañeros de lucha que quedaban atrás en Urbis, extendidos sobre mármoles de la morgue. A poco más de veinticuatro horas de viaje el convoy se detuvo en una pampa azul, a la vista se presentaba solamente la plataforma de descenso, el resto de la estación era subterráneo. Por la misma razón tampoco se veía la cárcel, a pocos kilóme-

tros de allí. El contingente de presos bajó a la plataforma, custodiado por sus guardias.

Los hombres miraron el tren azul que ya partía.
W218 agitó la mano por detrás de la ventanilla, la carcelera no le había permitido bajarla debido al frío reinante. Todos los prisioneros allí en la plataforma se parecían, cubiertos como estaban con sus capuchas y abrigos. Algunos divisaron a la muchacha en su comparti-
mento y la saludaron con la mano voluminosa que el
guante les aparentaba. Uno de ellos se llevó la mano al
corazón como expresando ternura, W218 pensó que tal
vez ése era su conocido. No se atrevió a llamarlo de otro
modo, ni amigo, ni amante, ni gran amor. ¿Pero por
qué estaba él entre presos políticos? ¿no había sido condenado acaso como criminal común? W218 supo entonces que nunca habría de estar segura de lo ocurrido
con él. Los hombres azules se empequeñecieron con la
distancia, la carcelera se apiadó y bajó la ventanilla para
que la prisionera pudiese asomarse, los hombres ya eran
puntos apenas, azul oscuro, y en un instante más se di-
solvieron en la inmensidad azul clara. ¿Qué tono de
azul? W218 no pensó en el azul de la piel de los muertos,
no podía permitírselo, su corazón no habría podido re-
sistir una pena más, por eso respiró hondo y apoyó la
cabeza contra algo confortable, el respaldo de su
asiento. Entonces decidió que eran del mismo tono los
ojos de algunos niños de Urbis, y por primera vez en
muchos años recordó las hortensias vivas de su más
tierna infancia, y se le ocurrió por fin que su madre desconocida alguna vez la habría levantado de la cuna para
adormecerla sobre su regazo, su madre vestida del
mismo azul.

La dirección del Hospital de Contagiosos se vio
frente a serios problemas, con la llegada de W218. La
presencia allí de una condenada a cadena perpetua, ade-

más de ex-conscripta de servicios especiales, y por añadidura destinada a contactos vanguardistas con los pacientes, exigía adoptar medidas tan insólitas como delicadas. Ante todo se decidió no declarar su carácter de prisionera, W218 sería considerada como una enfermera más, el hecho de que el hospital estuviese totalmente aislado en pleno témpano solucionaba cualquier problema de vigilancia y de posible fuga. En cuanto a la naturaleza de sus encuentros con los enfermos, unos pocos empleados fuera de la Dirección fueron notificados del carácter experimental que revestían. Por último, la Dirección ordenó que a los enfermos beneficiados se les diría que la muchacha había sido vacunada de modo especial y que por ende no deberían albergar sentimientos de culpa a su respecto. Tal vacuna no existía.

Una complicación extra la constituyó el hecho de que la salud de W218 estaba quebrantada. Antes de entrar en actividades se le ordenó un reposo completo de tres semanas. Su cuarto estaba bajo tierra, como el resto de la construcción. La luz solar, con la que se contaba un solo mes por año, había sido excluida de todo cálculo ecológico. Buena alimentación y descanso devolvieron las fuerzas a la conscripta, y una hora antes de poner fin a su vacación obligatoria, pidió salir a la superficie de la tierra. Ya había pasado el mes de luz y quería ver cómo era el día negro polar, sentía miedo visceral por el paisaje desconocido pero la curiosidad prevalecía. Una enfermera la acompañó, debieron atravesar largos pasillos y tomar más de un ascensor. La enfermera la trataba con simpatía y sentido del compañerismo, ignoraba los motivos de la presencia allí de W218. Le contó sus experiencias de tres años en el sanatorio, y los planes para su traslado un año más tarde. En un año de estadía en Hielos Eternos se ganaba cinco veces lo que en un lugar normal, y sus importantes aho rros los emplearía para la educación de sus hijos, a los que había visto tan poco esos años, de sacrificios no vanos. Añadió que su marido había sufrido un accidente y no podía trabajar normalmente, él se ocupaba del cuidado del hogar. Por último dijo que el accidente los había unido más que los hijos incluso y contaba los días que la separaban de la feliz reunión familiar. W218 no hizo comentario alguno, comprendió que la enfermera no podía medir el alcance de sus palabras.

Finalmente llegaron a la faz de la tierra. El día no era el pozo ciego que se había imaginado, el día era negro pero brillaban las estrellas, a las diez de la mañana, y ese brillo alcanzaba a otorgar una suave fosforescencia a la costra de hielo que cubría totalmente la zona. La enfermera le explicó que cuando había luna llena la fosforescencia aumentaba, en dos semanas debían volver a asomarse.

El lugar de la primera cita fue un cuarto igual a los demás, con cama, mesa de luz y lavabo como todo moblaje. W218 temblaba igual que el primer día de su conscripción en Urbis, de un momento para otro entraría allí su paciente inicial. Pidió que enfermera ayudanta fuera cualquiera menos aquella que la había acompañado en el paseo. La elegida entró con el paciente, sólo entonces W218 pensó en el exceso de luz que daba esa única lámpara. No volvió a mirar al paciente, pidió a la enfermera que la cambiase por otra más tenue. Según la enfermera el médico había ordenado que la luz quedase encendida, porque así el paciente podría beneficiarse con la contemplación de su belleza extraordinaria. La enfermera se retiró, W218 empezó a desvestirse y colocó una de sus prendas sobre la pantalla. Una mano callosa la acarició. Un breve cruce de miradas le bastó para escuchar el pensamiento del hombre. Era una oración religiosa, en acción de gracias por los bienes recibidos, que terminaba con un pedido a su vez, "Ruego porque esta muchacha tan bella como generosa acepte mi pedido y no abra los ojos mientras esté junto a ella, no quiero importunarla más todavía, quiero ayudarla en lo posible, y si no me ve todo le será más fácil, porque lo único que en mí no da repulsión es el tacto de la piel y así podrá pretender que está junto a alguien sano..."

La muchacha estiró la mano y alcanzó un lienzo destinado al aseo personal, con él se vendó los ojos. El enfermo la besó en la mejilla tiernamente y se colocó sobre ella, sin interrumpir su rezo mudo, "El médico me lo había dicho, que se trataba de una criatura excepcional, pero me era difícil creerlo. Ahora está ante mis ojos y vuelvo a pensar que Dios me trajo al mundo para gozar de deleites supremos. Este momento que estoy viviendo, junto a la criatura más bella del mundo, y emblema de todo lo deseable, justifica todas las penurias y sinsabores que marcaron mi existencia. Gracias, señor, por haberme dado la vida, por haberme permitido saber hasta qué grado es sublime tu creación... Y perdóname si cada vez que te doy gracias por algo... de paso... me atrevo a hacerte otro pedido. Esta vez no es para mí... es para ella... Te pido, aunque sea seguramente innecesario, que repares en la grandeza de su alma, y la premies merecidamente. Yo para mí no pido más nada, pronto moriré, como todos los afectados por este mal, pero será con mi corazón restaurado por la miel de esta ofrenda que estoy recibiendo. Es por ella que pido, que la ampares, que la asistas en su arduo camino, que le permitas encontrar el compañero que merece, un hombre de los mismos quilates que ella. Porque toda mujer necesita de un compañero, y el suyo deberá ser noble y generoso como ella, fuerte, para que la sostenga en los inevitables tropiezos de una vida. Él debería ser... un hombre ideal, así como ella es una mujer ideal. Pero quién soy yo para decirte a ti, mi Señor, lo que debes hacer. Tal vez ya le has otorgado lo que merece. Tal vez ella no necesite de nadie, su valor, su entereza, su generosidad, tal vez ya le hayan demostrado que ese hombre ideal que espera... lo lleva dentro suyo, ese alguien capaz de todos los sacrificios y de todas las demostraciones de coraje, es ella misma, aunque no se anime a reconocerlo, acostumbrada como está a su humilde rincón de las penumbras".

W218, vendada, no pudo leer el pensamiento de su compañero.

CAPÍTULO XVI

Tres meses después de iniciadas sus tareas, W218 empezó a dar evidencias de contagio. Los médicos habían pronosticado que los primeros síntomas se presentarían apenas cumplido el primer mes de contactos, de modo que los servicios prestados por la sentenciada fueron considerados triplemente valiosos en cuanto a número. En lo concerniente a la calidad, los pacientes beneficiados se negaron a discutir la experiencia, llevados por el profundo respeto que la persona en cuestión les había inspirado.

Durante los primeros días de malestares la prisionera permaneció en su cuarto privado, pero cuando no cupo duda de que se trataba de la mortal infección, fue trasladada a una sala de enfermas del mismo mal. A la izquierda tenía a una señora de edad, aislada en carpa de oxígeno, próxima a expirar. A la derecha a una mujer de cerca de cuarenta años, en condición estacionaria. Esta misma se lo explicó, el día en que W218 llegó al pabellón, "Es mejor que hables conmigo, así no escucharás a tu izquierda la respiración afanosa de la cama 27, te va a impresionar muy mal esa lucha que libran sus pulmones bajo la carpa, la pobre no quiere morir. Yo he visto morir a muchas, y ya me he acostumbrado. Pero escúchame, no vayas a creer que soy una persona cruel o insensible, nada de eso, antes me desmayaba si veía una gota de sangre, pero a todo una se acostumbra, es una característica del ser humano que no acabo de comprender. Pero menos mal que es así, que ya nada me impresiona, porque parece que tengo aquí para un largo tiempo. No sé si te habrán explicado que algunas personas pueden durar mucho, las que tuvieron una lenta incubación de la enfermedad. Y ése es mi caso, parece ser que hemos desarrollado anticuerpos que van frenando, no deteniendo claro está, el avance del mal. En cambio los que han sufrido una exposición al contagio muy violento mueren pronto, como esa tu vecina de la izquierda. Pero no te apenes por ella, no pongas esa cara. Peor estoy yo, y casi que me animaría a decir que también tú. Porque ella tiene una hija... En fin, que el hecho de tener una hija no es todo, porque también yo tengo una. Pero déjame que te cuente. Yo también tengo una hija. Pero es como si no la tuviera, hace ya años que no nos vemos, años antes de caer yo enferma. Te explico, yo era una enamoradiza, y por un hombre abandoné mi hogar, no me importó más nada de ellos, de mi esposo y la niña. Bueno, no, te estoy mintiendo, no fue por un hombre, fue... fue... por simples deseos de viajar, de conocer mundo, de independencia. Y abandoné mi hogar y mi patria. Cuando me arrepentí ya era tarde. Perdóname si se me escapa una lágrima. Cuando me di cuenta de mi error era demasiado tarde, mi hija no me recordaba e incluso para mí misma ella era una extraña a la que no se me ocurría qué decirle. En cambio tu vecina de la izquierda, ella me contó su historia antes de agravarse. Y créeme que es digna de envidia. No, no frunzas el ceño, la tristeza no ha de entornar tus ojos, de veras no debe apenarte su suerte. Ella tiene a alguien en el mundo, en quien seguir viviendo, como reencarnada. Ella tiene una hija que la quiere. Una noche en que yo no podía dormir, se levantó y se sentó a los pies de mi cama, me contó todas las cosas bellas que había descubierto en el mundo. Ella estaba segura de que yo también había gozado de muchas de ellas, pero que las había olvidado ingratamente. Tenía razón, yo había gozado de muchas de ellas. En cambio el amor por su hija, y el de su hija por ella, cuánto se lo envidié. Su hija le escribe cartas muy largas, y yo las he leído. Le dice lo mucho que le agradece todas las enseñanzas que de ella ha recibido, para defenderse mejor de sus enemigos, y cómo seguirá defendiendo todos los ideales que su madre le ha enseñado a querer. De modo que tú, mi nueva amiga, no debes apenarte por ella, sí, ya sé que es horrible oírla luchar de ese modo para que un poco de oxígeno entre en sus pulmones, pero es su cuerpo el que se debate, su alma no, ya está entregada, su hija le ha recogido el alma y la tiene abrazada contra su pecho, la abrigará en el recuerdo mientras viva. Y mírala ahora, mírala, no tengas miedo, está ya muriendo, ¿no le notas el alivio, incluso en su carne martirizada? Ya, ya... ¿no ves la profunda satisfacción que expresan sus ojos, su boca casi sonriente? Es ésa su última mueca, ya está muerta, qué alivio para su carne, está muerta su carne fatigada, y su alma vive, lejos de aquí, de esta desolación, su alma vive en un cuerpo joven y lleno de esperanzas...''

Un juego de luces muy ingenioso figuraba, tras ventanales ficticios, el amanecer de un día soleado. Las enfermas del pabellón abrieron los ojos a una jornada más, algunas ya habían olvidado que estaban en el fondo de un sótano polar y hablaron del buen tiempo reinante. La amable charla fue interrumpida por la aparición de dos enfermeras conduciendo una camilla. Traían a una paciente ya conocida en el pabellón, venía a ocupar la cama 27. Las demás se miraron entre ellas, con forzosa resignación. En un susurro, la vecina de la derecha explicó a W218 que se trataba de una enferma de conducta muy reprochable, proclive a excesos nerviosos; esa última semana la había pasado en un cuarto o celda de aislamiento, después de un ataque de furia contra la pobre fallecida esa noche anterior, porque la molestaba con su respiración dificultosa. Mientras oía estas palabras, W218 seguía con la vista a la nueva vecina de la izquierda, quien a su vez le echaba raudas miradas entre agresivas y curiosas. Era una mujer de más de sesenta años, con el pelo entrecano y alborotado, y grandes ojos negros enclavados en párpados violáceos. W218 no halló maldad en esos ojos, los cuales desafiaban al entero pabellón. Cuando las enfermeras terminaron de arreglarle la cama y colocar sus objetos de tocador en la mesa de luz que le correspondía, la temida mujer se quitó un anillo y lo dio como propina. Era lo único que le quedaba, de poco valor material pero sí nostálgico, un anillo perteneciente a la moda hippie de su juventud, treinta o más años atrás.

Empezaba a anochecer. La luz que entraba por los ventanales se hacía rosada, lila y por último azulina. Ya era hora de encender las lamparitas de las mesas, quien así lo quisiera. La temida iba a encender su velador, que estaba a la derecha y por lo tanto del lado de W218. Notó entonces que la jovencita temblaba de fiebre, no encendió la luz por respeto al sufrimiento ajeno, "Pobrecita mía, tan niña y tan bella y aquí entre viejas locas. Por favor no tiembles más, y no me tengas miedo... eso ante todo. Yo hace tiempo que estoy en este pabellón, soy el sapo más antiguo del charco, y no me quieren porque todas aquí están resignadas a morirse, menos yo. Mira... mejor es que te acerques, así hablo más bajo, y no te meto en líos. Así, eso es, cuchicheando que es como las cosas suenan más sabrosas. Bueno, y ahora que nadie nos oye, déjame que te cuente... Lo que más rabia les da a estas ancianas apolilladas es que yo no me doy por vencida, y hasta he intentado fugarme... Sí, más de una vez. Por eso me tienen por loca. Claro, ellas no creen más que en lo que ven, pero yo creo también en otras cosas. Sabes... estamos a muchas horas de la población más cercana, aisladas por el hielo, pero así y todo, yo creo, es posible escaparse. Esto que te cuento, lo saben todas las que llevan mucho tiempo aquí, pero no te lo van a decir. Y es que una de nosotras... logró escaparse. Ella se desesperaba por volver a su país, no era de Urbis como tú y como las demás, era de un país muy alejado de todo y que estaba en guerra, una guerra civil muy inútil y sangrienta. Y ella sufría horriblemente porque allá tenía a su hija, apenas una niña. A mí me lo había dicho muchas veces, que iba a intentar la fuga, una noche mientras todos durmieran. Y así lo hizo. Una noche desapareció. Se escapó con el camisón y nada más. Era una mujer joven, claro, y tan bella como tú. Y yo sé lo que pasó, a mí me lo han contado, no puedo decirte quién, pero sé lo que pasó. Ella salió a la faz de la tierra, desnuda casi en el frío polar. Y salieron a buscarla y ya no la encontraron. Tú sabes cómo es de implacable el horizonte de Hielos Eternos, se ve la costra congelada hasta cientos de kilómetros a la redonda. Pero a pesar de la luna llena, reverberante el suelo de luz, nadie logró divisarla. Y es que el frío, la locura, el viento, la audacia, el hielo mismo, el ansia de ver a su hija, las estrellas, todo junto hizo que ella se desintegrara en el aire. Por eso nadie la pudo perseguir y traerla de vuelta. Y mientras tanto en su país luchaban los hombres en la Plaza del Pueblo, se mataban los hermanos los unos a los otros, y allí en el centro mismo de la plaza, donde se yergue una pirámide blanca, apareció de nuevo ella, el aire le reintegró la carne. Yacía junto a la pirámide, dormida, cubierta por su camisón apenas, descalza. El rugir de los cañones la despertó. No sintió miedo, como tú no sentiste miedo de mí, que soy tan fea como esa matanza que ella vio al abrir los ojos. Y se puso de pie y preguntó, forzando la voz cuanto pudo, dónde estaba su hija. Pero nadie le supo contestar, los tiroteos arreciaban y a los soldados se les ordenaba quemar más y más pólvora. De pronto se desató un viento extraño y el camisón se alzó, mostrándome desnuda, y los hombres temblaron, y es que vieron que yo era una criatura divina, mi pubis era como el de los ángeles, sin vello y sin sexo, liso. Los guerreros se paralizaron de estupor. Un ángel había descendido sobre la tierra. Y el tiroteo cesó, y los enemigos se abrazaban y lloraban dando gracias al cielo por haber mandado un mensaje de paz. Pero algo más lejos todavía se oían atronadores golpes de cañón y pedí llegar hasta allí. De nuevo el aire desintegró mi carne, desaparecí de la plaza y me reconstituí en otro sitio, al pie de ruinas humeantes. Y también ahí, al verme la soldadesca, cesó el cañoneo, y lo que se oyó fue mi voz, clamando por mi hija. Y fue sólo entonces que sentí miedo, porque estaba cerca de ella, sí, pero podía también estar cerca de su cuerpo muerto. Se hizo un profundo silencio, y después se oyeron los pasos de una muchedumbre serena y plena de cariño que venía hacia mí. Al frente un hombre con los ojos vendados, que me parecía reconocer, y al que había creído muerto. A sus lados marchaban niños de ambos sexos, todos ellos mutilados de guerra. Rogué por que mi hija estuviese viva, y que fuese incluso una de esas víctimas inocentes de la violencia, cualquier cosa con tal de encontrarla viva. El ciego que conducía al pueblo me habló, y ya no me cupo duda de que era él. Me dio las gracias por mi increíble hazaña, pero por la tristeza de su voz me di cuenta de que no traía buenas noticias para mí. Me dijo que lo perdonara por haberme dicho que yo era una frívola mujer, despreocupada de la suerte de su pueblo, y que en nombre de todo un país me agradecía el milagro de la paz, el cielo me había elegido para señalar el camino de la salvación. No supe qué responder, porque si bien en esos momentos yo era la encarnación del

Bien, por dentro no era más que una pobre mortal atormentada por el miedo de perder lo único que amaba en la tierra. El hombre vendado hizo un silencio y después, con la voz rota por la emoción, comenzó el relato. Perdóname, pero no puedo repetírtelo, o sí, yo creí que me iba a decir que mi hija estaba muerta, pero... ¿por qué lloraba ese tonto? ¿no sería acaso de felicidad? porque oí a lo lejos la voz de mi hijita que me decía que me quería mucho, y que estaba orgullosa de mí, y finalmente apareció, y el viento le alzó la faldita y no cupo idea de que era mi hija, porque también ella era un ángel puro. Y sólo entonces me di cuenta de por qué no me importaba más que ella en el mundo, de por qué la quería tanto, ¡porque sería una mujer a la que ningún hombre podría rebajar! ¡porque no sería la sirvienta del primer sinvergüenza que le oliera ese punto débil entre las piernas, la sirvienta del primer perro que supiese olerle la insensatez! Y debe haber sido de la alegría que se me trastornó la cabeza, fue de la alegría que me volví loca, y por eso no quise que nadie me viera, y desaparecí de allí, y estoy aquí otra vez, pero no le hagas caso a tu otra vecina de cama, no me quiere porque dice que estoy loca, y que soy peligrosa, no, yo nunca le hice nada a nadie, y me da furia nomás cuando me dicen que perdí la razón porque murió mi hija, que no es cierto, ella está viva, y me quiere...''

La enferma de la cama 27 quedó agotada después del relato, puso la cabeza sobre la almohada y se durmió. W218 se miró en torno, las demás enfermas fijaban ojos burlones sobre la cama 27. En cambio la propia W218 tuvo la sensación de que el relato era verídico, y después de incorporarse con dificultad, estiró los brazos y arropó a la anciana dormida.

—No te entiendo lo que dices... Perdóname Anita, pero no sé qué es lo que me pides...

—¿Quién es usted?

—Soy Beatriz ¿no me reconoces?

—¿Qué Beatriz?

—Beatriz, tu amiga.

—¿Sos vos... Beatriz?

—Sí... ¿cómo te sientes?

—Medio dormida...

—Es la anestesia. Descansa, ya te vas a despertar más tarde.

—¿Anestesia...?

—Sí, te operaron.

—¿Cuándo...?

—Esta mañana, y ahorita te estás despertando.

—¿Me operaron...?

—Sí, y estamos todos muy contentos.

—No entiendo.

—Estamos muy contentos, con los resultados.

—No entiendo...

—Sí, quitaron el tumor, y la ramificación no era lo que se creía. La pudieron quitar toda. Estaba en el pulmón, la parte ramificada.

—¿La quitaron toda?

—Según ellos, estaba bien delimitada, no lo que se esperaban.

—¿No me engañan?

—No, Anita, los médicos están muy sorprendidos. Pudieron sacar todo. Tienen la esperanza de que no reaparezcan más... brotes.

—...

—¿No me lo crees?

—...

—No ven posibilidades de otro... brote, están muy optimistas. Y quieren que te des rayos.

—¿Y me voy a curar?

—Sí, y tienes que hacer planes.

—¿Planes... de qué?

—No sé, del futuro...

—...

—Por lo menos para que vayan a limpiar tu departamento, porque en diez días te vas de aquí.

—¿A Buenos Aires?

—Tu departamento aquí, en la ciudad de México. Que es donde están tus médicos, donde vas a seguir tu tratamiento, y te vas a curar del todo.

—No es posible...

—Sí, se obró muy bien y muy a tiempo, Anita.

—Pero siempre... hay peligro.

—Peligro... En peligro estamos todos. Sí, te van a dar rayos, pero como medida de prevención, nada más.

—¿No me lo... dicen... para engañarme?

—No, a veces las cosas salen bien, Anita, aunque cueste creerlo.

—Tengo miedo de que me engañes... o de no entender... lo que me decís...

—No, todo está mejor de lo que se creía. ... Y más tarde hay que llamar a tu familia en Buenos Aires, se lo dices tú misma. Que todo salió mejor de lo que se esperaba.

—¿Yo?

—Sí, claro, yo te acerco el teléfono y hablas tú misma.

—¿Y qué... les digo?

—Que estás mejor...

—Beatriz...

—Sí...

—Pide... la comunicación, ya.

—¿No prefieres estar más despierta?

—No importa, si me... vuelvo a dormir... hablás vos... con mamá.

—Como tú quieras.

—Te lo pido por favor... que la hagas ahora... la llamada.

—Pero para tu mamá más satisfacción sería hablar contigo...

—No... no importa... Hablás vos... y la tranquilizás... a mamá...

—Como quieras.

—Y por favor... decile...

—Sí...

—Decile... que quiero ver... a Clarita... que me la mande...

—¿Quieres que venga?

—Sí... y cuanto antes... mejor.

—Se lo diré.

—Y que ella... trate de venir... también, mamá... que la traiga... ella, a Clarita.

—Yo se lo digo.

—Sí, que vengan... pronto... las dos... porque tengo muchas ganas... de verlas... Y es cierto, eso sí es cierto.

—¿Por qué me miras así?

—...

—Anita... lo que te dije de la operación es cierto también.

—No me importa... aunque me quede... poco tiempo, lo que me importa es alcanzar a verlas... otra vez.

—Las vas a poder abrazar, bien fuerte.

—Más que abrazarlas... lo que quiero... es...

—Dime.

—...

—Dime ¿qué quieres?

—Más que abrazarlas, quiero... hablar con ellas, ...y hasta pueda ser... que nos entendamos...

Impreso en el mes de abril de 1990
en Talleres Gráficos DUPLEX, S. A.
Ciudad de Asunción, 26
08030 Barcelona